DÜSTERWALD

DÜSTERWALD

FINNLAND-THRILLER

DANIELA ARNOLD

Für meine Familie

PROLOG

Ein Schrei weckte sie. Benommen riss sie die Augen auf, erschrak. Es war stockdunkel und … ziemlich kalt. Sie richtete ihren Oberkörper auf, um nach dem Lichtschalter ihrer hübschen Nachttischlampe zu tasten, doch ihre Hand ging ins Leere. Da war kein Nachtschränkchen, kein Stromkabel und … oh Gott!

Erst jetzt begriff sie, dass da auch kein Bett war, in dem sie lag. Ihr Rücken schmerzte, fast so, als bekäme sie eine fiese Erkältung. Sie öffnete den Mund, wollte nach ihrer Mama rufen, doch kein Laut kam über ihre Lippen. Sie befühlte mit der Hand ihre Wangen und ihre Stirn, bemerkte, dass sie sich heiß anfühlten. Was war hier los? Fantasierte sie? Lag sie in Wahrheit in ihrem Zimmer, eingekuschelt in ihre warme Decke und bildete sich nur ein, dass sie sich woanders befand?

Doch wo?

Sie streckte ihre Hand aus, fühlte den Boden, auf dem sie lag, spürte, dass er sich feucht und kalt und … hart anfühlte. Irgendwie rau und kratzig, wie Holz …

Sie schüttelte den Kopf, presste ihre Lider fest aufeinander, versuchte, ruhig zu atmen.

Du träumst, beruhigte sie sich selbst im Stillen, doch etwas in ihr wehrte sich gegen diese Feststellung.

Erneut riss sie die Augen auf, nur um festzustellen, dass es noch immer stockdunkel war. Das alles ergab überhaupt keinen Sinn.

Wenn sie sich in ihrem Zimmer befände, müsste doch zumindest ein bisschen Licht von der Laterne vorm Haus zu ihr hereindringen.

Doch hier … hier war es absolut finster.

Schwarz beinahe.

Sie rappelte sich in eine hockende Position, streckte beide Hände aus, versuchte, in der Dunkelheit wenigstens etwas zu ertasten, aus dem sich ableiten ließ, wo sie war.

Vergebens.

Um sie herum war nur dieser kühle Fußboden, aus dem irgendwelche scharfen Splitter hervorstanden, die ihr an den Händen wehtaten, als sie darüber strich.

Sie schluckte, spürte, wie Angst und Hilflosigkeit ihr die Kehle zuschnürten.

Das alles war so furchtbar und sie verstand überhaupt nicht, was sie getan hatte, um so etwas zu verdienen.

Schließlich fielen ihr die Worte ihrer Mutter ein.

»Bleibt im Garten!«, hatte sie gesagt. *»Ich möchte euch sehen, wenn ich aus dem Fenster gucke!«*

Wieso zum Teufel hatte sie denn nur nicht auf sie gehört?

Die Antwort war einfach.

Weil Mama dazu neigte, zu übertreiben.

Immerzu machte sie sich Sorgen um ihr kleines Mädchen, wie sie sie liebevoll nannte.

Carlotta, ihre beste Freundin, hatte sie deswegen oft ausgelacht und sogar gehänselt.

Sie hasste es, wenn Carlotta so gemein zu ihr war und sie ein Baby nannte, obwohl sie schon zehn Jahre alt war, doch sie wusste natürlich, dass sie es nicht so meinte.

Ihre Freundin wollte sie nur aufziehen, sie ärgern und aus der Reserve locken.

Deswegen hatte sie auch mutig sein wollen, als sie die Idee vorbrachte, diesmal eben nicht ganz brav zu sein und im Garten zu spielen, nur weil Mama sich wieder mal wie eine Glucke aufführte.

Das alles war sowieso nur so schlimm wegen des Mannes aus den Nachrichten.

Sie hatte ihn neulich abends im Fernsehen gesehen, besser gesagt ein Foto von ihm und obwohl der Nachrichtensprecher behauptete, dass der Mann sehr gefährlich sei und man sofort die Polizei rufen solle, wenn man ihm begegnete, erinnerte sie sich daran, dass er gar nicht so böse aussah, wie alle behaupteten.

Beim Gedanken an jenen Abend spürte sie, wie ein eisiger Schauer sie überlief.

In ihrem Bauch begann es, zu rumoren.

Wenn sie nicht in ihrem Zimmer war und auch nicht träumte, konnte es dann sein, dass der Mann aus dem Fernsehen sie geholt hatte?

Doch wie sollte er das angestellt haben?

Mama schloss am Abend immer das Haus ab, verriegelte alle Fenster, schaltete die Alarmanlage ein.

Aber was, wenn sie gar nicht zu Hause in ihrem Bett eingeschlafen war?

Sie erinnerte sich, dass sie Carlotta an der Hand genommen und sie aus dem Garten gezogen hatte.

»Lass uns in den Düsterwald gehen«, hatte sie ganz leise geflüstert, einerseits aufgeregt, andererseits ängstlich, Mama könnte es mitbekommen. Blitzschnell waren sie beide gewesen, hatten das Gartentor geöffnet, waren hinaus geschlüpft und auf den Wald hinterm Haus zugelaufen, den Düsterwald, wie ihn Mama in ihren Geschichten oft nannte.

Sie schluckte.

Mama machte sich inzwischen bestimmt große Sorgen um sie.

Doch nicht nur ihre Mutter, fiel ihr ein.

Carlotta war bei ihr gewesen und wenn sie jetzt hier, an diesem gruseligen Ort war, musste auch ihre beste Freundin noch irgendwo sein.

»Carly«, rief sie leise, hielt instinktiv die Luft an.

Nichts.

»Ich hab Angst«, kam es dann etwas lauter von ihr.

Doch es blieb still.

Langsam und zögernd kroch sie vorwärts, tastete sich in der Dunkelheit voran, bis ihre Hand an etwas Weiches stieß.

Es fühlte sich an wie …

Sie keuchte entsetzt.

War das ihre Freundin, die vor ihr auf dem kalten Boden lag?

Sie kroch ein Stück näher, konzentrierte sich auf ihre Umgebung, doch so sehr sie sich auch anstrengte, sie konnte einfach nichts erkennen. Wieder streckte sie die Hand aus, griff ein klein wenig beherzter zu, obwohl die Angst sie fast gänzlich zu lähmen schien, spürte etwas Festes unter ihren Handflächen, das sich wie Beine anfühlte.

Spindeldürre Mädchenbeine …

Das, was da reglos vor ihr lag, war definitiv ein menschlicher Körper.

Ein Kind!

Ein Mädchen!

Carly?

Sie tastete weiter, spürte raschelnden Stoff.

Ein Rock.

Carlys Rock!

In Gedanken sah sie ihre Freundin lachend vor sich, wie sie sich mehrmals um die eigene Achse drehte, der Rock wie eine Glockenblume geöffnet.

Sie schnappte nach Luft, arbeitete sich nach oben vor.

Da war etwas Flauschiges, das sich anfühlte wie der rosafarbene Pullover, den Carly angehabt hatte, als sie in den Wald gegangen waren.

»Carly«, brachte sie mühsam und mit zittriger Stimme über die Lippen, doch wenn das tatsächlich ihre Freundin war, die da vor ihr lag, musste ihr etwas Schreckliches passiert sein, das sie daran hinderte, zu antworten.

Sie ließ ihre Finger weiter nach oben wandern, bis sie zum ersten Mal auf etwas Glattes traf.

Haut!

Eiskalte Haut!

Sie schluckte, als sie etwas Klebriges an ihren Fingern spürte, und roch daran.

Ihr Magen rebellierte, als der ekelhafte Geruch ihr Innerstes erfüllte.

Was war das nur?

Sie streckte ihre Hand erneut aus, traf auf etwas Matschiges, das sie nicht genauer definieren konnte.

Es fühlte sich an wie … Brei, in dem irgendwelche harten Brocken steckten.

Dann spürte sie plötzlich Haare unter ihren Fingern. Lange, weiche Haare, die an einigen Stellen merkwürdig steif waren.

Ein Stromschlag ging durch ihren Körper, als ihr klar wurde, was das zu bedeuten hatte.

Eine klebrige Masse, dann lange seidige Haare.

Bitte, bitte lieber Gott, lass es ein böser Albtraum sein, betete sie im Stillen.

Er erhörte sie nicht.

Stattdessen erfasste sie das Grauen mit Haut und Haar, als ihr aufging, dass die matschige Masse, in die sie eben gegriffen hatte, einst ein Gesicht gewesen sein musste.

Das Gesicht ihrer Freundin Carly?

Ein Schrei gellte durch die Finsternis und es dauerte eine

Weile, ehe ihr klar wurde, dass sie selbst es war, die geschrien hatte.

Sie begann zu weinen.

»Bitte, lieber Gott«, schluchzte sie und erzitterte am ganzen Körper, *»bitte, ich will zu meiner Mami!«*

1

TURKU

JUNI 2017

»Ach du liebe Scheiße!« Henni starrte betroffen auf den toten Körper vor ihr im Straßengraben, dann auf das total demolierte Fahrrad, das ein paar Meter weiter weg am Straßenrand lag. Schließlich ging sie in die Hocke, um besser sehen zu können. In ihrem Magen rumorte es, was mit allergrößter Wahrscheinlichkeit daran lag, dass sie heute in aller Herrgottsfrühe aus dem Schlaf gerissen worden war und bislang weder Zeit für Frühstück noch für einen Kaffee gefunden hatte. »So was sieht man auch nicht alle Tage ...« Sie drehte sich zu ihrem Kollegen Ramon Salo um, grinste, als sie bemerkte, dass es ihm ähnlich gehen musste, er aussah, als müsse er gegen den Brechreiz ankämpfen. Sie wandte sich wieder dem Toten zu, studierte dessen Statur und seine Gesichtszüge oder vielmehr das, was noch davon übrig war.

Wie es aussah, handelte es sich bei dem Toten um einen Mann zwischen zwanzig und dreißig Jahren, wenn Henni präziser sein müsste, würde sie sich auf gerade mal Anfang zwanzig festlegen. Allem Anschein nach musste der junge Mann stark alkoholisiert gewesen sein, als er mit dem Kopf voraus von seinem Rad in den Graben gestürzt war und sich das Genick gebrochen hatte. Unglücklicherweise hatte er keinen Helm aufgehabt, was ihm letztendlich sowohl das Leben als auch sein ehemals gutes Aussehen gekostet hatte.

Das Gesicht des Mannes war auf der linken Seite vollkommen eingedrückt und glich nur mehr einer blutigen Masse, weil er nicht einfach nur in den Graben, sondern mit voller Wucht auf einen riesigen Stein geknallt sein musste.

Henni schluckte schwer, dann stand sie auf, winkte Niilo Jokinen, den neuen Kollegen der Spurensicherung, herbei. »Habt ihr die Leiche schon genauer untersucht?«

»Ja, aber wie es aussieht, ist die Todesursache definitiv auf einen Unfall zurückzuführen. Es gibt keinerlei Hinweise, dass er angegriffen wurde, keine Schnittwunden, Würgemale oder dergleichen.«

Henni nickte, suchte anschließend stirnrunzelnd den Boden ab, sah Niilo an. »Dennoch wäre mir wichtig, dass ihr die Unfallstelle absichert und sie im Umkreis von circa fünfhundert Metern absolut gründlich absucht, ob es nicht doch eventuelle Hinweise auf eine Fremdbeteiligung gibt.«

»Du meinst Fahrerflucht?«

»Genau.« Sie sah die Leiche erneut an, deutete auf die blutig fleischige Masse, die früher einmal zu einem wirklich hübschen Gesicht gehört haben musste. »Es ist auf alle Fälle kein Schaden, auch in diese Richtung zu ermitteln. Was genau wissen wir eigentlich über den Toten?«

Niilo kratzte sich unbehaglich hinterm Ohr, sah Henni betreten an. »Laut Papiere handelt es sich um den 23-jährigen Julius Pulkkinen. Er wohnt direkt in der Innenstadt, wir sind gerade dabei, herauszufinden, ob es Angehörige gibt.«

Henni seufzte leise. »Dann würde ich sagen, ihr macht jetzt euer Ding, damit die Leiche schnellstmöglich in die Pathologie abtransportiert werden kann.«

. . .

Am späten Nachmittag, Henni wollte sich gerade auf den Weg zur heutigen Tagesbesprechung machen, klingelte das Telefon. Sie sah aufs Display, stieß die Luft aus, als sie registrierte, dass es der Pathologe war.

»Ahola am Apparat«, meldete sie sich knapp und hielt instinktiv den Atem an.

»Ich bin soweit durch«, kam es von Dr. Mäki.

Henni stieß die Luft aus, als ihr klar wurde, dass in der Stimme der Pathologin ein düsterer Unterton mitschwang.

»Der junge Mann starb definitiv an Genickbruch, was sein Glück war, wenn man seine Kopfverletzung näher betrachtet. Der Aufprall beim Sturz war so heftig, dass er einen Schädelbasisbruch erlitten hat. Sein Gehirn ist extrem angeschwollen, wer weiß, ob er sich jemals davon erholt hätte. Außerdem hat er einen gebrochenen Oberkiefer, sein Nasenbein ist mehrfach gebrochen und sein Auge ist irreparabel beschädigt.«

»Ich nehme an, dass das aber noch nicht alles ist, das Sie herausgefunden haben«, kam Henni auf den Punkt.

Dr. Mäki seufzte tief. »Das kann mal wohl sagen.« Sie brach ab, schien nach Worten zu suchen.

»Dieser junge Mann hatte keinen Alkohol oder sonstige Substanzen im Blut, war absolut nüchtern und im Vollbesitz seiner geistigen Kräfte. Ich will damit sagen ...« Die Pathologin brach erneut ab, schwieg anschließend sekundenlang. »Als Sie mir heute Vormittag schilderten, wie Sie den jungen Mann aufgefunden haben und vor allem wo, dachte ich im ersten Moment, er hätte zu viel getrunken und deswegen die Kontrolle über die Situation verloren. Solche Kandidaten hatte ich in den letzten Jahren öfters auf meinem Tisch. Auf diese Weise hätte sich auch die Heftigkeit des Sturzes erklären lassen. Aber so ...«

»Das mag sich jetzt blöd anhören«, erwiderte Henni leise, »doch seltsamerweise hab ich mit so was schon gerechnet.«

»Was meinen Sie?«, fragte Dr. Mäki verblüfft.

»Sein Fahrrad«, erklärte Henni ihr. »Es ist nicht nur der vordere Teil hinüber, sondern auch das Hinterrad. Meine Kollegen haben bereits am Unfallort Ablagerungen am Schutzblech gefunden, die von einem anderen Fahrzeug stammen könnten – die Spurensicherung ist gerade dabei, herauszufinden, ob es sich dabei um Autolack handelt. Hinzu kommt, dass die Straße an der Unfallstelle keinerlei Unebenheiten aufweist, es gibt keine Schlaglöcher, geregnet hat es auch nicht.«

»Also könnte der arme Junge das Opfer eines Rasers geworden sein?«

Henni räusperte sich. »Entweder das oder jemand wusste ganz genau, was er tut, zum Beispiel, weil er es auf Julius Pulkkinen abgesehen hat.«

Die Worte waren Henni einfach so über die Lippen gekommen, ohne dass sie sich hätte bremsen können. Um ehrlich zu sein, wunderte sie sich gerade über sich selbst, diese Möglichkeit überhaupt in Betracht zu ziehen, obwohl es dafür nicht den Ansatz einer Spur, geschweige denn eines Hinweises gab.

»Wie kommen Sie denn darauf, dass es auch Mord gewesen sein könnte?«

Henni sog die Luft ein, stockte für den Bruchteil einer Sekunde. »Tja, das weiß ich selber nicht so genau«, erklärte sie aufrichtig und meinte es ganz genauso. »Es ist nur so ein Gefühl, das mir sagt, dass dieser Unfall nicht das ist, was er vorgibt, zu sein.«

Als Henni mit zehnminütiger Verspätung im Konferenzzimmer ankam, waren ihre Kollegen bereits vollzählig versammelt und in angeregte Gespräche vertieft, welche abrupt verstummten, als sie den Raum betrat.

»Ich hab Neuigkeiten«, begann sie und starrte mit finsterem Blick in die Gesichter ihrer Kollegen.

»Nur ganz kurz, bevor du loslegst«, unterbrach Ramon sie, sah Henni entschuldigend an. »Wir wissen mittlerweile, dass Julius auf dem Weg von der Arbeit nach Hause war«, erklärte er. »Er stammt ursprünglich aus Oulu, lebt seit ein paar Jahren hier in Turku, weil er auf einen Studienplatz an der Uni in Helsinki wartet. Er verdient seinen Lebensunterhalt mit seinem Job als Barkeeper in einer Kneipe am Hafen. Seine Eltern hab ich auch erreicht. Sie wollten sich in den nächsten Flieger setzen und so schnell wie möglich herkommen.«

Hennis Magen verkrampfte sich, als sie daran dachte, wie es sein würde, den beiden armen Menschen das Herz zu brechen. Schließlich nickte sie. »Danke dir.« Sie schluckte, sah von Ramon in die Runde. »Die Pathologin hat eben angerufen. Der Tote hat definitiv weder getrunken noch irgendwelche Drogen konsumiert.« Sie ließ ihre Worte wirken, sah jedem Einzelnen ihrer Kollegen ins Gesicht. »Das heißt also, dass er entweder von einer Sekunde auf die andere die Kontrolle über sein Rad verloren hat, vielleicht weil er abgelenkt oder müde war, oder – was meiner Ansicht nach wahrscheinlicher ist – Opfer eines Rasers oder sogar Schlimmeres wurde.«

»Da könnte auch ein Tier gewesen sein, das wie aus dem Nichts vor ihm zwischen den Bäumen rausgeschossen kam und ihn erschreckt hat«, kam es von Joanna Harju, einer Kollegin aus der Recherche. »Das ist mir auch schon passiert, als ich spät abends auf der Landstraße gefahren bin.«

Henni dachte darüber nach, nickte schließlich. »Denkbar wäre es«, sagte sie zu Joanna und entlockte ihr ein schüchternes Lächeln, das Ramon, ihr Kollege, mit einem Augenrollen kommentierte.

»Das erklärt aber nicht, wieso es auf den letzten Metern bis zum Graben nicht den Ansatz einer Bremsspur gibt.«

Henni sah ihn erstaunt an. »Überhaupt keine?«

Kopfschütteln. »Außerdem haben wir den Sturz des

jungen Mannes in einer Computeranimation nachgestellt und versucht, ihn nahezu vollständig zu rekonstruieren. Er hatte sein Handy im Rucksack und keine Kopfhörer auf. Das Licht an seinem Rad war funktionstüchtig und wir haben auch ansonsten keinerlei Mängel gefunden, die zu dem Unfall geführt haben könnten. Alle Schäden am Fahrrad sind erst durch den Unfall selbst entstanden – so viel ist sicher. Es scheint, als sei der Mann tatsächlich ohne Eigenverschulden von der Straße abgekommen.«

»Und diese Lackspuren am Schutzblech? Wissen wir da schon Näheres?«

Ramon verzog das Gesicht. »Die Kollegen aus der Forensik sind überzeugt, dass es sich dabei um Spuren von Autolack handelt. Genaueres wissen wir aber noch nicht, deswegen habe ich veranlasst, dass sie eine Probe ins kriminaltechnische Labor nach Helsinki schicken, wo Spezialisten sitzen, die anhand der Farbzusammensetzung herausfinden können, um welche Automarke es sich genau handelt. Wir brauchen so bald wie möglich Hinweise, um endlich richtig loslegen zu können.«

Henni ließ die Worte ihres Kollegen einen Augenblick wirken, holte tief Luft. »Dann steht im Grunde also fest, dass ein weiterer Verkehrsteilnehmer an dem Unfall beteiligt war?«

»Wenn wir die fehlenden Bremsspuren am Ort des Geschehens in Betracht ziehen, die Heftigkeit des ungebremsten Sturzes des Mannes, die Tatsache, dass er nüchtern war, und die Beschädigungen des hinteren Teils seines Rades – definitiv.«

Henni nickte abwesend, schloss für einen Moment lang die Augen. »Das mit den fehlenden Bremsspuren verstehe ich trotzdem nicht. Ich meine, selbst wenn da jemand war, der den jungen Mann auf seinem Rad erst viel zu spät bemerkt hat, müsste er doch zumindest im Nachhinein kurz angehalten haben, um nachzusehen, was los ist. Ich meine, wie wahrscheinlich ist es denn, dass ein Autofahrer mit einem Fahrrad kollidiert und tatsächlich einfach weiterfährt, als sei nichts gewesen. Jeder normale Mensch wäre erst mal vollkommen geschockt, sodass ihm gar nichts anderes übrig bliebe, als anzuhalten und ein paar Sekunden darüber nachzudenken, was seine Möglichkeiten sind.«

Ramon legte den Kopf schief, musterte sie. »Du denkst also, dass es ein geplanter Mord sein könnte?«

Henni erwiderte seinen Blick. »Bis vor wenigen Minuten hätte ich das nur für eine Möglichkeit von vielen gehalten, doch jetzt bin ich mir ziemlich sicher, dass es die einzige Option ist!«

2

TURKU

MAI 2019

»Stella, haben Sie einen Augenblick Zeit für mich?«

Sie wirbelte herum, sah Dr. Heiskanen ungeduldig an.

»Es geht um Ihren neuen Patienten, Lenni Rosu.«

Stella stöhnte innerlich auf, hielt dem Blick ihres Vorgesetzten aber stand.

»Sie fragen sich, wieso ich beschlossen habe, ihn nicht zu sedieren?«

Dr. Heiskanen sagte nichts, sah Stella nur interessiert an.

Sie zögerte kurz, dann gab sie sich einen Ruck. »Als Sie mich vor drei Jahren einstellten, dachte ich, dass Sie meinen Fähigkeiten vertrauen.«

Der Mann nickte. »Das tue ich selbstverständlich. Dennoch interessiert es mich, weshalb Ihre Ansicht bezüglich des Patienten sich so extrem von der Ihrer Kollegen unterscheidet.«

Stella schluckte. »Lenni Rosu wirkt auf mich absolut ruhig, beinahe gefasst. Ich sehe keine akute Gefahr von ihm ausgehen, weder für sich selbst noch für seine Mitpatienten in der Einrichtung.«

»Dann hat er mit Ihnen gesprochen?«

Stella nickte. »Er hat mir alles erzählt, woran er sich erinnert. Und er wirkte währenddessen weder aggressiv noch unruhig, weshalb ich angeordnet habe, dass er keine Beruhigungsmittel bekommen sollte. Ich würde gerne morgen noch mal mit ihm sprechen und finde, dass es mehr bringt, wenn er dabei absolut klar im Kopf ist.«

»Der Mann hat seine Mutter halb tot gewürgt!«

Stella nickte. »Aber er war während der Tat nicht wirklich vollkommen bei sich, hat geschlafwandelt.«

»Behauptet er«, kam es von Heiskanen. »Seine Mutter wiederum sagt, dass er aussah, als sei er vollkommen klar und auch wach gewesen.«

»Schlafwandler laufen nicht mit geschlossenen Augen durch die Gegend und das wissen Sie«, schoss Stella zurück. »Hinzu kommt, dass Lenni Rosu zuvor noch nie gewalttätig gegen seine Familie oder sonst jemanden war.«

Heiskanen stieß ein Prusten aus. »Er verbringt seine Freizeit damit, in Online-Spielen Menschen abzuschlachten.«

»So wie viele junge Männer im Alter von sechzehn Jahren«, erwiderte Stella. »Das ist der Lauf der Zeit. Früher verbrachte die Jugend ihre Freizeit auf der Straße und mit Freunden, heute treffen sie sich via Skype, quatschen online oder zocken eben Computerspiele.«

Heiskanen schüttelte den Kopf.

»Ich verspreche Ihnen«, beschwichtigte Stella ihn, »dass ich die Situation vollkommen im Griff habe. Lenni Rosu ist zuvor noch nie aufgefallen, er schreibt gute Noten in der Schule, hat Pläne für seine Zukunft, liebt seine Eltern und seine Geschwister. Was immer der Auslöser für diesen … Vorfall war – ich finde ihn und ich garantiere, dass keine Gefahr von dem jungen Mann ausgeht.«

Heiskanen nickte bedächtig, fixierte Stellas Gesicht. »Kennen Sie die Familiengeschichte des Jungen?«

»Er wuchs bis zu seinem fünften Lebensjahr in Heimen auf, nachdem seine leibliche Mutter ihn schwer misshandelt hatte und verwahrlosen ließ. Die Rosus nahmen ihn auf, gaben ihm ein neues Zuhause, adoptierten ihn schließlich im Alter von zwölf Jahren.« Stella verstummte, als sie Heiskanens Grinsen wahrnahm.

Eine Welle des Zornes flutete ihr Innerstes. »Das soll die Erklärung sein? Okay, er hat eine schwere Kindheit und Gewalt durch seine leibliche Mutter erlebt. Das muss aber noch lange nicht bedeuten, dass er seinen lange unterdrückten Hass gegen sie jetzt an seiner Adoptivmutter auslässt.«

»Manchmal tritt ein Trauma nicht im Wachzustand zutage, sondern äußert sich, wenn die Betroffenen schlafen. Durch Albträume zum Beispiel oder Verletzungen, die sich Menschen im Schlaf selbst zufügen. Oder anderen ...«

Stella nickte, sah Heiskanen fest an. »Das weiß ich selbstverständlich. Doch ich bin absolut überzeugt davon, dass das bei Lenni nicht der Fall ist. Ich habe schon mit jungen Leuten gesprochen, die Ähnliches durchlebt haben und dadurch nun ja ... vollkommen neben der Spur stehen. Bei Lenni ist das glücklicherweise nicht der Fall. Er hat seine Vergangenheit – auch mithilfe der Rosus – verarbeiten können, hat sich von seinen negativen Gefühlen lösen können.«

»Wieso ist er dann auf seine Adoptivmutter losgegangen?«

»Da gibt es unzählige Möglichkeiten«, erklärte Stella. »Zum Beispiel ist er gerade mitten in der Pubertät, könnte an einer hormonellen Störung leiden, die sich durch kurzzeitige psychische Episoden auswirkt. Oder er könnte einen Tumor haben. Drogenmissbrauch käme ebenso infrage. Lenni Rosu ist in einem Alter, in dem junge Menschen alles Mögliche ausprobieren. Er wäre nicht der Erste, der an psychischen Nebenwirkungen durch LSD-Konsum leidet.«

»Haben Sie eine Blutuntersuchung angeordnet?«

»Selbstverständlich.«

»Und wann wissen wir mehr?«

»Wenn wir Glück haben, morgen früh.«

Das schien Heiskanen fürs Erste zufriedenzustellen, denn er lächelte, drehte sich auf dem Absatz um, ließ Stella stehen.

Erleichtert machte sie sich auf den Weg zum Aufzug. Sie hatte einen Zwölf-Stunden Arbeitstag hinter sich, freute sich jetzt auf eine schöne erfrischende Dusche sowie einen ruhigen Abend vor dem Fernseher mit einem Glas Wein und einer Pizza vom Lieferservice. Doch zuvor musste sie unbedingt Isa anrufen, ihre beste Freundin. Isa hatte sie heute mehrfach versucht zu erreichen, doch sie hatte einfach keine Zeit gefunden, dranzugehen, geschweige denn, zurückzurufen. Als sie aus dem Aufzug trat, zog sie ihr Handy aus der Tasche, suchte Isas Kontakt, drückte auf Wählen.

Nichts.

Sie versuchte es erneut, doch wieder ging Isa nicht dran.

Der Anflug eines schlechten Gewissens machte sich in Stella breit. Sie hätte Isa während der Mittagspause zurückrufen können, hatte es aber schlicht und ergreifend vergessen.

Was, wenn ihr etwas passiert war, sie Hilfe gebraucht hätte?

Doch dann sagte Stella sich, dass es bestimmt wieder einer von Isas Anfällen von Selbstmitleid gewesen war, wegen dem sie ihren Rat gebraucht hatte.

Isa war von Beruf Schauspielerin und auch im echten Leben eine wahre Dramaqueen. Sie war genau wie Stella sechsunddreißig Jahre alt, wunderschön und führte ein Bilderbuchleben – zumindest nach außen hin. Isa hatte eine niedliche kleine Tochter, einen gut aussehenden und sehr netten Ehemann, ein wunderschönes Haus und mehr Geld, als sie jemals ausgeben könnte.

Trotzdem war Isa ein Mensch, dem die Fähigkeit fehlte, jemals Zufriedenheit zu empfinden.

Oder echtes Glück.

Stattdessen war Isa permanent am Jammern und bemitleidete sich gerne selbst. Mal war es Luna, ihre Tochter, die sie zur Weißglut trieb und sie nicht zur Ruhe kommen ließ. Dann ihr Ehemann Janni, der sie mit seinen Eifersuchts-Eskapaden fertigmachte. Oder eine Kollegin, die hinterrücks über sie gelästert hatte, der neue Film, von dem Isa sicher war, dass ihre schauspielerische Leistung eine Katastrophe sei. Isa fand immer etwas, wegen dem sie ihrem Umfeld die Ohren vollheulen konnte. Anstatt sich darüber zu freuen, was sie hatte, sich angesichts dessen, was sie in ihrem jungen Alter bereits erreicht hatte, zufrieden zurückzulehnen, schaffte Isa es immer wieder, anderen ein vollkommen anderes Bild von sich selbst zu vermitteln. Das Bild einer vom Leben verwöhnten Frau, die einfach nicht zufriedenzustellen war.

Es gab Menschen, die Isa deswegen aus dem Weg gingen, sie nicht mochten, doch Stella empfand in Bezug auf die Freundin völlig anders. Sie war eine der wenigen Personen, denen Isa es erlaubte, ihr näherzukommen, ihr tief in die Seele zu blicken, wo man ihr wahres Ich erkennen konnte. Die scheue Isa, die Angst vor Zurückweisung hatte. Die Isa, die bereits seit ihrer Kindheit an furchtbaren Minderwertigkeitskomplexen litt. Eine Frau, die noch immer glaubte, dass man sich die Liebe und Anerkennung der eigenen Familie und Freunde hart erkämpfen musste.

Stella wusste, dass dies daran lag, wie ihre Freundin aufgewachsen war. An der Seite ihres strengen Vaters, dem Isa nie etwas hatte gut genug machen können. Mit einer desinteressierten Mutter – ebenfalls Schauspielerin –, der Partys mit Kolleginnen, ihre jungen Lover und das nächste Projekt stets wichtiger gewesen war als der Ehemann oder das eigene Kind.

Stella wusste, dass Isa noch heute darunter litt, dass sie nie ein wirklich inniges Verhältnis zu ihren Eltern hatte aufbauen können. Zu ihrer selbstverliebten Mutter nicht und auch nicht zu ihrem Vater, der die Wut über seine Ehefrau bis heute an der Tochter ausließ. Und auch jetzt noch, als ebenfalls erfolgreiche Schauspielerin mit eigener Familie schafften es ihre Eltern immer wieder, Isa mit spitzen Bemerkungen runterzuziehen und an sich selbst zweifeln zu lassen. Das war auch der Grund für Isas Hang zu außerehelichen Aktivitäten. Nicht, dass sie die Freundin dafür verurteilte … Doch Stella kam nicht umhin, zuzugeben, dass es ihr einen Stich versetzte, mitzubekommen, wie leichtfertig Isa ihr Glück für zwanglose und unbedeutende Abenteuer aufs Spiel setzte. Sie selbst war da ganz anders. Bei einer sehr liebevollen Mutter aufgewachsen, hatte Stella nie erfahren müssen, was es bedeutete, um Aufmerksamkeit und Fürsorge betteln zu müssen. Stella wusste, was sie als Mensch wert war, lechzte daher weder nach Anerkennung noch nach Bestätigung.

Sie brauchte das alles nicht, was sicherlich auch daran lag, dass sie im Gegensatz zu Isa ein sehr inniges Verhältnis zu ihrer Mutter gepflegt hatte.

Sie sog die Luft ein, wählte erneut die Nummer ihrer Freundin, gab schließlich auf, als Isa noch immer nicht ranging. Sie schloss ihren Wagen auf, setzte sich hinters Lenkrad, überlegte kurz, bei ihr vorbeizufahren, entschied sich aber dagegen.

Doch auch auf dem Weg nach Hause, Stella lebte in einem kleinen Häuschen am Stadtrand von Turku, gingen ihr Isas Anrufe nicht aus dem Kopf.

Was hatte sie denn nur von ihr gewollt?

Und was genau könnte so dringend gewesen sein, dass sie sie sogar während der Arbeit anrief?

Isa wusste, dass sie in der Klinik regelmäßigen Patientenkontakt hatte und nicht ans Telefon gehen konnte, wieso hatte sie es trotzdem mehrmals hintereinander bei ihr versucht?

Als sie nach der zwanzigminütigen Fahrt endlich die Auffahrt zu ihrem Haus hinauffuhr und die Freundin zusammengesunken auf ihrem Treppenabsatz vorfand, stieß sie einen Seufzer aus.

Einerseits war sie erleichtert, Isa wohlbehalten zu wissen, andererseits wäre es ihr lieber gewesen, die Freundin hätte sie vorgewarnt, sodass sie sich in Ruhe damit hätte abfinden können, dass aus ihrem gemütlichen Abend nun nichts mehr werden würde.

Nachdem sie den Wagen abgestellt hatte, stieg sie aus, lief auf Isa zu.

Als sie bei ihr war, ging sie vor ihr in die Hocke. »Hey«, sagte sie sanft und strich ihr behutsam über die hellblonden Haare. »Was hast du denn?«

Ganz langsam, fast zögernd hob Isa den Kopf.

Stella zuckte zusammen, als sie den leuchtend roten Abdruck mehrerer Finger sah, der die linke Wange der Freundin zierte.

»Um Gottes willen«, stieß sie aus, »was ist denn mit dir passiert?«

Isa brach in Tränen aus, bebte plötzlich am ganzen Körper.

Schnell nahm Stella sie bei der Hand, zog sie mit sich ins Haus.

»Hinsetzen«, befahl sie ihr schließlich mit sanfter Stimme und schob sie in Richtung des Sofas im Wohnzimmer, von dem aus man den angrenzenden Wald durchs Fenster sehen konnte. Sie nahm eine Flasche Scotch aus dem Barschrank, goss einen ordentlichen Schluck davon in ein Glas, reichte es Isa. Die stürzte die hellbraune Flüssigkeit beinahe auf einmal hinunter.

»Noch einen?«

Isa nickte, reichte ihr wortlos das Glas, wischte sich die Tränen aus dem Gesicht.

Diesmal machte Stella das Glas ein klein wenig voller, gab es Isa zurück. Sich selbst schenkte sie anschließend einen guten Rotwein ein – harte Sachen bekam sie einfach nicht runter und schon gar nicht, wenn sie noch nichts im Magen hatte.

Sie stießen schweigend an, tranken.

»Wenn du wissen willst, wer das war, musst du ihn anrufen …«

Stella sah Isa irritiert an, hob die Augenbrauen empor. »Wen meinst du? Janni etwa?«

Isa wich ihrem Blick aus, nickte kaum wahrnehmbar.

»Das … ich weiß überhaupt nicht, was ich sagen soll…«

Das stimmte, denn eigentlich war Isas Mann eine Seele von einem Mann und vollkommen vernarrt in seine beiden Mädels – wie er Isa und ihr gemeinsames Töchterchen Luna immer nannte. Niemals hätte sie ihm zugetraut, dass er seiner Frau gegenüber handgreiflich werden könnte.

»Und das war auch nicht das erste Mal«, kam es von Isa, als ahne sie, was Stella gerade durch den Kopf ging.

»Wieso hast du nie etwas gesagt?«, fragte sie Isa und sah sie betroffen an. »Ich meine, wir sind doch Freundinnen, du kannst mir also vollkommen vertrauen, verstehst du?«

Isa senkte den Blick, räusperte sich. »Ich habe mich so geschämt«, kam es brüchig über ihre Lippen. »Der Streit heute, das war meine Schuld.«

»Egal, was du getan oder gesagt hast – berechtigt deinen Mann nicht, zuzuschlagen und dir Gewalt anzutun!«

»Er hat mich geschlagen, weil ich ihm gesagt habe, dass ich es satthabe, sein Goldesel zu sein.«

Stella riss die Augen auf, starrte Isa sprachlos an. Als sie ihre Fassung zurückerlangt hatte, schnappte sie nach Luft.

»Wie kommst du denn auf so was?«

Sie hob die Schultern. »Er hat sich schon wieder so einen sündhaft teuren Blödsinn gekauft, der nur Platz weg nimmt. Hauptsache, er hat seinen Spaß, an mich denkt doch sowieso keiner.«

Stella hörte aus Isas Stimme heraus, dass sie selbstver- ständlich wusste, wie falsch sie lag.

»Du kaufst dir doch auch genügend Zeug«, wandte Stella ein.

»Es ist ja auch MEIN Geld«, konterte Isa.

Stella sah sie an, verzog das Gesicht. »Du warst es doch, die von Janni verlangt hat, seinen Job aufzugeben, weil du genug für euch beide verdienst. Du wolltest, dass er sich um euer Kind kümmert, während du bei Auswärtsdrehs bist.«

Isa schluckte.

»Was ist wirklich los? Wieso hast du den Streit vom Zaun gebrochen?«

»Da ist nichts anderes!«

Stella nickte, sah aus dem Fenster. Nach einer Weile sah sie wieder zu Isa.

»Also hast du Janni bewusst mit deinen Worten verletzt? Weil es dich nervt, dass er so sorglos mit eurem Geld umgeht.«

»Sieht wohl so aus.«

»Das gibt ihm trotzdem nicht das Recht, dich zu schlagen. Erzählst du mir, bei welchen Gelegenheiten er dich früher bereits geschlagen hat?«

Isa seufzte. »Geschlagen nicht direkt, eher fest zugepackt, sodass ich blaue Flecken an den Armen hatte, oder er hat mich im Zorn gegen die Wand gestoßen, dass mir tagelang der Rücken wehtat – solche Sachen eben. So richtig zugehauen hat er heute zum ersten Mal.«

Stella dachte einen Augenblick über Isas Worte nach, sah sie an. »Es ist trotzdem nicht okay«, erwiderte sie schließlich. »Egal, wie wütend man ist, Gewalt gegen den Partner darf einfach niemals passieren.«

Isa schluckte. »Vielleicht wäre es wirklich besser, wenn ich mich von ihm trenne …«

»Hast du so was schon mal zu ihm gesagt?«

Isa zuckte mit den Schultern. »Kann schon sein.«

»Er hat Angst, Isa. Angst, dich zu verlieren. Deswegen ist er so … so leicht auf die Palme zu bringen.« Stella hasste sich dafür, diese Sache zu bagatellisieren, doch Fakt war, dass sie tatsächlich ahnte, worauf das Ganze hinauslief.

Janni war mit einer Frau verheiratet, die sich ihrer Anmut und Besonderheit nicht bewusst war, eine Frau, der es an Selbstbewusstsein mangelte und die deswegen permanent nach Bestätigung von außen suchte.

Er hingegen hatte seinen Job aufgegeben, seine finanzielle Unabhängigkeit, sein gesamtes früheres Leben und das missfiel ihm von Tag zu Tag mehr. Deswegen brachte er es auch nicht über sich, seine reiche, talentierte und wunderschöne Frau tagein, tagaus zu hofieren und ihr zu sagen, wie stolz er auf sie war.

Es kratzte schlichtweg an seiner Ehre, auf sie angewiesen zu sein, hinzu kam, dass er vielleicht sogar ahnte, was hinter seinem Rücken geschah.

Falls er wirklich wusste oder zumindest ahnte, dass Isa andere Männer traf, musste er sich schrecklich fühlen. Hilflos, alleingelassen und verraten. Stella schätzte, dass Isa mit ihrer Äußerung das Fass einfach zum Überlaufen gebracht hatte.

»Vielleicht ahnt er ja, dass es außer ihm …« Sie brach ab, sah Isa an.

Die schüttelte den Kopf. »Ausgeschlossen. Er kann es nicht wissen, weil ich immer sehr vorsichtig bin.«

»Er ist nicht blöd!«

»Das hab ich auch nicht gesagt, trotzdem bin ich sicher, dass er nichts wissen kann. Vielleicht ahnt er etwas, hat Angst, dass es irgendwann passieren könnte, doch wissen kann er es nicht.«

»Und was willst du jetzt tun?«, fragte Stella und musterte sie besorgt.

Die Freundin schüttelte den Kopf. »Nach Hause gehen, so tun, als sei alles wieder gut, bis es erneut passiert. Das heißt es doch immer – wer einmal schlägt, hat die Hemmschwelle längst überschritten.«

Stella verzog das Gesicht. »Das muss nicht zwangsläufig auch auf Janni zutreffen und das weißt du auch. Er hat dir eine Ohrfeige verpasst, das ist kein Kavaliersdelikt – okay. Trotzdem müsst ihr euch aussprechen, diese Sache ein für alle Mal aus der Welt schaffen, grundlegend an eurer Beziehung arbeiten. An einem Streit ist nie einer alleine schuld, wenn du verstehst, was ich meine. Und mach ihm klar, dass du weg bist, sollte er auch nur noch einmal die Hand gegen dich erheben.«

Isa sah Stella resigniert an, nickte, stand auf. »Dann mach ich mich jetzt mal auf den Weg, damit du den Abend genießen kannst. Kommt Harri noch vorbei?«

Stella schüttelte den Kopf. »Ich schaff es diese Woche wohl an keinem Tag vor sieben aus der Klinik, da brauche ich am Abend niemanden mehr um mich herum.« Als ihr bewusst wurde, dass sie mit dieser Aussage Isa verletzt haben könnte, sog sie die Luft ein, verzog betreten das Gesicht. »Dich meinte ich damit natürlich nicht«, erklärte sie, doch die Freundin schien es gar nicht mitbekommen zu haben.

Gemeinsam gingen sie zur Tür, umarmten einander zum Abschied.

»Wenn du willst, kann ich dich fahren«, sagte Stella, als ihr klar wurde, dass Isa zu Fuß hergekommen sein musste, nachdem sie vorhin weit und breit kein anderes Auto gesehen hatte.

Die Freundin winkte ab. »Lass nur, ich brauche noch ein paar Minuten für mich – ein kleiner Spaziergang kommt mir da gerade recht.«

Isa küsste sie auf die Wange, griff nach der Klinke.

Ein ungutes Gefühl beschlich Stella. »Bist du sicher, dass da nicht doch noch etwas anderes ist, das dich bedrückt?«, fragte sie aus einem Impuls heraus und tatsächlich meinte sie, in Isas Augen einen düsteren Schatten zu erkennen.

Für den Bruchteil einer Sekunde starrte die Freundin sie

unschlüssig an und es schien, als stünde sie kurz davor, einzuknicken.

Schließlich ging ein Ruck durch Isas Körper, der Schatten in ihren Augen löste sich auf, ihr Gesicht erstarrte zu jener emotionslosen Maske, die sie auch den Medien gegenüber stets präsentierte.

»Mir geht es wieder gut«, sagte sie zu Stella und sah sie fest an. »Versprochen!« Dann drehte sie sich auf dem Absatz um und verschwand.

3

TURKU

APRIL 2018

»Sollen wir was essen gehen?«, fragte Henni und sah ihren Kollegen Ramon ungeduldig an. »Entscheide dich aber schnell, ich komme um vor Hunger, hatte den ganzen Tag noch keinen Bissen.«

»Was schlägst du vor?«

»Ich hätte Lust auf den neuen Sandwichladen um die Ecke. Die machen das beste Lachs-Avocado-Sandwich, das du je gegessen hast.«

Ramon gab ein künstliches Würgegeräusch von sich, sah Henni angewidert an. »Mit so einem Scheiß lockst du mich nicht hinterm Ofen vor. Gibt es da auch was Anständiges zu essen?«

Henni grinste, weil sie selbstverständlich wusste, dass ihr Kollege weder Grünes noch Fisch aß. Ramons Gemüse war Fleisch und Käse in allen Variationen. »Die machen auch Steak-Sandwiches und alles Mögliche mit Pastrami. Ich schätze also, dass du nicht verhungern musst.«

Ramon grinste, stand auf und zog seine Jacke von der Stuhllehne. Draußen schüttete es seit Tagen ununterbrochen und es herrschten für April ungewöhnlich kühle Temperaturen. Im Aufzug auf dem Weg nach unten schwiegen sie, die

Tristheit des Wetters, der Mangel an Vitamin D durch das fehlende Sonnenlicht setzte ihnen wohl beiden zu.

Inzwischen fühlte Henni sich seit Wochen müde und ausgezehrt, weil sie schlecht schlief und einfach im Allgemeinen mies drauf war. Hinzu kam, dass das Wetter sich auch auf die Gemüter der Leute schlug. Alle schienen unzufrieden und übellaunig zu sein, allen voran der Chef, der vor allem Henni als leitende Ermittlerin tierisch auf die Nerven ging.

Im Augenblick hatten sie einen großen Fall an der Backe, bei dem es um einige schwere Fälle von Raub und Körperverletzung an alten Damen ging. Henni schätzte, dass es sich bei den Tätern um eine Gruppe Teenager handelte, doch Genaueres wusste keiner, selbst die Opfer nicht, da alle drei von hinten angegriffen und bewusstlos geschlagen worden waren.

Als die Aufzugtüren aufglitten, fiel Henni ein, dass sie ihren Schirm im Büro hatte liegen lassen.

»Verdammte Kacke«, murmelte sie und wollte gerade auf den Knopf nach oben drücken, doch dann überlegte sie es sich anders. Die Gefahr, dass sie auf dem Weg zurück ins Büro dem Boss über den Weg lief, der ihre Pläne, zu Abend zu essen, durchkreuzen könnte, war einfach zu groß. Dann trug sie doch lieber für den Rest des Tages eine Pudelfrisur und feuchte Klamotten, hatte dafür aber einen gut gefüllten Magen. Als sie hinter Ramon nach draußen trat und ihr eiskalter Regen ins Gesicht klatschte, schlug sie den Kragen ihrer Jacke hoch, zog den Kopf ein und tat es ihrem Kollegen gleich. Gemeinsam rannten sie die Strecke vom Polizeipräsidium zum Sandwich-King, seufzten schließlich erleichtert auf, als sie keine zwei Minuten später vollkommen durchnässt ins Warme traten. Sie setzten sich an einen der wenigen leeren Tische, winkten nach der Bedienung. Die junge Frau – Tamara – kannte sie bereits und wusste, dass sie von der Polizei waren und selten ausreichend Zeit im

Gepäck hatten, um lange Wartezeiten in Kauf nehmen zu können.

»Was darf es denn heute sein?«, fragte sie freundlich und warf Ramon einen sehnsüchtigen Blick zu, der Henni grinsen ließ.

Es amüsierte sie immer wieder, welche Wirkung ihr Kollege auf Frauen hatte. Sie himmelten ihn an, ein paar von ihnen würden wahrscheinlich ihre Großmutter für ein Date mit ihm verkaufen.

Was sie nicht wussten – Ramon wirkte nach außen hin zwar wie ein Womanizer, doch in Wahrheit war er seit seinem siebzehnten Lebensjahr mit seiner Jugendliebe liiert und ihr absolut treu ergeben. Es würde ihm wahrscheinlich nicht einmal im Traum einfallen, seine Liebste zu betrügen, und sei es auch nur, indem er die Telefonnummer einer Interessentin annahm.

Henni selbst fand Ramon nur mäßig attraktiv, was nicht nur daran lag, dass sie am anderen Ufer fischte, sondern vor allem, weil sie sich mittlerweile schon so lange kannten, dass sie ihn als einen Bruder wahrnahm.

Als Ramon seine Bestellung – ein Glas Weißwein und ein doppeltes Pastrami-Blauschimmelkäse-Sandwich – aufgegeben hatte, wandte sich Tamara ihr zu.

»Für dich wie immer?«

Henni nickte und lehnte sich zurück.

Keine zehn Minuten später standen ihre Teller und Getränke auf dem Tisch und Tamara schenkte Ramon ein weiteres sehnsüchtiges Lächeln, das er wie immer nicht erwiderte. Henni fragte sich, wann Tamara endlich merken würde, dass er nicht an ihr interessiert war, und biss beherzt in ihr Vollkornbrot. Sie hatte gerade den ersten Bissen hinuntergeschluckt, als ihr Handy in der Tasche zu vibrieren begann. Seufzend legte sie ihr Sandwich beiseite, zog das Gerät aus der Tasche, warf einen Blick aufs Display.

»Verdammte Scheiße«, murmelte sie und sah Ramon an. »Sieht aus, als käme Arbeit rein.«

Genervt drehte er sich zu Tamara um, gab ihr ein Zeichen, dass sie ihnen Alufolie bringen sollte, weil sie weg mussten.

»Wer stört beim Essen?«, knurrte Henni trocken in den Hörer, musste sich ein Lachen verkneifen, als sie die Stimme von Joanna erkannte, der es hörbar unangenehm sein musste, die Chefin beim Essen zu stören.

Nachdem sie eine Entschuldigung gestottert hatte, kam sie auf den Punkt. »Eben hat eine Frau angerufen. Sie hat im Treppenhaus einen jungen Mann gefunden und ist ziemlich sicher, dass er tot ist.«

Als sie circa fünfzehn Minuten später in Ravattula ankamen, herrschte vor der Wohnanlage bereits Hochbetrieb. Henni erkannte den Wagen des diensthabenden Arztes, der Leichenwagen und die Spurensicherung waren ebenfalls bereits eingetroffen und vor dem Eingang zum Leichenfundort hatte sich eine kleine Menschentraube versammelt, von denen mindestens zwei auf die Entfernung aussahen, als gehörten sie zur Klatschpresse.

Henni seufzte. Sie hasste diese Aasgeier vom Turun Sanomat, die immer dann zur Stelle waren, wenn man sie überhaupt nicht gebrauchen konnte.

Sie warf Ramon einen düsteren Blick zu. Der grinste übers ganze Gesicht. »Ich nehme an, dass du das übernehmen willst?«

Ohne ihm eine Antwort zu geben, marschierte sie auf die Menschenansammlung zu, drängte sich durch die Menge zum Eingang. Dort drehte sie sich um, verzog grimmig das Gesicht. »Kriminalpolizei Turku, ich muss Sie alle bitten, den Eingang frei zu machen, damit wir unserer Arbeit ungestört nachgehen können.«

Sie achtete weder auf das empörte Gemurmel der Leute und die leisen Beleidigungen, die ein junger Mann ihr gegenüber fallen ließ, starrte stattdessen den Pressefuzzi finster an. »Das gilt auch für Sie, verdammt!«

Der Mann hob trotzig das Kinn, reagierte nicht. »Zuerst muss ich wissen, was genau vorgefallen ist. Ich muss ein Statement schreiben, das bin ich meinen Lesern schuldig!«

»Sie bekommen alles, was Sie wissen müssen, wenn ICH entscheide, dass es der richtige Zeitpunkt ist«, herrschte Henni ihn an, doch er hob nur gelangweilt die Schultern. »Wie ich hörte, war der Typ Pizzafahrer. Also könnte es ein Unfall gewesen sein, weil er im Stress war und nicht aufgepasst hat.« Er hielt inne, tat so, als müsse er scharf nachdenken, doch Henni wusste, dass das nur Show war. »Doch was, wenn er nicht gefallen ist, sondern geschubst wurde? Könnte es nicht sein, dass dieser Fall mit dem Unfall im letzten Jahr zusammenhängt? Immerhin war das arme Schwein auch erst Anfang zwanzig.«

Henni funkelte den Mann an, drehte sich auf dem Absatz um und verschwand im Hauseingang. Sie fragte sich, woher der Vollpfosten seine vielen Infos hatte, dann fiel ihr ein, dass sie eine junge Frau in der Menschenmenge hatte stehen sehen – wahrscheinlich die Mieterin, die die Polizei informiert hatte. Sie ging nach oben, wo sie an einigen Kollegen der Spusi vorbei kam, die gerade zu diskutieren schienen und deshalb keine Notiz von ihr nahmen. Schließlich sah sie Dr. Turunen auf einer Stufe oberhalb der Leiche kauern. Als die Ärztin sie erkannte, seufzte sie. »Also denjenigen, der das sauber machen muss, beneide ich wirklich nicht«, erklärte sie und nickte ihr zu. »Ihre Kollegen haben nämlich eben beschlossen, dass alles abgesichert werden muss, was bedeutet, dass das Blut getrocknet ist, bis die arme Putzfrau loslegen darf.«

Henni hob die Schultern, grinste, woraufhin Turunen ein Prusten ausstieß. Sie beide kannten einander schon seit einiger Zeit, hatten sich noch nie großartig mit Begrüßungs- oder anderen Höflichkeitsfloskeln aufgehalten. Das war es auch, was Henni an der Ärztin mochte. Sie kam sofort auf den Punkt, sagte, was sie dachte. »Der junge Mann ist mit dem Hinterkopf auf eine der Treppenkanten aufgeknallt, war sofort tot. Die Frage ist nun, wie es überhaupt zu dem Sturz hatte kommen können. Das Treppenhaus ist trocken, doch angenommen, er ist dennoch ausgerutscht, hätte er vorwärts stürzen müssen, treppaufwärts quasi.«

Henni sah die Frau an, bemerkte den Geruch nach Käse und Knoblauch, der in der Luft lag und sich langsam mit dem beißenden Gestank von Kupfer vermischte. Sie wusste auf Anhieb, was Turunen meinte. »Sie hätten nicht Ärztin, sondern Polizistin werden sollen«, scherzte sie und trat näher, achtete dabei darauf, nicht in die Blutlache zu treten, die sich immer weiter auf den Stufen unterhalb der Leiche ausbreitete, in zähen Schlieren treppab tropfte.

Sie deutete auf die längliche Tasche, die vor ihr auf dem Treppenabsatz lag. »Er hat sie noch nicht ausgeliefert, war also auf dem Weg nach oben.«

Turunen nickte.

»Und wenn jemand auf dem Weg nach oben ausrutscht, sich vertritt und stolpert, müsste er eigentlich auch treppaufwärts stürzen und nicht die Treppen runterfliegen.«

»Ganz genau.« Dr. Turunen sah Henni finster an. »Es sei denn, der junge Mann hat was genommen und ihm ist deswegen schwindelig geworden, sodass er das Gleichgewicht verloren hat. Das müsste aber die Pathologie feststellen können.«

»Sehen Sie seine Schuhsohlen?«

»Es sind grobe Sohlen, Turnschuhe halt. Wenn da noch Regenwasser zwischen den Rillen sein sollte, hat das definitiv nicht zu diesem heftigen Sturz geführt.«

In Hennis Innern rumorte es plötzlich, dann folgte ein heftiges Reißen, entlockte ihr ein Stöhnen.

»Alles klar?«, wollte Turunen wissen und sah Henni besorgt an. Sie nickte, winkte ab. »Das vergeht schon wieder, hab wohl was Verkehrtes gefuttert.« Sie hatte sich ihr Sandwich auf dem Weg hierher in Windeseile reingezogen, musste jetzt die Konsequenzen ausbaden. Ihr Bauch zwickte und sie sehnte sich danach, einen Tee zu trinken und sich hinzulegen, bis es ihr besser ging. In Gedanken verfluchte sie sich dafür, sich für ein so fettiges Sandwich auf nüchternen Magen entschieden zu haben, gerade wo sie doch wusste, dass ihr Verdauungstrakt sich mit heftigen Krämpfen dafür an ihr rächen würde.

Sie seufzte. Wenn das mit diesen Schmerzen so weiterginge, käme sie über kurz oder lang nicht drumherum, eine Magenspiegelung machen zu lassen, so sehr sie sich davor auch in die Hose schiss.

Sie zuckte zusammen, als sie registrierte, dass Turunen ihr ein Tablettenblister entgegenwarf. Sie streckte die Hände aus, fing ihn auf. »Was ist das?«, wollte sie wissen.

»Jeden Morgen nach dem Aufstehen eine und ihre Beschwerden sind ganz schnell Geschichte«, erklärte sie und grinste. »Allerdings sind Sie mir dafür einen Drink schuldig, denn normalerweise sind meine Behandlungen nicht kostenfrei.« Turunen zwinkerte Henni zu, dann deutete sie wieder auf den Toten, wurde schlagartig ernst. »Mir tun die armen Eltern leid«, sagte sie leise. »So plötzlich und unerwartet ein Kind zu verlieren – ich bin wirklich froh, dass ich selbst keine habe …«

»Weiß man schon, wie der Junge heißt?«

Turunen schluckte. »Tjark Hakala – zumindest laut seinem Namensschild an der Jacke.«

»Und sein ungefähres Alter? Was würden Sie schätzen?«

»Das muss ich gar nicht«, antwortete Turunen. »Ihre Kollegen haben vorhin schon mal seine Klamotten durchsucht und einen Pass gefunden. Er stammt von hier, ist gerade zwanzig geworden …«

Als Henni und Ramon knappe zwei Stunden später zurück ins Präsidium kamen, war es schon fast neun. Ramon seufzte leise. »Eigentlich hab ich meiner Süßen versprochen, dass ich heute früher komme und wir es uns noch ein bisschen gemütlich machen.«

Er starrte finster auf seine Schuhspitzen, ignorierte Hennis Grinsen. Sie wusste genau, was ihr Kollege mit einem gemütlichen Abend meinte. Seine Liebste und er wünschten sich seit Langem ein Kind, doch bislang hatte es damit einfach noch nicht klappen wollen. Henni schätzte, dass es an Ramon lag, denn irgendeine Auswirkung musste sein ungesunder Lebensstil ja haben.

»Wenn du willst, kannst du abhauen, ich schaff das schon allein.«

Ramon sah auf, verzog das Gesicht. »Dann käme ich mir wie ein Schwein vor, denn ich hab deine Großzügigkeit schon viel zu oft ausgenutzt.«

»Auf mich wartet doch keiner«, sagte Henni und was sich für Außenstehende bestimmt selbstmitleidig und weinerlich anhörte, war keineswegs so gemeint. Henni liebte ihre Unabhängigkeit und das Singleleben, dass sie tun und lassen konnte, was sie wollte und niemandem Rechenschaft schuldig war.

»Außerdem habe ich bereits zu Abend gegessen, bin also zufrieden und froh.«

»Allerdings siehst du nicht so aus«, gab Ramon zurück, sah sie ernst an. »Du bist blass und hast dunkle Ringe unter den Augen. Bist du sicher, dass du okay bist?«

»Mein Magen macht mir wieder zu schaffen«, erwiderte Henni ehrlich. »Aber der macht Zicken, ob ich hier bin oder zu Hause. Das blöde Ding macht da keinen Unterschied.«

Ramon grinste. »Eigentlich müsste es umgekehrt sein, findest du nicht? Du bist diejenige von uns, die das ganze gesunde Zeug in sich reinschaufelt und guck, was es dir bringt.«

Henni lachte auf. »Jetzt verschwinde einfach und lass mich in Ruhe, bevor ich es mir anders überlege.«

Er nickte, legte den Kopf schief. »Nur eine Frage, dann bin ich weg.«

Henni hob die Brauen empor.

»Was ist dein erster Eindruck hinsichtlich des Todes von Tjark Hakala?«

Sie schluckte, wollte einem ersten Impuls nachgeben und der Frage ihres Kollegen ausweichen, entschied sich aber dagegen. »Mir ist auf Anhieb die Ähnlichkeit zu dem Barkeeper letztes Jahr aufgefallen. Julius Pulkkinen – erinnerst du dich?«

Ramon nickte. »Der Fahrradunfall. Wir haben damals alles versucht, den Fahrer des Wagens, der den Unfall verursacht hat, zu finden, hatten aber keinen Erfolg.«

Henni stieß die Luft aus. »Was zum Teil auch am Boss lag. Er hat sich ums Verrecken nicht überzeugen lassen, dass es Absicht gewesen sein könnte, und uns die beantragten Mittel hinsichtlich einer Mordermittlung gestrichen. So blieb am Ende nur, in Bezug auf Unfall mit Fahrerflucht zu ermitteln, doch das verlief irgendwann im Sande, weil es theoretisch auch ein Tourist gewesen sein könnte, der längst über alle Berge ist.«

Ramon schluckte schwer. »Dass Tjark vom Typ her dem Jungen von damals ähnelt, ist mir auch aufgefallen«, gab er zu. »Aber wir dürfen nicht außer Acht lassen, dass es sich hier um einen Treppensturz und nicht um einen Verkehrsunfall handelt. Es sind zwei vollkommen verschiedene Unfallursachen.«

»Aber die Todesursache ist fast die gleiche«, kam es wieder von Henni. »Beide hatten schwere Kopfverletzungen, Julius starb halt am Genickbruch, doch hätte es diesen nicht gegeben, wäre es ihm wohl wie Tjark ergangen.«

Ramon seufzte. »Du denkst wirklich, dass die Fälle zusammenhängen könnten?«

»Warum nicht?«, erwiderte Henni. »Immerhin stimmt bei beiden Toten auch das Alter fast überein.«

»Und was genau hast du jetzt vor? Was sollen wir machen? Ich meine, klar, zuerst müssen wir auf die Obduktionsergebnisse warten, ob Tjark nicht doch was genommen hat, das den Sturz hätte provozieren können, doch wenn sich da nichts ergeben sollte …«, er brach ab.

»Da gibt es viel, das wir tun können«, sagte Henni düster. »Was wir damals schon hätten machen müssen« Sie hielt inne, sah Ramon an. »Ich will, dass wir die Akte von Julius wieder rausholen und beide Fälle synchron untersuchen. Das Umfeld der Jungen durchackern, nach eventuellen Gemeinsamkeiten suchen. Irgendwas muss doch zu finden sein, das uns weiterbringt.«

Ramon räusperte sich. »Du weißt, dass ich immer hinter dir stehe …«

»Und heute nicht?«, unterbrach Henni ihn.

»Selbst wenn Tjark Hakala die Treppe hinuntergestoßen worden ist – könnte das jeder gewesen sein. Das muss nicht zwangsläufig bedeuten, dass wir es mit einem Irren zu tun haben, der damals Julius und jetzt einen Pizzafahrer getötet hat.«

»Das beantwortet meine Frage nicht«, drängte Henni.

Er zögerte, hob schließlich resigniert die Schultern. »Gut … okay … aber kannst du deine Mutmaßung trotzdem irgendwie begründen? Einfach nur, um mir das Gefühl zu geben, das Richtige zu tun.«

Henni verzog das Gesicht. »Das würde ich ja wirklich sehr gerne«, erklärte sie bedauernd und machte eine Handbewegung, die Ramon bedeuten sollte, dass er sich jetzt verdünnisieren konnte. »Nur weiß ich das leider selbst nicht so genau.«

4

TURKU

MAI 2019

Während der Gruppentherapie war Stella unaufmerksam gewesen, hatte sich immer wieder dabei ertappt, dass sie anstatt bei ihren Patienten gedanklich bei Isalie, ihrer Freundin war. Nach deren Abgang gestern Abend hatte Stella sich irgendwie mies gefühlt und Schuldgefühle empfunden, weil sie froh gewesen war, als Isa sich endlich verabschiedet hatte. Das Gespräch mit der Freundin hatte sie auf seltsame Weise erschöpft, ihr die Lust auf einen schönen Abend vor dem Fernseher genommen, sodass sie letztendlich sogar auf die Pizza verzichtet hatte und nun kam sie nicht umhin, sich zu fragen, woran zum Teufel das lag. Wieso schaffte es Isalie immer wieder, sie dermaßen auszulaugen? In der Klinik tat sie tagein, tagaus genau dasselbe – nämlich mit Menschen sprechen, die psychische Probleme hatten, sich unsicher, unsichtbar oder gar wertlos fühlten, teilweise die schlimmsten Dinge getan hatten. Nicht, dass sie Isalie unterstellte, psychisch krank zu sein, vielleicht sogar eine Irre, doch einen seelischen Knacks hatte ihre Freundin, das ließ sich nun mal nicht bestreiten. Stella seufzte, schlug die Akte des Jungen zu, die vor ihr lag. Vielleicht konnte ihr ein extra starker Kaffee helfen, zu etwas mehr Konzentration zu kommen. Doch gerade als sie aufstehen wollte, um sich auf den Weg in die Cafeteria zu machen, hatte sie eine Idee. Sie könnte mit Harri über Isa reden. Inzwischen gingen Stella und er seit einigen Monaten miteinander aus, waren so etwas wie ein frisch verliebtes Paar, nur ohne diese ganze Gefühlsduselei wie weiche Knie und Herzflattern – zumindest was ihren Part dieser Verbindung anging.

Klar, sie mochte Harri, respektierte ihn, verbrachte gerne etwas Zeit mit ihm, genoss es auch, mit ihm zu schlafen, doch wirklich vernarrt war sie nicht in ihn. Geschweige denn empfand sie tiefere Gefühle, wenn sie mit ihm zusammen war. Im Grunde war er für sie nicht mehr und nicht weniger als ein netter Zeitvertreib, ein Freund mit Sonderleistungen quasi und Stella hoffte von ganzem Herzen, dass er sich nicht viel mehr von ihr erhoffte. Denn Fakt war, dass sie ihm das niemals würde geben können. Überhaupt hatte sie seit Jahren schon keine wirklich innige Beziehung mehr zu einem Mann gehabt, nicht seit … ihre große Liebe gestorben war. Sie hatten sich in der UNI kennengelernt, sich Hals über Kopf ineinander verliebt und für Stella war es wirklich ernst gewesen. Für ihn auch – zumindest hatte sie das all die Jahre immer glauben wollen. Oder es zumindest gehofft. Bis er sie eines Tages angerufen hatte. Er empfinde nichts mehr für sie, hatte er gesagt. Für überhaupt niemanden. Er hatte ihr mit Tränen erstickter Stimme gestanden, dass er seit Längerem schon rein gar nichts mehr empfand, sich innerlich tot fühlte und nicht wusste, was er dagegen tun sollte. Damals hatte Stella sich unfähig gefühlt, etwas zu erwidern, geschweige denn, ihm Hilfe anzubieten, denn diese hätte er zu dem Zeitpunkt wirklich dringend gebraucht. Rückblickend entschuldigte sie ihre damalige Reaktion mit dem Schock, den sein Geständnis bei ihr ausgelöst hatte. Stella erinnerte sich, wie betäubt sie nach dem Telefonat gewesen war, wie unendlich traurig und tief verletzt. Nur deswegen hatte sie den Anruf ausgeblendet,

einen Schutzwall in ihrem Innern errichtet und diesen
Mann, so gut es ihr eben möglich war, aus ihrem Herzen
verbannt.

Bis sie es eines Tages nicht mehr ausgehalten und doch
wieder angerufen hatte. Sogar zu ihm war sie gefahren, weil
sie ihn hatte sehen wollen, doch er war an jenem Tag vollkommen down gewesen, sodass sie ihn dann doch wieder
alleine gelassen hatte.

Am nächsten Tag hatte sie es dann gehört …

Angeblich war es eine Mischung aus Drogen und Medikamenten – die er absichtlich eingenommen hatte.

Ein geplanter und geglückter Suizid – so hatte es die
Polizei genannt.

Allein die Erinnerung an diesen Mann reichte aus, um
Stella auch heute noch die Tränen in die Augen zu treiben.

Nicht, weil sie ihn scheinbar mehr geliebt hatte als er sie.
Und auch nicht, weil er sie damals einfach abserviert hatte –
nein –, sie war auch heute noch wütend auf sich selbst, dass
sie damals, während jenes Telefonats nicht genauer hinge-
hört und die Zeichen richtig gedeutet hatte.

Sicher könnte sie es heute auf ihr anstrengendes Medizinstudium schieben, dass sie nicht die Kraft und Nerven
gehabt hatte, sich auf etwas anderes als sich selbst zu
konzentrieren. Die Wahrheit jedoch war, dass er ihr mit dem
Schlussstrich am Telefon so wehgetan hatte, dass sie schlicht
und ergreifend blind für alles war, das nicht mit ihrem
eigenen Schmerz zu tun hatte.

Wochenlang hatte sie sich selbst bemitleidet, ihn verteu-
felt und verflucht, sich gewünscht, dass er ebensolche
Höllenqualen litt wie sie, und dann war er plötzlich tot gewesen. Einfach nicht mehr da.

Und erst dann hatte sie es endlich auch kapiert. Die von
ihm ausgehende Trennung hatte gar nichts mit ihr zu tun
gehabt. Sie war nur eine Auswirkung der Symptome seiner
Krankheit – der Depression.

Danach kam der Katzenjammer.

Wochenlang machte Stella sich schwerste Vorwürfe, fragte sich, ob er noch leben könnte, wenn sie damals das getan hätte, was die Pflicht einer liebenden Freundin gewesen wäre.

Doch irgendwann kam ihr Selbstschutz zum Vorschein, eine leise Stimme in ihrem Kopf, die ihr klarmachte, dass er ja nicht nur sie gehabt hatte, sondern außerdem Eltern und Geschwister, Freunde, Bekannte. Sie alle hatten ebenso versagt wie sie selbst und das war es auch, das ihr schlussendlich den Hals rettete, bevor sie sich irgendwann selbst zermartert hätte.

Stella schluckte.

Genau dieses Erlebnis war es, das sie seither davon abgehalten hatte, sich noch einmal auf eine solche Liebe einzulassen. Zu groß war ihre Angst, sich erneut so sehr in einem Mann zu verlieren, dass ein eventuelles Ende der Beziehung das endgültige Sterben ihrer Seele bedeuten könnte.

Aus diesem Grund hatte sie seither keinem Mann mehr vertraut, keinen mehr in ihr Innerstes blicken lassen, ihr Herz nicht mehr verschenkt.

Was Harri anging, schätzte Stella, hatte er sie längst durchschaut. Zwar hatte sie ihm niemals von ihrer großen Liebe und dem Ausgang dieser Geschichte erzählt, doch Harri arbeitete als Polizeipsychologe bei der Kripo in Turku, er hatte Ahnung von Menschen, wusste, wie sie tickten, durchschaute sie, vielleicht hatte er das auch bei Stella längst getan.

Klar, sie könnte sich jederzeit von ihm trennen, wenn er ihr zu nahe kam, in ihre Komfortzone vordrang, sie bedrängte, doch solange er ihren Wunsch nach Abstand und Freiraum respektierte, würde sie es so weiterlaufen lassen.

Hinzu kam, dass Isalie sie mit Fragen bombardieren würde, sollte sie Harri in die Wüste schicken. Schließlich war sie es gewesen, die sie miteinander bekannt gemacht hatte.

Isalie und Harri kannten sich seit der Schulzeit, waren enge Freunde – nur deswegen hatte die Freundin sie verkuppelt.

Wenn sie sich von Harri trennte, käme Isa am Ende noch auf die Idee, sie mit einem ihrer abgehobenen Kollegen bekannt zu machen, die Stella unter anderen Umständen nicht mal mit einer Kneifzange anfassen würde.

Ihre Hand schwebte über dem Hörer, doch schließlich gab sie sich einen Ruck, wählte seine Nummer. Er ging wie immer bereits nach dem ersten Klingeln dran.

»Hi, ich bins«, säuselte Stella und versuchte, möglichst unbeschwert zu klingen. »Hast du heute Abend Zeit? Wir könnten etwas zusammen essen.«

Harri stieß ein überraschtes Lachen aus. »Mit dir hab ich vor Freitag gar nicht gerechnet«, sagte er schließlich und klang noch immer leicht überfordert.

»Ich könnte uns was kochen«, lockte Stella ihn, »und ich besorge uns im Feinkostladen in der City eine gute Flasche Weißwein.«

Harri am anderen Ende der Leitung schwieg, dann seufzte er. »Ehrlich gesagt kann ich nicht versprechen, ob ich es heute schaffe.«

Stella stieß einen enttäuschten Seufzer aus. »Okay, bleibt es beim Wochenende?«

»Was ist wirklich los?«, fragte Harri plötzlich und Stella fand, dass seine Stimme komisch klang, irgendwie verbittert.

Für den Bruchteil einer Sekunde überlegte Stella, ob sie ihm einfach sagen sollte, dass gar nichts los sei, doch dann entschied sie sich anders.

»Es geht um Isalie«, erklärte sie sachlich. »Ich mache mir Sorgen um sie.« In wenigen Worten berichtete sie ihm von ihrem gestrigen Besuch und von dem Streit, den sie mit ihrem Mann gehabt hatte. »Aber um ehrlich zu sein«, schloss sie ihren Bericht, »fällt mir schon länger auf, dass Isalie irgendwie anders ist als sonst, ruhiger, fast traurig, besorgt irgendwie.«

Harri am anderen Ende der Leitung schwieg. Stella befürchtete schon, dass er aufgelegt hatte, doch dann bemerkte sie seinen leisen und regelmäßigen Atem, der dafür sprach, dass er angestrengt nachdachte.

»Ich glaube, dass du da viel mehr hineininterpretierst, als nötig wäre«, erklärte er schließlich. »Ich mag Isalie, aber ich muss zugeben, dass ich nicht mit ihr zusammenleben oder viel Zeit verbringen möchte. Wir sehen uns alle paar Wochen mal und das reicht mir voll und ganz.« Er holte tief Luft, ließ seine Worte wirken. »Isa ist anstrengend, Stella, du weißt das und ich weiß das. Sie braucht permanente Aufmerksamkeit, Leute, die sie umsorgen und um sie herumwuseln wie fleißige Ameisen. Sie ist wie eine Blutsaugerin, die immer mehr und mehr von ihrem Umfeld verlangt, und du bist die Nächste, die sie vollends aussaugt, wenn du nicht aufpasst.«

Stella schüttelte den Kopf, als ihr klar wurde, was Harri ihr durch die Blume zu sagen versuchte. »Du denkst, sie hat gelogen? Dass sie sich den Abdruck einer Hand auf der Wange selbst beigebracht hat? Um Aufmerksamkeit und Mitleid zu erregen?«

Harri seufzte. »Wundern würde es mich sicher nicht«, sagte er dann. »Und ich bin sicher, dass ihr Mann, selbst wenn er ihr eine geklebt hat, nicht wirklich unrecht damit hatte.« Er brach ab, stieß die Luft aus. »Entschuldige bitte, das hätte ich nicht sagen dürfen. Selbstverständlich ist es nicht in Ordnung, eine Frau zu schlagen, auch nicht, wenn sie der Nagel zu deinem Sarg sein könnte. Es gibt andere Möglichkeiten, verbale Lösungen, die anzustreben sicherlich angebrachter wären.«

»Dann sagst du mir also, dass es verrückt ist, wenn ich mir Sorgen um sie mache?«

»Genau das will ich dir klarmachen. Lebe DEIN Leben, genieße DEINE Zeit und verschwende deine Energie nicht an eine Person, der deine Gefühle im Gegenzug gänzlich egal sind.«

»Das stimmt nicht«, wehrte Stella ab. »Ich bin Isa nicht egal, unsere Freundschaft basiert natürlich auf einem gesunden Maß an Geben und …«

»Ach ja?«, unterbrach Harri sie. »Und wann hast du Isalie das letzte Mal erzählt, was dich beschäftigt? Wann hat sie dich das letzte Mal gefragt, wie es dir geht?«

Stella wollte schon ansetzen, ihm eine gepfefferte Antwort zu geben, als ihr klar wurde, dass er recht hatte. Und zwar mit allem … Isalie kam nur zu ihr, wenn sie etwas brauchte, wenn sie reden wollte, wenn sie Sorgen hatte. Doch war es jemals anders gewesen? War Isalie jemals eine andere gewesen? Damals, als sie sich als kleines Mädchen kennengelernt hatten? Und dann über zwei Jahrzehnte später, kurz nach ihrer Rückkehr nach Finnland, als sie einander nach all den Jahren erneut begegnet waren?

Stella schloss die Augen, kämpfte gegen die aufsteigenden Tränen an. Sie hasste es, wenn Harri seinen Finger genau in die Wunde steckte und tiefer bohrte, sobald er merkte, dass er da auf etwas gestoßen war. So hatte er es auch gemacht, als Stella sich entschlossen hatte, ihm von ihrer Mutter zu erzählen. Davon, wie ihr Vater sie so sehr verletzt hatte, dass sie letztendlich mit gebrochenem Herzen gestorben war. Noch heute bereute sie es, sich ihm in einem Augenblick der Schwäche – ausgelöst durch Alkohol – anvertraut zu haben, denn seither brachte er jede Auseinandersetzung, die sie hatten, jeden Streit, den sie ausfochten, damit in Verbindung, was damals geschehen war, als sie gerade fünf Jahre alt geworden war.

Ihr Vater war immer schon ein Hallodri gewesen, der mehr Geld ausgab, als er verdiente, sein Leben lebte, als sei er allein und habe keine Familie, die ihn brauchte. Dann traf er sie … Eine Frau … oder vielmehr ein junges Mädchen, zehn Jahre jünger als ihre Mutter, die ihm derartig den Kopf verdrehte, dass er, ohne groß darüber nachzudenken, seine Familie verließ. Es war ein schleichender Prozess gewesen, daran erinnerte Stella sich seltsamerweise auch heute noch. Mal war er nur über Nacht weggeblieben und ihre Mutter hatte sich die Augen ausgeweint. Dann waren es mehrere Tage gewesen. Einen Monat. Später zwei. Bis er eines Tages gar nicht mehr nach Hause kam und alle Hoffnungen ihrer Mutter auf Versöhnung einfach so zerstörte.

Sie hatten ihre Sachen gepackt, waren weggezogen, in die alte Heimat ihrer Mutter, die sie Jahre zuvor für die Liebe ihres Lebens aufgegeben hatte.

Stella war es schwergefallen, sich an diesem fremden Ort einzuleben. Ihr hatten ihre Freunde gefehlt, ihr Vater, so selten sie ihn zuletzt auch gesehen haben mochte, ihr altes und vertrautes Zimmer, ihre Klassenkameraden.

Sie fragte sich, was für ein Mensch aus ihr geworden wäre, hätte sie damals nicht dieses Trauma des Herausgerissenwerdens aus ihrem alten Umfeld durchleben müssen.

Harris Stimme bohrte sich in ihr Bewusstsein.

»Erde an Stella«, stichelte er sanft, »bist du noch da?«

Sie lachte. »Da schon, aber für den Moment nicht anwesend, entschuldige, ich habe über deine Worte nachgedacht und wie es aussieht, hast du recht.« Sie holte tief Luft, streckte sich. »Dann sehen wir uns Freitag?«

»Klar, ich freue mich.« Er zögerte, schien noch etwas auf dem Herzen zu haben.

»Was?«, fragte Stella, bemerkte selbst, dass sie ein wenig gereizt klang.

»Ist wirklich alles gut zwischen uns?«, wollte er wissen.

Stella schluckte. Dann stieß sie die Luft aus. »Absolut. Ich denke, du hast da einen Nerv getroffen, was Isa und mich angeht. Das muss ich jetzt erst mal verdauen.«

Nachdem sie aufgelegt hatten, spürte Stella, wie die Erinnerung an ihre Mutter an ihren Eingeweiden zupfte. Es fühlte sich an wie Finger, die an ihrem Herzen kratzten, sich um ihre Lungen schlossen, sodass sie keine Luft mehr bekam. Inzwischen waren es einige Jahre, dass sie tot war, doch Stella kam es noch immer vor, als sei es erst gestern passiert. Es war keineswegs übertrieben, wenn sie sagte, dass ihre Mutter an gebrochenem Herzen gestorben war, denn genauso stellte Stella es sich vor. Nach der Scheidung hatte ihre Mutter nie wieder die Nähe zu einem Mann zugelassen, weder körperlich noch emotional. Sie hatte sich einzig und allein um Stella gekümmert, war in dieser Aufgabe aufgegangen, hatte sich aufgeopfert, alles für ihre Tochter getan, doch als Stella groß wurde, schließlich zur Uni ging, fiel dieses Schutzkonstrukt, das ihre Mutter um sich errichtet hatte, in sich zusammen. Der einzige Grund, für den es sich für sie zum Weiterleben gelohnt hatte, war nun flügge und brauchte sie nicht mehr. Keine zwei Monate später bekam sie die Diagnose Bauchspeicheldrüsenkrebs, starb nur wenige Wochen später.

Und ihr Vater?

Klar, irgendwann war ihm doch wieder eingefallen, dass er eine Tochter hatte und sich um sie kümmern sollte, doch Stella hatte ihm von Anfang an zu verstehen gegeben, dass sie keinen Wert darauf legte. Sie hatte ihn weder besucht noch gewollt, dass er zu ihr kam, für sie war es gewesen, als sei er mit der Trennung gestorben.

Und zwischenzeitlich war er das sogar tatsächlich.

Ein Flugzeugabsturz in Südamerika hatte nicht nur ihn und seine neue Frau, sondern insgesamt 27 weitere Menschen das Leben gekostet. Die Ironie an diesem tragischen Vorfall war, dass der Pilot, der die Maschine aus Liebeskummer absichtlich über dem Amazonas hatte abstürzen lassen, wegen eines Jüngeren von seiner Frau verlassen worden war.

Und so sehr Stella auch bedauerte, dass ihr Vater und all die anderen Passagiere auf diese Weise ums Leben kamen, kam sie nicht umhin, zuzugeben, dass sie seither an so etwas wie Karma glaubte.

Sie zuckte zusammen, als das Klingeln ihres Handys sie aus ihren Gedanken riss. Unwillig warf sie einen Blick aufs Display, erstarrte, als sie sah, dass es Isa war.

Einem ersten Impuls nachgebend, hätte sie das Gespräch am liebsten abgelehnt, Isas Anruf einfach weggeklickt, doch am Ende war die Neugier größer.

Sie musste einfach wissen, ob ihre Freundin es gestern noch geschafft hatte, mit Janni zu reden, sich mit ihm auszusprechen.

Sie streckte die Hand aus, holte tief Luft, nahm das Gespräch an.

Wie immer hielt Isa sich nicht lange mit Begrüßungsfloskeln auf. »Wir müssen uns treffen«, kam sie sofort auf den Punkt, »am besten noch heute Abend.«

Stella stöhnte innerlich. »Ich bin jetzt schon fix und fertig, Isa, hab den ganzen Tag einen Patienten nach dem anderen gehabt, ich hab wirklich keine Lust …«

»Bitte, bitte!«, flehte Isa, doch Stella hörte aus ihrer Stimme heraus, dass es eher ein hinter einer Bitte versteckter Befehl war.

»Was gibt es denn so Wichtiges, dass es nicht bis morgen warten kann?«, wollte Isa wissen und spürte, wie sie langsam wütend auf ihre Freundin wurde.

»Du hast mich gestern gefragt, was wirklich mit mir los ist, und ich sagte, dass nichts sei.« Sie brach ab, machte eine rhetorische Pause, die Stella nur noch mehr nervte. »Tja«, fuhr sie betont langsam fort, »das war eine Lüge, doch was mir wirklich auf dem Herzen liegt, erzähle ich dir ganz bestimmt nicht am Telefon.«

Als Stella die Tür zum Morning Star, Isas Lieblingsbar in der City, aufstieß, sah sie ihre Freundin wie vereinbart an ihrem Stammplatz sitzen, vor sich einen Krug mit einer schaumig weißlichen Flüssigkeit. Isa winkte, als sie Stella bemerkte, wirkte erleichtert, beinahe, als hätte sie nicht damit gerechnet, dass sie tatsächlich kommen würde.

Haha, als wäre es je passiert, dass ich sie einfach hocken lassen, dachte Stella und verwarf den Gedanken gleich wieder, konzentrierte sich darauf, sich Isa gegenüber nicht anmerken zu lassen, dass deren Verhalten sie langsam zu kränken begann – zumindest nachdem Harri es ihr unter die Nase gerieben hatte.

»Das ist Margarita«, erklärte Isa und schenkte Stella ungefragt ein leer stehendes Glas voll, schob es ihr entgegen. »Trink«, sagte sie, »wir haben viel vor.«

Stella runzelte die Stirn. »Du weißt schon, dass ich morgen früh raus muss?«

Isa winkte ab. »Du bist noch keine sechzig. Eine lange Nacht bringt dich schon nicht um. Und deine Patienten mit Sicherheit auch nicht.« Sie machte eine auffordernde Kopfbewegung, die Stella bedeuten sollte, dass sie keine Widerrede duldete.

Seufzend nahm sie das Glas, trank.

»Gut, hmh?«, gurrte Isa und sah Stella verschmitzt an. Nichts an ihrem Verhalten deutete darauf hin, dass Isa noch unter dem gestrigen Streit mit ihrem Mann zu leiden hatte. Stattdessen kam es ihr vor, als könne Harri auch damit richtig liegen, als er sagte, Isa habe sich das alles nur ausgedacht oder dramatisiert, um Aufmerksamkeit zu erregen. Mit Erfolg – wie Stella zugeben musste, denn nun saß sie hier, ob sie wollte oder nicht und trank irgendwelches saures Zeug, das ihr weder schmeckte noch guttat.

»Erzählst du mir jetzt, was los ist?«, fragte Stella, nachdem sie ihr Glas abgestellt hatte.

Isa nickte bedächtig und beugte sich verschwörerisch

über den Tisch. »Aber nicht einfach so«, erklärte sie und lehnte sich grinsend wieder zurück. »Erinnerst du dich an früher, an unser Geheimnisspiel?«

Stella stöhnte, schloss die Augen.

Als sie sie wieder öffnete, verschränkte sie die Arme vor der Brust, sah Isa gereizt an. »Sind wir dafür nicht etwas zu alt? Oder hast du deiner Mutter tatsächlich wieder einen Packen Scheine aus dem Portemonnaie geklaut, um damit Süßigkeiten für alle zu kaufen, und willst jetzt damit angeben?«

Isa lachte, wurde schlagartig ernst. »Ich will, dass wir es tun, Stella. Wir kippen jetzt diesen Krug zusammen und danach machen wir es wie früher – quid pro quo –, ich erzähle dir mein allerallerschlimmstes Geheimnis und anschließend bist du an der Reihe, mir deine schmutzige Seite zu offenbaren!«

5

TURKU

JANUAR 2019

»Was wissen wir?«, fragte Henni und sah ihren Kollegen von der Spurensicherung düster an.

»Jemand hat ihn hinterrücks überfallen, ihm den Schädel mit einem stumpfen Gegenstand eingeschlagen. Allerdings war er wohl nur bewusstlos, starb erst Stunden nach dem Überfall.«

»Dann hätte er überleben können, wenn rechtzeitig Hilfe gekommen wäre?«

»Das bezweifle ich«, kam es von Himmonen. »Der Täter hat den Hinterkopf des Mannes ziemlich heftig bearbeitet. Ich schätze, dass der erste Schlag ihn bereits niederstreckte, der Angreifer aber noch einige Male weiter drauflos hämmerte, um ihn am Boden zu halten.«

»Dann wäre er so oder so gestorben?«

Himmonen deutete auf den eingedrückten Hinterkopf des auf dem Boden liegenden Mannes. »Sieht das aus, als könne irgendwer es überleben?«

»Ich bin kein Arzt«, gab Henni schnippisch zurück. »Immerhin lebte er ja noch eine Zeit lang – also warum nicht?«

»Wahrscheinlich wäre er ein Pflegefall gewesen oder Schlimmeres.«

»Was wäre schlimmer, als ein Pflegefall zu sein?«

»Eine seelenlose Hülle«, gab Himmonen zurück. »Wie mein Vater nach seinem Schlaganfall. Er kann weder essen noch trinken, muss gewickelt werden, es ist, als läge er im Koma.«

Henni schluckte. »Tut mir leid.«

Himmonen winkte ab. »Lässt sich nicht ändern. Außerdem ist er teilweise selber schuld, hat sein gesamtes Leben an der Flasche gehangen, geraucht wie ein kaputter Ofen.«

Henni verkniff sich eine Bemerkung, deutete erneut auf den Leichnam. »Weiß man schon, wer das ist?«

»Laut Pass ist sein Name Torben Berger, 24 Jahre alt. Mehr wissen wir noch nicht, die Recherche ist aber bereits dran.«

Henni machte eine Kopfbewegung in Richtung des toten Körpers. »Darf ich?«

Himmonen nickte. »Tu dir keinen Zwang an …«

Henni trat näher zu dem Körper des jungen Mannes, rümpfte die Nase. Wer immer das getan hatte, musste heftigen Zorn empfunden haben. Jemanden auf diese Weise zu töten, zeugte von großem Aggressionspotenzial, ganz zu schweigen davon, dass es bedeutete, eine Hemmschwelle zu übertreten, auf einen bereits bewusstlosen und am Boden Liegenden weiterhin einzuschlagen.

Henni sah zu Himmonen auf. »Kannst du kurz mit anfassen?«

Er nickte, kam zu ihr, half Henni dabei, den bleischweren Körper des Mannes von der Bauchlage auf den Rücken zu drehen. Als sie ins Gesicht des Toten blickte, erstarrte Henni.

Der Mann musste zu Lebzeiten ein wahrer Augenschmaus für jede Frau gewesen sein. Die dunkelblauen

Augen, die jetzt ins Nichts zu starren schienen, hatten sicherlich einige Frauenherzen zum Schmelzen gebracht.

Sein hellblondes Haar, das ihm in sanften Wellen bis auf die Schultern fiel, und sein kantiges, aber dennoch weiches Gesicht erinnerten Henni an Brad Pitt in seiner Rolle als Achilles in Troja. Ein Frauenheld, wie er im Buche stand.

Genau wie die beiden Unfallopfer, ging es Henni durch den Kopf. Julius und Tjark.

Henni zog den Reißverschluss seines Anoraks nach unten, dann schob sie den Stoff seines Pullovers hoch, inspizierte den Leib des Toten.

Es waren weder blaue Flecke noch Tritte zu sehen. Schließlich untersuchte sie seine Hände und Unterarme nach Hämatomen oder Abschürfungen – ebenfalls Fehlanzeige. »Also in eine Schlägerei war er kurz vor seinem Tod nicht verwickelt.«

Himmonen hob die Schultern. »Wieso sollte er? Wie ich sagte … wer auch immer das war, hat ihn von hinten überwältigt – wie ein feiges Schwein.«

Henni nickte nachdenklich.

Dann fiel ihr Blick auf die kaum wahrnehmbaren Vernarbungen in der Ellenbeuge. »Das sind alte Einstiche«, sagte sie leise. »Wir haben es mit einem ehemaligen Junkie zu tun.«

Himmonen trat näher, runzelte die Stirn. »Dann war das vielleicht jemand, dem er noch eine Menge Kohle schuldete. Oder er hat Leute verraten, seinen Dealer vielleicht, der ihm das übel genommen hat.«

»Ich weiß nicht«, gab Henni zurück. »Diese Narben sehen für mich aus, als seien sie fünf Jahre alt, vielleicht sogar noch älter. Bei wem sollte er nach einer so langen Zeit noch eine Rechnung zu begleichen haben? In dieser Branche macht man keine Schulden, es wird sofort abgerechnet.«

»Sofern der Gläubiger die Möglichkeit hat, seine Forderungen einzutreiben.«

»Du denkst, jemand könnte wegen ihm im Knast gesessen haben und erst jetzt frei gekommen sein?«

»Warum nicht? Und dann läuft ihm zufällig der über den Weg, dem er es zu verdanken hat, dass sein Leben jetzt im Arsch ist – der Rest ist Geschichte.«

»Was ist Geschichte?«, schaltete sich Ramon ein, der unbemerkt hinter ihnen aufgetaucht war. Er verzog das Gesicht, während er sich umsah, warf Henni einen angewiderten Blick zu. »Kein besonders schöner Ort, um abzutreten …«

Henni schluckte. »Das Opfer könnte in der Gegend wohnen und ist hier durch, um abzukürzen. Der Täter hat ihn verfolgt und genau hier, zwischen all den Müllcontainern zugeschlagen.« Sie deutete mit dem Kopf nach oben, in Richtung der Fenster des heruntergekommenen Hauses. »Die Leute, die hier wohnen, sind zum Großteil selber kriminell und im Dauersuff. Es wird also kaum jemanden gekümmert haben, falls Torben versucht haben sollte, sich bemerkbar zu machen.«

Ramon nickte abwesend und Henni fiel auf, dass ihr Kollege das Gesicht der Leiche konzentriert betrachtete. Sie grinste, als ihr klar wurde, was das hieß. Es war also nicht nur ihr aufgefallen, dass der Tote eine auffallende Ähnlichkeit zu den verunglückten jungen Männern aus 2017 und 2018 aufwies.

Sie wartete, ob er etwas sagte, doch Ramon blieb still. Schließlich sah er sie an. »Ich wiederhole mich … Von was für einer Geschichte habt ihr gesprochen?«

Henni hob die Schultern. »Er ist ein ehemaliger Junkie und wir haben uns gefragt, ob sein brutaler Abgang aus dieser Welt irgendwas mit seiner dunklen Vergangenheit zu tun haben könnte.«

Henni war vollkommen in den Obduktionsbericht versunken und erschrak, als Ramons Klopfen an der Bürotür die Stille durchbrach.

»Kann ich dich kurz stören?«

Henni machte eine einladende Handbewegung, die Ramon bedeuten sollte, dass er sich auf den freien Stuhl ihr gegenüber setzen konnte.

»Eine Minute noch.« Sie las weiter, sog plötzlich die Luft ein. »Torben hatte an der Innenseite seines Oberschenkels einen Gebissabdruck. Es handelt sich laut der Pathologin um die oberen und unten Schneidezähne eines Menschen.«

Ramon runzelte die Stirn. »Das klingt für mich nicht danach, als sei der Biss die Folge einer gewalttätigen Rangelei.«

Henni verzog den Mund zu einem schwachen Grinsen. »Stattdessen denke ich, dass es sich bei dem Biss um eine zärtlich gemeinte Knabberei handeln könnte, die im Liebesrausch ausartete. Dr. Mäki hat es ähnlich formuliert.«

»Denkst du, die Person, die für den Biss verantwortlich ist, könnte ihn auch …«

»Da ist noch mehr«, unterbrach Henni ihren Kollegen. »Laut Dr. Mäki hat der junge Mann ein paar frische Saugflecke am Hals und einen Penis, der davon zeugt, dass er erst vor Kurzem ziemlich hart beansprucht worden ist.«

»Dann hatte der junge Mann unmittelbar vor seinem Tod ein Date?«

»Sieht ganz so aus. Die Frage ist nur, ob es sich um eine echte Verabredung handelt oder ob er Kontakt zu einer Prostituierten hatte.«

Ramon schüttelte den Kopf. »Ich glaube nicht, dass eine Professionelle ihm Knutschflecke verpasst oder in seinen Schenkel beißt. Die spulen ihr Programm ab und fertig.«

Henni runzelte die Stirn. »Sprichst du da aus Erfahrung?« Sie lachte, als sie sah, wie Ramons Wangen sich verfärbten. »War nur ein Scherz«, erklärte sie und wurde schlagartig ernst. »Es könnte ja sein, dass er es etwas härter mag. Und eine Hure tut, was von ihr verlangt wird. Die Frage ist nur, ob die Spuren dieser ‚Begegnung‘ etwas mit seinem Ableben zu tun haben. Wenn es sich um eine sogenannte Geschäftsbeziehung handelte, könnte er irgendwas angestellt haben, das ihrem Zuhälter missfallen hat.«

Ramon schüttelte den Kopf. »Stimmt zwar, aber kommt mir dennoch nicht realistisch vor.« Sein Gesicht verdüsterte sich. »Immerhin passt er vom Typ her zu den toten Unfallopfern. Und du warst ja bei denen schon überzeugt davon, dass es gar keine Unfälle waren, sondern eiskalt geplante Morde. Erzähl mir also nicht, dass du diese Scheiße hier für ein ausgeufertes Sex-Date hältst.«

Henni sah Ramon an, gab einen Grunzton von sich. »Mach ich auch nicht. Aber Fakt ist, dass wir weder damals Beweise hatten, meine Theorie zu untermauern, noch heute, um eine Verbindung zu diesen beiden Fällen herzustellen. Das Einzige, das wir haben, ist eine optische Ähnlichkeit und mit der können wir uns – um es überspitzt auszudrücken – den Arsch abwischen.«

Ramon rieb sich mit der rechten Hand übers Gesicht, stieß die Luft aus. »Es ist ja nicht so, als hätten wir damals nicht alles versucht. Wir haben die Unfallstelle abgesucht, das Umfeld von Julius befragt, seine Verflossenen in die Mangel genommen, sein komplettes Leben durchleuchtet, inklusive seiner Internetaktivitäten und rein gar nichts gefunden. Damals waren alle – alle außer uns beiden – der Ansicht, dass es ein schrecklicher Unfall war, der zufällig passierte und dass der Fahrer des Wagens einfach nur feige war und deswegen geflohen ist.«

Henni räusperte sich. »Im Grunde dieselbe Kacke wie später bei Tjark. Wir haben keine Drogen in seinem Blut gefunden, keine Beweise dafür, dass es ein Unfall gewesen sein könnte. Der Hausflur war nicht sonderlich nass oder rutschig, seine Schuhe auch nicht. Alle sind davon ausgegangen, dass er im Dunkeln das Treppenhaus hoch ist, sich wegen der Pizzatasche nicht festhalten konnte und ein Hausbewohner ihn auf dem Weg nach unten versehentlich umgerannt hat und abgehauen ist, als ihm klar wurde, was er angerichtet hat.«

»Und das hier«, Henni deutete auf die vor ihr liegende Mappe. »Das wird am Ende darauf hinauslaufen, dass seine Vergangenheit den jungen Mann einholte.«

»Da ist das letzte Wort noch lange nicht gesprochen«, unterbrach Ramon sie. »Das ist übrigens auch der Grund, aus dem ich hergekommen bin. Die Recherche hat ganze Arbeit geleistet und alles Mögliche über Torben herausgefunden. Unter anderem, dass er ursprünglich aus Helsinki stammt, seine Vergangenheit im Milieu sich dort und nicht hier abspielte. Von seinen Eltern wissen wir außerdem, dass er vor ungefähr vier Jahren alle Zelte in der alten Heimat abgebrochen hat und sich hier in Turku etwas Neues aufbauen wollte, und zwar als professioneller Synchronsprecher. Sein Vater ist absolut sicher, dass er seit damals keinerlei Kontakte mehr zu dieser Szene hatte, keine Drogen mehr anrührte und es auch keine offene Rechnung oder dergleichen gab. Er war früher hochgradig abhängig von Kokain und Crystal, dröhnte sich regelmäßig mit Kumpels die Birne zu, hatte aber nie Probleme mit der Polizei, geschweige denn, dealte er selbst. Und als damit Schluss war, war definitiv Schluss damit.«

»Er war also keiner, der halbe Sachen macht – weder in die eine Richtung noch in die andere.« Henni schluckte. »Dann ist diese Spur also kaum der Rede wert?«

»Na ja, ihr nachzugehen, kann trotzdem nicht schaden, ich befürchte nur, dass sie uns nichts bringt, wir am Ende an genau diesem Punkt ankommen.«

»Und diese neue Beschäftigung, das Synchronsprechen – seit wann macht er das?«

»Er hat vor einiger Zeit angefangen, Journalismus zu

studieren, hatte bereits einige Praktika beim Radio, wo den Moderatoren seine Stimme auffiel. Irgendeiner von denen, so der Vater, hat ihm diesen Floh ins Ohr gesetzt, es als Sprecher zu versuchen, und wie es aussieht, hat er sogar schon ein paar Aufträge gehabt.«

»Konnte er davon leben?«

»Nicht besonders gut, aber er hatte neben dem Studium noch paar Nebenjobs in Kneipen und auf dem Bau, kam gut über die Runden, wie ich hörte, hat seine Eltern zumindest nie angepumpt.«

»Wissen die Leute, ob er eine Freundin hatte? Eine Kommilitonin vielleicht?«

»Nichts Festes jedenfalls – zumindest laut den Eltern.«

»Hatten die ein gutes Verhältnis zu ihrem Sohn?«

»Ein sehr gutes sogar.«

»Wissen sie, ob er Feinde hatte?«

»Angeblich nicht, doch es gibt Dinge im Leben eines Menschen, die man nicht unbedingt seinen Eltern erzählen würde, findest du nicht?«

Henni seufzte. »Und was machen wir jetzt? Ich meine, wo genau setzen wir an? Laut der Gerichtsmedizin gibt es keinerlei Spuren oder Hinweise, die zum Täter führen.«

»Unsere einzige Chance ist es, noch tiefer zu graben, das gesamte Leben des jungen Mannes in den Monaten vor seinem Abgang zu durchleuchten, um so irgendwie herauszufinden, mit wem genau Torben sich unmittelbar vor seinem Tod noch getroffen hat. Vielleicht hat die- oder derjenige ja eine Idee, was passiert sein könnte oder kann uns zumindest einen Tipp geben, wo Torben hin wollte, uns sagen, ob ihn etwas beschäftigte, er das Gefühl hatte, verfolgt zu werden oder dergleichen.«

6

TURKU

MAI 2019

»W as zum Teufel …«, murmelte Stella und richtete sich benommen auf. Sie sah zum Wecker, konnte die verschwommen aussehenden Zahlen auf dem Display jedoch nicht erkennen. Sie rieb sich mit dem Handrücken über die Augen, versuchte es erneut. Sie stöhnte frustriert, als sie registrierte, dass es gerade erst kurz nach vier Uhr war, sie also kaum länger als ein paar Stunden geschlafen hatte. Als das Telefon erneut zu klingeln begann, zuckte sie zusammen. Der Apparat stand im Gang, dennoch ging ihr das schrille Tröten durch Mark und Bein. Sie presste die Lider aufeinander, atmete gegen den schrecklichen Schmerz an, der in ihrem Kopf wütete.

Es fühlte sich an wie ein Hämmern, das am Hinterkopf seinen Ursprung hatte und sich in bohrenden und stechenden Intervallen zu ihrer Stirn vorarbeitete. Hinzukamen der üble Geschmack in ihrem Mund und die Tatsache, dass ihr Shirt ihr unangenehm am Leib klebte, weil sie im Schlaf wahnsinnig geschwitzt haben musste.

Sie räusperte sich, bemerkte, dass ihr Hals brannte, schlug schließlich missmutig die Decke zurück.

Wer auch immer um diese Zeit bei ihr anrief, sie würde

ihm gehörig den Marsch blasen, denn wenn sie Pech hatte, fand sie für den Rest der Nacht keinen Schlaf mehr. Sie stand auf, verzichtete bewusst darauf, Licht anzumachen, wimmerte leise, als der Schmerz in ihrem Kopf trotzdem zunahm, setzte vorsichtig einen Fuß vor den anderen, fragte sich, was zur Hölle mit ihr los war.

Erst jetzt wurde ihr bewusst, dass sie tatsächlich keinen blassen Schimmer hatte, wieso es ihr derartig beschissen ging.

Sie streckte die Hand aus, bis sie die Kommode neben ihrem Bett ertastete, hielt sich daran fest, bis der erste Schwindelanfall vorüber war. Und schließlich fiel es ihr ein. Sie hatte sich mit Isa getroffen, ein paar Cocktails mit ihr gekippt und einen lustigen Abend verbracht. Zumindest hoffte sie, dass er lustig gewesen war, denn ansonsten nahm sie diese Strapazen jetzt vollkommen umsonst auf sich. Stella erinnerte sich nicht mehr daran, wann sie zuletzt so viel getrunken hatte wie gestern. Das musste vor Jahren gewesen sein, während ihres Studiums höchstwahrscheinlich. Doch seit sie in der Klinik arbeitete, Verantwortung für etliche Patienten trug, hatte sie auf solche Exzesse freiwillig verzichtet, trank allenfalls hin und wieder zum Essen ein Glas Wein.

Sie stöhnte.

Und wieso hatte ihr das alles so entgleiten können?

Wahrscheinlich war es Isas Schuld.

Sie musste ihr immer wieder unbemerkt nachgeschenkt und sie zum Weitertrinken animiert haben, weil sie ein Nein einfach nicht akzeptierte. Das tat sie nie.

Und Stella vertrug Alkohol kaum noch, hatte wahrscheinlich bereits nach dem ersten Glas einen Schwips gehabt, was sich unter anderem auf ihr Durchsetzungsvermögen auswirkte.

Sie lief langsam weiter, achtete darauf, nicht mit dem Fuß gegen ein Möbelstück zu stoßen, schaffte es schließlich bis ins Bad. Erst dort wagte sie es, das Licht einzuschalten, erschrak, als ihr ihr Spiegelbild entgegenblickte.

Ihre Augen lagen in tief dunklen Höhlen und sahen trüb aus. Ihre Haut war aschfahl und wirkte gräulich und aufgedunsen zugleich.

Sie beugte sich übers Waschbecken, drehte den Hahn auf, trank ein paar Schlucke eiskaltes Wasser, bis zumindest das Brennen in ihrem Hals ein klein wenig erträglicher wurde.

Sie saß gerade auf der Toilette, als das Telefon schon wieder zu klingeln anfing.

Ein Gedanke schoss Stella durch den Kopf.

Könnte es sich um einen Notfall bei einem ihrer Patienten handeln?

Bei dem Jungen, der beinahe seine Mutter erwürgt hatte?

Sie hatte es geschafft, ihrem Boss gegenüber zu begründen, wieso sie ihm auch künftig keine Beruhigungsmittel verordnen wollte, doch was, wenn er am Ende doch nicht so stabil gewesen war, wie sie angenommen hatte?

Auf dem Weg in den Gang breitete sich ein merkwürdiges Gefühl in ihrem Innern aus.

Unsicherheit gepaart mit Angst.

Doch Angst wovor?

Sie nahm den Hörer von der Station, klickte auf die Anruferregistrierung und schluckte.

Eine Welle des Zorns schoss in ihr hoch, bewirkte, dass sie sich ein klein wenig kräftiger fühlte.

Isalie …

So langsam kam Stella zu dem Schluss, dass sie ihrer Freundin mal gehörig den Kopf waschen sollte.

Im Augenblick gab es kein aktuelles Projekt, an dem Isa arbeitete, sodass sich für sie wahrscheinlich jeder Tag wie Urlaub oder Wochenende anfühlte.

Ganz im Gegensatz zu Stella, die täglich schwer schuftete und bis zu deren Urlaub noch mindestens zwei Monate ins Land gehen würden.

Sie atmete tief durch, drückte auf Zurückrufen, wartete.

Nichts.

Das durfte doch nicht wahr sein!

Hatte Isalie sich wieder hingelegt?

Schlief sie mittlerweile selig, während Stella sich ihretwegen den Rest der Nacht um die Ohren schlagen musste?

Sie drückte erneut auf wählen, doch noch immer ging keiner ran.

Sie wollte gerade wieder auflegen, als es an der Haustür klingelte.

Stellas Eingeweide verkrampften sich, als ihr klar wurde, dass etwas passiert sein musste, denn anders war nicht zu erklären, dass um diese Zeit jemand bei ihr vorbeikam. Sie machte sich auf den Weg zur Tür, nahm unterwegs ihren Morgenmantel vom Haken im Bad, schlüpfte hinein. An der Tür angekommen, sog sie die Luft ein, öffnete und erschrak, als sie Janni mit seiner kleinen Tochter an der Hand draußen stehen sah.

Das kleine Mädchen sah aus, als hätte sein Vater es gerade erst recht unsanft aus dem Schlaf gerissen.

Und Janni selbst wirkte auf Stella, als stünde er ganz knapp vor einem Nervenzusammenbruch.

Er öffnete seinen Mund, wollte etwas sagen, doch dann warf er ihr einen hilfesuchenden Blick zu, machte eine Kopfbewegung in Richtung seiner Tochter.

Stella verstand sofort und nahm das kleine Kind bei der Hand, führte es ins Wohnzimmer. Dort richtete sie ein Behelfsbett auf dem Sofa her, ließ die Kleine hinaufklettern und sich unter die warme Wolldecke kuscheln. Sie strich dem Mädchen sanft über die Wange, lächelte. »Schlaf noch ein bisschen, okay?«

Das Kind gähnte herzhaft, nickte schließlich.

Als sich die Lider der Kleinen schlossen, schlich Stella aus dem Zimmer, löschte das Licht im Raum, machte sich auf den Weg, Janni zu suchen. Der saß mit düsterer Miene am

Küchentisch, den Kopf auf beide Hände gestützt. »Sie ist weg«, kam es schließlich brüchig aus seinem Mund. »Und ich mache mir ehrlich gesagt schreckliche Sorgen um sie.«

Stella runzelte die Stirn, spürte, dass die Schmerzen urplötzlich wieder stärker wurden. »Du meinst Isa? Sie ist nicht zu Hause?«

Janni schüttelte den Kopf, sah Stella an. »Und du warst als Letzte mit ihr zusammen, deswegen bin ich hier.«

Stella schnappte nach Luft, setzte sich Janni gegenüber an den Tisch. »Wir haben uns im Morning Star getroffen. So viel zumindest weiß ich noch. Wir haben ein paar Margaritas getrunken und über alles Mögliche gequatscht und ich bin ziemlich sicher, dass wir zusammen aus der Bar weggegangen sind.«

»Und wieso ist sie dann nicht da?«, kam es von Janni. »Was ist mit meiner Frau passiert?«

Er war, ohne es zu merken, laut geworden, so laut, dass Stella schon befürchtete, Luna könnte wach werden.

Sie hob beschwichtigend die Hände, sah Janni an. »Vielleicht« ist sie dir immer noch böse und will dich einfach ein wenig schmoren lassen.«

Als Stella Jannis Blick sah, gefror ihr das Blut in den Adern. Er wirkte bedrohlich, als er langsam aufstand und um den Tisch herum auf sie zukam. Erschrocken sog sie die Luft ein, starrte zu ihm auf.

»Damit wollte ich nicht unterstellen, dass …«

»Halt die Klappe«, unterbrach er sie und im Gegensatz zu seinem Auftreten klang seine Stimme beinahe weinerlich. Er sah Stella unschlüssig an, hockte sich vor ihr hin, nahm ihre Hände in die seinen. »Ich weiß, dass ich Scheiße gebaut hab, als mir die Hand ausrutschte. Und ich weiß, dass sie dir davon erzählt hat. Wenn du also weißt, wo sie ist, und es mir nur nicht sagen willst, weil sie dich darum gebeten hat, möchte ich, dass du es mir trotzdem sagst, einfach, damit ich mir keine Sorgen mehr machen muss.«

Stella, die inzwischen begriffen hatte, worauf das Ganze hinauslaufen sollte, schüttelte den Kopf. Sie sah Janni beschwörend an, wollte ihre Hände den seinen entziehen, doch er hielt sie fest wie in einem Schraubstock.

»Hier ist sie nicht«, brachte sie schließlich mühsam hervor und konnte nichts dagegen tun, dass ihre Stimme ängstlich klang. Sie war mit diesem Mann allein und Luna nebenan würde ihr im Notfall ganz sicher nicht helfen können, ganz davon abgesehen, dass Stella fand, dass das kleine Mädchen seinen Vater besser nicht in diesem Zustand zu Gesicht bekommen sollte.

»Du kannst dich hier umsehen«, versuchte es Stella. »Von mir aus durchsuche jedes Zimmer – ich garantiere, dass du Isa nicht finden wirst.«

Er runzelte die Stirn, verzog das Gesicht. »Dass sie hier ist, hab ich auch nicht angenommen«, erklärte er. »Stattdessen denke ich, dass sie dir gesagt hat, wo genau sie unterschlüpfen will. Ich wette, ihr habt euch einen Heidenspaß daraus gemacht, einen Plan auszuhecken, wie sie mir heimzahlen kann, dass ich sie geschlagen habe.«

Abrupt ließ er von ihr ab, stand auf, schwankte. Erst jetzt bemerkte Stella, dass auch Janni nicht ganz nüchtern war, was seine Aggressivität und sein bedrohlich wirkendes Auftreten zumindest ein wenig erklärte.

»Ich weiß es wirklich nicht«, versuchte Stella es erneut. »Um ehrlich zu sein, erinnere ich mich an gar nichts mehr, was nach meinem ersten Cocktail passiert ist. Ich weiß noch, dass ich in die Bar kam und Isa wieder ganz fröhlich und wie immer wirkte. Ich dachte, dass zwischen euch wieder alles in Ordnung wäre.«

»Das war es auch«, knurrte Janni. »Bis jetzt, nachdem sie nicht zu mir zurückgekommen ist.«

Stella fiel auf, dass er Isas Abwesenheit direkt mit seiner Person verknüpfte. In seinen Augen war Isa nicht einfach nicht nach Hause gekommen, sondern ganz speziell nicht zu ihm zurückgekommen.

Sie konzentrierte sich darauf, ihn fest anzusehen, sich ihre Nervosität nicht anmerken zu lassen. »Du solltest die Polizei anrufen«, erklärte sie bestimmt. »Die müssen nach ihr suchen.«

Janni lachte. »Für wie dämlich hältst du mich denn? Das hab ich gleich als Erstes gemacht, noch bevor ich hierhergekommen bin. Allerdings ist meine Frau erwachsen und noch keine 24 Stunden verschwunden, deswegen unternimmt von den Arschlöchern keiner was.«

Stella musterte Janni, sein gutaussehendes Gesicht, die hellen, fast wasserblauen Augen, die jetzt rot unterlaufen waren, seine zitternde Unterlippe und plötzlich sah sie ihn mit anderen Augen. Er war nicht aggressiv, sondern hilflos, weil er nicht einschätzen konnte, was genau passiert war. Er musste mit allem rechnen, das wurde Stella nun klar. Dass Isa ihn verlassen hatte und absichtlich verschwunden war. Oder dass ihr tatsächlich etwas zugestoßen war. Ein Stromschlag durchfuhr Stella.

Was, wenn es das war?

Was, wenn Isa sich auf dem Heimweg von der Bar verletzt hatte?

Was, wenn sie irgendwo da draußen war und dringend Hilfe brauchte. Doch dann fiel ihr ein, dass das gar keinen Sinn ergab. Das Morning Star war in der Innenstadt von Turku. Zwar hatte von ihnen beiden keine mehr fahren können, doch Stella würde ihren Arsch darauf verwetten, dass sie gemeinsam die Bar verlassen und sich ein Taxi geteilt hatten.

»Wir könnten in der Bar anrufen«, sagte sie zu Janni. »Die müssten wissen, wann Isa und ich abgehauen sind. Und ob da ein Taxi war, das uns geholt hat, oder ob wir bei jemandem mitgefahren sind.«

Janni sah sich um, ließ plötzlich die Arme hängen.

»Schwörst du mir, dass sie nicht hier ist? Und dass du wirklich nicht weißt, wo sie ist oder wohin sie wollte? Dass das alles keine abgekartete Sache ist, um mir heimzuzahlen, dass ich so ein Idiot war?«

Stella wollte gerade den Mund aufmachen, um Janni zu sagen, dass sie definitiv nicht wusste, was nach dem Besuch im Morning Star passiert war, als ihr mit einem Schlag eiskalt wurde.

Sie spürte seinen Blick auf sich, hob die Hand zum Zeichen, dass sie etwas Zeit zum Nachdenken brauchte.

Sie hatte bis kurz vor acht gearbeitet und nach Feierabend beschlossen, den Wagen in der Tiefgarage stehen zu lassen, um zu Fuß zum Treffpunkt zu gehen. Isa war bereits da gewesen, sie hatte ihr zugewunken und dabei relativ fröhlich gewirkt. Vor ihr auf dem Tisch hatte ein Krug gefüllt mit weißer, schaumiger Margarita gestanden und zwei Gläser. Isa hatte ihr ein Glas voll gemacht und es ihr über den Tisch geschoben. Sie hatten angestoßen, gelacht und Blödsinn geredet, doch was war danach passiert?

Stella erinnerte sich, dass sie vor ihrem Besuch im Morning Star kaum Zeit gehabt hatte, etwas zu essen. Ihre einzige Mahlzeit des gestrigen Tages hatte aus einem Kaffee am Morgen und einem Keks bestanden.

Auch das Mittagessen hatte sie ausfallen lassen müssen und das Abendessen ebenso.

Hatte sie sich im Morning Star etwas bestellt?

Sie schloss die Augen, dachte scharf nach, meinte, sich daran zu erinnern, dass die Bedienung ihnen einen riesigen Teller gefüllt mit Nachos, Guacamole und Chicken Wings auf den Tisch gestellt hatte.

Nach dem Essen hatten sie sich einen weiteren Krug bestellt und …

Genau an dieser Stelle endete Stellas Erinnerung an den gestrigen Abend.

Isa hatte ihr erneut eingeschenkt, sie gepiesackt, als sie

sich geweigert hatte, noch einen Cocktail zu trinken, und schließlich hatte sie nachgegeben.

Hatte sie etwa bis zur Besinnungslosigkeit getrunken?

Anders war nicht zu erklären, wieso sie einen Filmriss hatte und sich nicht daran erinnern konnte, wann und wie sie nach Hause zurückgekommen war.

Sie presste die Augen noch fester zusammen, legte all ihre Konzentration in den Versuch, sich zu erinnern, doch es war vergeblich. Alles, was nach der Bar passiert war, blieb schwarz. Sie sah Janni verzweifelt an. »Es tut mir so leid, aber ich kann dir nicht helfen.«

Er zog die Brauen empor, musterte sie drohend. »Kannst du nicht oder willst du nicht?«

Sie japste erschrocken, rutschte instinktiv ein Stück zurück auf ihrem Stuhl. »Ich meine damit, dass ich es wirklich nicht kann. So sehr ich mich auch anstrenge, ich erinnere mich einfach nicht, was war, nachdem Isa und ich das Morning Star verlassen haben. In meinem Kopf …« Sie brach ab, holte tief Luft. »Da ist alles dunkel, verstehst du? Es ist, als hätte ich Nebel oder Watte da drin, und ich weiß wirklich nicht, wieso, denn ich bin absolut sicher, dass ich niemals so viel getrunken haben kann, um einen Blackout zu haben.« Sie stieß einen nicht jugendfreien Fluch aus, klatschte sich wütend mit der flachen Hand gegen die Stirn, funkelte Janni an. »Also sage ich dir, tu, was du tun musst, nur lass mich da raus. Da drin ist alles dunkel, okay? Es herrscht absolute Leere! Ich kann dir also weder sagen, ob Isa und ich zusammen aus der Bar raus sind, noch, wie ich zurück in mein Haus gefunden habe.«

7

TURKU

JANUAR 2019

»S ie ist hier.«

Henni zuckte von ihrer Akte hoch, sah Ramon an, der seinen Kopf zur Tür hereingestreckt hatte und sie ansah.

»Ich komme gleich.«

Ramon nickte, ließ sie allein.

Sie schlug die Akte zu, sortierte ihre Gedanken.

Ramon und sie waren noch immer mit dem Fall des ermordeten Ex-Junkies beschäftigt, obwohl für die meisten ihrer Kollegen samt Chefetage bereits feststand, dass der Mord nicht in ihr Einsatzgebiet fiel. Torben hatte zwar in Turku gelebt und war auch hier ermordet worden, doch inzwischen vermuteten alle, dass seine Vergangenheit in der alten Heimat mit seinem gewaltsamen Tod zu tun hatte.

Henni schüttelte den Kopf. Klar wäre es einfacher für sie, den Fall den Kollegen des Drogendezernats in Helsinki zu übergeben, doch was das anging, hatte sie sich von Anfang an geweigert. Stattdessen hatte sie in den letzten Tagen nichts anderes getan, als nachzuforschen, ob Torben tatsächlich noch niemals zuvor polizeilich aufgefallen war.

Außerdem hatte sie sich die Mühe gemacht, selbst in die Hauptstadt zu fahren, hatte dort mit einigen polizeibekannten Dealern gesprochen, sie regelrecht ausgequetscht, was Torben Berger anging.

Am Ende hatte sich schließlich herausgestellt, was für sie von Anfang an sonnenklar gewesen war – keiner von diesen Männern hatte Torben gekannt und somit auch keinerlei Gründe dafür, ihn umzubringen.

Allerdings war der junge Mann nach wie vor mausetot und es gab noch immer nicht die geringste Spur, was die Frage aufwarf, welchen Punkt sie bislang übersehen hatten.

Henni stöhnte leise. Sie hatten wirklich an alles gedacht, ganze Arbeit als Team geleistet.

Selbst Torbens Eltern hatten, nachdem sie den ersten Schock überwunden hatten, mitgeholfen und ihnen eine Liste zukommen lassen, auf der Namen von Freunden standen, von denen Torben zu Lebzeiten häufiger gesprochen hatte.

Sie hatten außerdem mit all seinen Kollegen gesprochen, und das waren eine ganze Menge, wenn man bedachte, wie vielen Jobs der junge Mann neben seinem Studium nachgegangen war.

Selbst die Technik war nicht viel weiter gekommen, was das Auswerten seiner Mobilgeräte und Onlinefußabdrücke anging.

Zwar war Torben ein junger Mann gewesen, der einen Großteil seiner Freizeit vor dem Laptop verbracht hatte, trotzdem gab das Gerät nicht die kleinste Spur her. Torben hatte sich privat kaum auf Facebook oder Instagram herumgetrieben, diese beiden Plattformen in erster Linie dazu genutzt, sich mit Kollegen und Kolleginnen aus dem Sprecherbereich zu vernetzen. Er hatte hauptsächlich beruflich professionelle Postings erstellt, war dabei stets sachlich geblieben.

Er hatte sich dort nicht als Mensch Torben Berger präsentiert, sondern als ein aufsteigender Stern am Synchronsprecherhimmel.

Erst heute Morgen war Henni deshalb zu dem Schluss gekommen, dass es sich nicht lohnte, noch mehr Kosten zu verursachen, indem die Technik im Dunkeln stocherte. Und sie selbst würde auch kein Geld mehr vergeuden, indem sie mit Leuten sprach, die Torben sein Leben lang gar nicht gekannt hatte. Stattdessen hatte sie ein Team von zwei Leuten losgeschickt, um sich das Umfeld des Jungen noch mal vorzuknöpfen, und zwar diesmal ausschließlich in Hinsicht darauf, die Frau zu finden, die Torben vor seinem Tod zuletzt getroffen hatte. Natürlich hatten sie bis dahin bereits in diese Richtung ermittelt, doch nachdem einige seiner Kommilitonen ausgesagt hatten, dass Torben, was Frauen anging, kein Kind von Traurigkeit war, mussten sie der Tatsache ins Auge sehen, dass die Aufgabe, diese eine Frau zu finden, genauso unmöglich war, wie eine Stecknadel im Heuhaufen zu suchen.

Am Ende hatte Ramon den rettenden Einfall gehabt und einen Aufruf in den Medien vorgeschlagen. Und nachdem auch die Presse zuvor schon ausführlich über den Mordfall des jungen Mannes berichtet und die Bevölkerung für dieses Thema sensibilisiert hatte, dauerte es tatsächlich nicht lange, bis sich einige junge Damen meldeten, die Torben in den Tagen vor seinem Ableben noch getroffen hatten.

Es war Hennis Idee gewesen, die Mädchen in zwei Gruppen einzuteilen. In jene, die sich nur unverfänglich mit Torben getroffen hatten, zum Essen oder Kaffee trinken etwa, und die, mit denen er sich sexuell vergnügt hatte.

In Hennis Vorstellung vertraute ein junger Mann seine Probleme – sofern er überhaupt welche hatte – wohl eher nicht einer Frau an, die er kaum kannte.

Und das Mädchen, das heute zu ihnen kam, hatte bereits am Telefon angemerkt, dass Torben und sie einander sehr nahegestanden und auch öfters getroffen hatten, bis eine andere Frau in sein Leben getreten war. Die junge Frau studierte Publizistik und hatte Torben laut eigener Aussage bei einem seiner Praktika kennengelernt. Lange Zeit war sie der Meinung gewesen, dass Torben und sie ein Paar waren, doch dann hatte sie sich der Tatsache stellen müssen, dass es außer ihr noch andere gab, er sie nur als Zeitvertreib betrachtete. Es hatte Tränen ihrerseits gegeben, viele bittere Tränen, das hatte Henni aus dem Telefonat mit ihr herausgehört, doch danach war aus einer beendeten Affäre eine Freundschaft geworden, die beide fortan verband.

Dennoch versprach Henni sich nicht viel von dem anstehenden Gespräch. Vor allem auch deshalb, weil nicht einmal seine engsten Kumpels ihnen hatten wirklich weiterhelfen können. Klar, sie alle waren hilfsbereit gewesen und daran interessiert, aufzuklären, was einem von ihnen zugestoßen war, doch zu einer echten Spur konnte keiner der Jungs ihnen verhelfen.

Henni schätzte, dass es mit der jungen Dame, die im Besprechungszimmer wartete, auch nicht viel anders laufen würde.

Sie stand auf, machte sich auf den Weg.

Als sie in den Raum trat, war Ramon gerade dabei, der Frau einen Kaffee einzuschenken.

Er hob den Kopf, musterte Henni. »Willst du auch einen?«

Sie verzog das Gesicht. »Lieber nur Wasser, danke dir.« Sie reichte Elsa Apilo die Hand, stellte sich vor. »Ich bin die leitende Ermittlerin im Fall der toten jungen Männer«, erklärte sie und spürte Ramons Blick auf sich.

»Es gibt mehrere?«, fragte Elsa und starrte Henni entsetzt an.

Sie nickte. »Insgesamt drei. Allerdings handelt es sich bei den anderen beiden Männern um mutmaßliche Unfallopfer.«

Elsa schluckte, sah unsicher von Henni zu Ramon. »Was soll das heißen?«

Ramon, der ganz genau wusste, worauf Henni hinauswollte, sah Elsa mit einem Blick an, der Besorgnis ausdrücken sollte. Henni jedoch erkannte, dass er sich über sie, seine Kollegin, ärgerte, weil sie wieder einmal im Alleingang unterwegs war.

Die Idee, Torbens ehemalige Freundin aus der Reserve zu locken, war ihr auf dem Weg ins Besprechungszimmer gekommen.

Sie sah die junge Frau betrübt an. »Das bedeutet, dass wir inzwischen drei tote junge Männer haben und bis heute nicht wissen, wer sie aus dem Leben gerissen hat.« Sie brach ab, fixierte Elsas Gesicht mit starrem Blick. »Der erste starb durch einen Unfall – der Verursacher ist bis heute flüchtig. Der zweite ist bei einem Treppensturz ums Leben gekommen und wir wissen ebenfalls nicht, wer genau dafür verantwortlich ist. Einzig bei Torben ist von Anfang an offensichtlich gewesen, dass es sich um einen gewaltsamen Tod bzw. um Mord handelt, deswegen müssen wir alles versuchen, um herauszufinden, wer ein Interesse daran haben könnte, ihn auszulöschen.«

Die junge Frau schnappte nach Luft. »Sie denken doch wohl nicht, dass ich etwas damit zu tun habe? Ich meine, okay, Torben hat mich damals sehr verletzt, doch wir haben diese Sache aus der Welt geschafft und uns am Ende wieder zusammengerauft. Zwar nicht als Paar, aber doch immerhin als gute Freunde.«

»Dann haben Sie es akzeptiert, dass er Ihre Gefühle nicht erwiderte?«

Elsa senkte den Blick. Als sie nach einer Weile wieder aufsah, glitzerten ihre Augen verdächtig. »Eher akzeptieren müssen«, kam es leise von ihr. Darauf folgte ein betretenes Räuspern.

»Ich hab ihn wirklich sehr gerne gehabt, hätte mir gewünscht, dass er mehr in mir sieht. Doch als mir klar wurde, dass das niemals geschehen würde, habe ich mich damit abgefunden. Torben und ich sind zum Schluss gute

Freunde gewesen, haben über alles reden können, ich hätte ihm niemals …« Sie brach ab, sah hilfesuchend zu Ramon. »Verstehen Sie? Ich könnte nie …«

Er nickte, griff über den Tisch nach ihrer Hand, drückte sie. »Das hat auch keiner von uns beiden gedacht, wirklich nicht. Diese Fragen sind Routine, wir müssen sie Ihnen stellen, okay?«

Elsa nickte erleichtert, richtete sich auf ihrem Stuhl auf, sah Henni an.

»Was genau wollten Sie von mir wissen?«

»Wir suchen die Frau, mit der Torben kurz vor seinem Tod Geschlechtsverkehr hatte.«

Henni fiel das Zucken um Ramons Mundwinkel auf, doch sie tat so, als sähe sie es nicht, starrte stattdessen Elsa weiterhin an.

»Ich bin es ganz sicher nicht gewesen«, gab die junge Frau zurück und Henni meinte, einen verbitterten Unterton in ihrer Stimme zu erkennen. »Torben und ich sind vor mehr als sechs Monaten das letzte Mal intim miteinander gewesen, das schwöre ich, so wahr ich hier vor Ihnen sitze.«

Henni fiel auf, dass sich das Gesicht der Frau bei ihrer letzten Frage verhärtet hatte. Dieses Detail in Verbindung zum Klang ihrer Stimme sagte Henni, dass Elsa die Wahrheit sprach.

Sie nickte beruhigend. »Wir glauben Ihnen. Haben Sie denn eine Ahnung, um wen es sich bei dieser Frau handeln könnte?«

Elsa runzelte die Stirn, schloss für den Bruchteil einer Sekunde die Augen.

»Wissen Sie zufällig, ob Torben Kontakt zu Prostituierten hatte?«, schoss Ramon dazwischen.

Elsa riss die Augen auf, brach in Lachen aus.

»Torben?« Sie schüttelte heftig den Kopf. »Das hatte er doch überhaupt gar nicht nötig. Die Frauen flogen auf ihn, er hätte an jedem Finger fünf von ihnen haben können, wenn er das gewollt hätte.«

Wieder fiel Henni auf, dass Elsas Gesicht einen harten Ausdruck annahm.

»Aber das wollte er nicht?«

»Nicht mehr«, flüsterte Elsa. »Als er mich verlassen hat, war er noch ganz der Alte. Hatte unzählige Bettgeschichten, ich war nur eine davon. Doch später, ein paar Wochen nachdem wir einander als Freunde wieder nähergekommen waren, hat er mir erzählt, dass es da jemanden in seinem Leben gibt, der ihm wirklich etwas bedeutet.«

»Kannte er diese Frau schon, als er mit Ihnen etwas am Laufen hatte?«

Elsa sah Henni an, verneinte ihre Frage schließlich. »Wie gesagt, er hat mich nicht wegen einer bestimmten Frau verlassen. Es ging damals eher darum, dass ich ihm gesagt habe, was ich empfinde und er diese Gefühle eben nicht erwiderte. Das hat er mir damals übrigens ganz ehrlich ins Gesicht gesagt. In dem Moment wusste ich, dass das Gerede der Leute stimmte, dass er es mit der Treue nicht so genau nimmt.«

»Er hat zugegeben, dass Sie zu dem Zeitpunkt nicht die einzige Frau in seinem Leben waren?«

Elsa nickte wehmütig. »Torben mag Frauen nur benutzt haben, aber zumindest hat er mit offenen Karten gespielt.«

»Der Charlie Harper von Turku«, rutschte es Ramon heraus, woraufhin Henni ihm einen bösen Blick zuwarf.

Elsa hingegen schien diese Bemerkung nichts auszumachen, denn sie starrte weiterhin versonnen Löcher in die Luft, schien in Erinnerungen an Torben zu schwelgen.

»Kommen wir auf den Tag zurück, an dem er Ihnen anvertraute, dass er jemand Besonderen getroffen hat«, unterbrach Henni Elsas Gedankengänge.

Die zuckte zusammen, nickte schließlich.

»Das war vor ungefähr zwei Monaten«, erklärte sie. »Ich

weiß nicht, wie der Name der Frau lautet oder wer genau es ist, aber er hat mir anvertraut, dass diese Frau seine Eintrittskarte in das Showbiz wäre.«

»Dann hat er auch sie nur zu seinen Zwecken benutzt?«

Elsa schüttelte schnell den Kopf. »Das dachte ich anfangs auch, doch irgendwann wurde mir klar, dass ihm an ihr tatsächlich etwas liegt. Seine Augen glänzten, wenn er von ihr sprach, und seine Stimme klang ganz anders.«

»Tat es Ihnen weh, Torben so von einer anderen schwärmen zu hören?«

Elsa seufzte, sah Henni offen an. »Ich würde lügen, wenn ich das abstreiten würde. Aber trotzdem freute ich mich auch für ihn. Torben war jemand, dem Gefühle nie besonders wichtig waren. Weder seine eigenen noch die der anderen. Mitzuerleben, wie er sich veränderte und endlich einmal wirklich etwas für jemanden empfand, fühlte sich gut an. Zu wissen, dass er glücklich ist, hat mich auf merkwürdige Art und Weise zufrieden gemacht.«

»Dann wünschten Sie sich nicht insgeheim, dass er zu Ihnen zurückkäme?«

Elsa riss die Augen auf, stieß ein amüsiertes Prusten aus. »Nie im Leben. Wie gesagt, ich liebte Torben von ganzem Herzen, auch noch als wir Freunde waren, aber das bedeutet nicht, dass ich dumm genug gewesen wäre, mich noch einmal von ihm benutzen und anschließend wegwerfen zu lassen. Ich war zufrieden mit dem, was wir hatten, das können Sie mir glauben!«

»Und diese andere Frau ... was wissen Sie sonst noch von ihr?«

»Nur, dass er sich durch sie versprach, einen Fuß in die Tür als Profi-Sprecher zu bekommen. Zumindest am Anfang. Und dann erzählte er immer öfter von ihr, schwärmte davon, was für eine außergewöhnliche Frau sie doch sei und dass er Gefahr liefe, sich in sie zu verlieben.«

»Dann war es ernst zwischen den beiden?«

Elsa sah kopfschüttelnd von Henni zu Ramon, lächelte schwach. »Das nennt man wohl ausgleichende Gerechtigkeit«, erklärte sie.

»Was soll das heißen?«, fragte Henni und ahnte bereits, was jetzt kam.

»Die Frau, in die Torben sich bis über beide Ohren verknallt hatte, ist verheiratet.« Sie holte Luft, stieß einen tiefen Seufzer aus. »Verstehen Sie? Diese Frau hat es mit ihm genauso gemacht wie er zuvor mit mir und all den anderen. Sie wollte einfach nur ihren Spaß. Hat ihn ausgenutzt und anschließend weggeworfen. Und er hat sich das immer und immer wieder gefallen lassen, weil er hin und weg von ihr war.«

8

—————

TURKU

MAI 2019

Mittlerweile war es beinahe Mittag und Stellas Kopf fühlte sich noch immer an, als würde ein Presslufthammer darin toben. Sie hatte bereits zwei Tabletten genommen, die anfangs auch ein wenig geholfen hatten, doch dann waren die Schmerzen zurückgekommen, hatten eine extreme Übelkeit mit sich gebracht.

Stella wünschte mit jeder Faser ihres Körpers, dass sie nach Hause gehen und sich ausruhen könnte, doch leider war für heute Nachmittag wieder die Gruppentherapie anberaumt und ihr Boss bestand darauf, dass sie daran teilnahm.

Sie verfluchte Isa in Gedanken, die sie unfreiwilligerweise in ihren Ehekrach mit hineingezogen und zum Trinken verleitet hatte. Und Janni, wegen dem sie in der letzten Nacht nicht mehr als zwei Stunden hatte schlafen können.

Ihr Magen zog sich zusammen, als sie sich erinnerte, wie viel Mühe es sie gekostet hatte, den Mann ihrer Freundin samt Kind aus ihrem Haus zu komplimentieren, damit sie vor Arbeitsantritt wenigstens noch eine belebende Dusche und eine Tasse Kaffee genießen konnte.

Am Ende hatte beides nicht geholfen, das flaue Gefühl im

Magen und die Kopfschmerzen zu vertreiben, sodass sie sich inzwischen ernsthaft fragte, ob Isa ihr nicht zum Spaß irgendwelche Drogen mit den Cocktails eingeflößt hatte.

Das würde zumindest in Hinsicht auf ihre Erinnerungslücken Sinn ergeben.

Die Frage war nur, wieso Isa so etwas tun sollte.

Stella hätte sie das schon längst persönlich gefragt, doch Isa hatte auf keinen ihrer sechs Anrufe reagiert und auch nicht auf ihre Sprachnachrichten geantwortet. Laut Whatsapp war ihre Freundin gestern Nacht das letzte Mal online gewesen, was eigentlich überhaupt nicht zu ihr passte, denn Isa war ganz klar handysüchtig.

Vielleicht ist ihr etwas zugestoßen!

Die leise Stimme in ihrem Innern erschreckte Stella, was zur Folge hatte, dass sie erneut versuchte, Isa zu erreichen.

Wieder vergeblich.

Sie blickte auf die Uhr, seufzte.

Dann wählte sie Jannis Nummer. Er ging nach dem ersten Klingeln dran, klang gehetzt.

»Hat sie sich gemeldet?«

Kein Hallo, keine Entschuldigung für sein nächtliches Benehmen.

Er scheint sich wirklich Sorgen zu machen!, mahnte die Stimme in ihrem Kopf.

Stella räusperte sich. »Leider nicht. Ich hab es ein paar Mal versucht, doch sie geht nicht ans Handy. Und sie ist auch nicht online gewesen, kann meine Nachrichten also nicht gesehen haben.«

»Ich habe Angst, Stella«, kam es leise von Janni. Er klang, als meinte er es absolut ernst. »So anstrengend und egozentrisch Isalie auch sein mag, sie ist die Liebe meines Lebens, verstehst du?«

Stellas Hals schnürte sich zu. Plötzlich hatte sie das Gefühl, keine Luft mehr zu bekommen. Sie wusste weder, was sie Janni antworten sollte, noch, was in dieser Situation angebracht wäre. Stattdessen musste sie insgeheim zugeben, dass sie selbst hoffnungslos überfordert mit der Lage war, in der sie sich befand.

»Sie ist zwar schon oft über Nacht nicht nach Hause gekommen«, unterbrach Janni ihre Gedankengänge, »doch bisher hat sie immer Bescheid gesagt, bei wem sie ist. Selbst nach unseren schlimmsten Streits in der Vergangenheit hat sie mich nie im Ungewissen darüber gelassen, wo sie untergekrochen ist, und meistens war sie bei dir. Und was erschwerend hinzukommt, ist, dass sie absolut nichts mitgenommen hat. Nicht einmal ihre ganzen Pillen und Cremes.«

Das ist in der Tat seltsam, ging es Stella durch den Kopf. Allerdings war Janni bisher auch noch nie derartig der Gaul durchgegangen, oder etwa doch?

»Hast du sie früher schon mal geschlagen?«, fragte sie, wohl wissend, dass sie ihm diese Frage heute Morgen auch schon gestellt hatte.

»Geschlagen hab ich sie überhaupt nicht«, begehrte Janni auf. »Sie hat eine Ohrfeige bekommen, weil ich wirklich wütend war. Doch ansonsten hab ich sie vielleicht mal hart gepackt und weggestoßen, sie aber nie misshandelt. Ich bin kein Irrer, Stella, wirklich nicht.«

»Okay«, sagte sie leise, »ich glaube dir.«

»Tatsächlich?«, kam es spöttisch von ihm. »Vorhin, in deinem Haus, sahst du aus, als sähest du in mir einen deiner psychopathischen Insassen.«

Stella wollte ihn schon zurechtweisen, was seine Meinung hinsichtlich ihrer Patienten anging, verkniff es sich jedoch.

»Was willst du jetzt machen?«, fragte sie. »Und wie geht es Luna?«

Ein langes Seufzen ertönte. »Sie fragt ständig nach ihrer Mutter, ist total unruhig. Und auf deine Frage, was ich jetzt zu tun gedenke …« Er brach ab.

Eine Weile herrschte Stille am anderen Ende der Leitung.

Dann ertönte erneut ein Seufzen. »Die Bullen machen erst was, wenn sie über 24 Stunden weg ist. Aber ich hab einen Bekannten, der Ermittler ist und den werde ich versuchen, dazu zu kriegen, dass früher nach ihr gesucht wird.«

»Wo genau hast du es bis jetzt versucht?«, wollte Stella wissen.

»Bei ihren Eltern – aber das hätte ich mir schenken können. Meine Frau ist froh, wenn sie die Idioten nicht zu Gesicht bekommt. Auf keinen Fall würde sie freiwillig Unterschlupf bei denen suchen.«

Er räusperte sich. »Bei dir ist sie auch nicht und ansonsten hat sie keine Freundinnen. Zumindest keine, bei denen sie sich verkriechen würde.«

»Und was ist mit Kolleginnen oder Kollegen?«

Stella biss sich auf die Unterlippe, weil sie sich denken konnte, was Janni in dieser Frage hineininterpretieren würde. Seltsamerweise blieb er absolut ruhig, schien sogar darüber nachzudenken. »Ich glaube nicht, dass es da jemanden gibt, dem sie so sehr vertraut, um sich da vor mir zu verstecken.«

Stella seufzte.

Janni hatte recht. So bescheuert Isa manchmal auch sein konnte, tief im Innern war sie ein Kontrollfreak, der Stabilität und einen geordneten Alltag brauchte. Das hieß, dass Isa niemals irgendwo hinfuhr, ohne zuvor alles konsequent durchzuplanen und ihre unzähligen Utensilien mitzunehmen, die sie für ihr alltägliches Leben brauchte.

Dass sie ohne das alles weggegangen war und einfach nicht mehr nach Hause kam, war nicht nur merkwürdig, sondern beunruhigend.

»Dieser Polizist, den du kennst, wann genau kommt der?«

Janni räusperte sich. »Ich muss ihn erst anrufen und fragen, ob er überhaupt Zeit hat. Falls ja, kann ich dir Luna vorbeibringen?«

Stella wollte schon sagen, dass das nicht möglich war,

entschied sich jedoch anders. »Wenn du es einrichten kannst, dass du sie erst nach sechzehn Uhr bringst. Vorher geht es nicht.«

»Klar«, gab er zurück und klang erleichtert. »Wenn wir für heute Abend eine Suchaktion starten, wärst du so nett und lässt Luna bei dir übernachten? Die Nachbarn, bei denen sie sonst unterkommt, haben Nachtdienst. Aber morgen früh kannst du sie bei ihnen vorbeibringen. Sie nehmen sie dann mit in die Kita.«

Stella schloss die Augen, stöhnte innerlich. Das klang nach einer weiteren Nacht ohne ausreichend Schlaf. »Viel lieber würde ich mit nach Isa suchen«, begann sie, doch Janni unterbrach sie durch sein Schluchzen. »Bitte Stella, du bist die Einzige, der ich sie neben unseren Nachbarn anvertrauen kann.«

Ergeben schloss sie die Augen. »Okay, aber nur für heute Nacht, verstanden?«

»Hast du dich inzwischen eigentlich erinnert, was war, nachdem ihr die Bar verlassen habt?«, kam es plötzlich von Janni. Seine Stimme klang wieder gefasster und kurz kam es Stella in den Sinn, dass er sie mit seinem Geheule nur dazu überreden wollte, Luna zu beaufsichtigen.

Sie schob den Gedanken energisch beiseite, konzentrierte sich auf seine Frage, spürte, wie sich in ihrem Innern alles zusammenzog. »Nein«, sagte sie schließlich. »Keinen Schimmer. Ich hab es auch schon im Morning Star versucht, aber die öffnen erst in ein paar Stunden.«

»Und die Taxizentrale?«

»Das hab ich heute Morgen gleich als Erstes gemacht. Leider ebenfalls umsonst, es wurde den gesamten gestrigen Abend kein Wagen zum Morning Star gerufen.«

»Vielleicht hab ihr unterwegs einen angehalten?«

»Was das angeht, wollte die Dame in der Zentrale zurückrufen, sobald sich etwas ergeben hat.«

»Aber da kam noch nichts?«

»Tut mir wirklich leid.«

Janni stieß die Luft hart aus. »Okay, dann sehen wir uns später, wenn ich dir die Kleine bringe.«

»Mir wäre es lieber, du würdest vorher anrufen«, merkte sie an, doch Janni hatte längst aufgelegt.

Stella war gerade dabei, das handschriftliche Protokoll der Gruppensitzung abzutippen, als es an der Tür klopfte.

»Herein«, rief sie unwirsch und musste sich zusammenreißen, nicht mürrisch zu seufzen, als sie Janni mit Luna und einem Fremden im Schlepptau ins Zimmer treten sah.

»Das mit den vorher anrufen hattest du nicht mehr mitbekommen?«, konnte Stella sich doch nicht zu fragen verkneifen, doch Janni schien in Gedanken ganz woanders zu sein. Er sah schrecklich aus, hatte verquollene Augen, aschfahle Haut.

»Ich bin Onni Brelo von der Kripo Turku«, erklärte der Fremde und reichte Stella die Hand. »Janni meinte, Sie seien Isas beste Freundin.«

Stella nickte und erwiderte seinen Händedruck. »Aber wie ich bereits zu Janni sagte, weiß ich auch nicht, wo Isa ist, bin genauso unwissend wie er selbst.«

Onni nickte, sah Stella freundlich an. »Und sie hat Ihnen gegenüber auch nicht erwähnt, dass sie darüber nachdachte, unterzutauchen oder ihren Ehemann zu verlassen?«

Stella zögerte den Bruchteil einer Sekunde, als sie an den Streit zwischen Isa und Janni dachte, schüttelte schließlich den Kopf.

»Und kam sie Ihnen irgendwie … depressiv vor, als Sie sie zuletzt gesehen haben?«

»Isa hatte immer wieder mal Stimmungsschwankungen und depressive Episoden, aber wenn Sie wissen wollen, ob ich sie für suizidgefährdet halten würde, muss ich diese Frage strikt verneinen.«

Onni sah Janni an, stieß die Luft aus. »Das ist schon mal gut.«

Er wandte sich wieder an Stella. »Ist Ihnen gestern irgendwas an Isa aufgefallen? War sie anders als sonst?«

Stella warf Janni einen kurzen Blick zu, sah anschließend den Polizisten an. »Sie war vor mir im Morning Star, hatte schon etwas zu trinken vor sich stehen, als ich kam. Ich würde sagen, sie war schon leicht beschwipst, aber gut drauf.«

»Und über was haben Sie sich unterhalten?«

Stella spürte Übelkeit in sich aufsteigen. Die Kopfschmerzen hatten inzwischen endlich nachgelassen, doch das flaue Gefühl in der Magengegend wurde von Minute zu Minute stärker und dieses Gespräch trug auch nicht gerade zur Besserung ihres Befindens bei. Sie seufzte leise, sah Onni an. »Ich hab Janni schon gesagt, dass ich mich nicht erinnere. Leider weiß ich nur noch, wie ich ins Morning Star rein bin und Isa begrüßt habe. Und dass sie mir etwas eingeschenkt hat. Und dann wieder und wieder und wieder – obwohl ich gar nichts trinken wollte. Alles, was danach war, liegt irgendwie im Dunkeln.«

»Dann waren Sie beide ziemlich betrunken?«

Stella hob die Schultern. »Sieht wohl so aus.«

Onni schüttelte den Kopf. »Und die Bedienung im Morning Star? Die muss doch wissen, wann Isa und Sie gegangen sind, wie Sie beide drauf waren.«

Stella warf einen Blick auf die Uhr, holte tief Luft. »Jetzt ist jemand da, wenn Sie wollen, rufe ich an und frage, ob unsere Bedienung von gestern im Dienst ist.«

Onni nickte und musterte Stella dabei nachdenklich.

Sie spürte eine Welle des Zorns in sich aufsteigen, atmete dagegen an. Während sie die Nummer wählte, fragte sie sich, ob Janni seinem Kumpel von dem Krach mit Isa erzählt hatte.

»Können Sie bitte den Lautsprecher anstellen«, bat der Polizeibeamte und sah Stella mit stechendem Blick an. Sie tat, wie ihr geheißen.

Als keine zwei Sekunden später eine männliche Stimme aus dem Hörer dröhnte, spürte Stella, wie sich ihr Herzschlag beschleunigte. In wenigen Sätzen brachte sie auf den Punkt, weshalb sie anrief, und bat den jungen Mann, ihre gestrige Bedienung ans Telefon zu holen.

Anschließend dauerte es einige Minuten, doch schließlich raschelte es und die junge Frau war endlich dran.

»Stella Mikkola hier«, erklärte sie. »Es geht um Isalie Lindholm, Sie erinnern sich, dass wir gestern da waren?«

Die junge Frau lachte. »Klar, und ich denke, der Rest der Belegschaft erinnert sich auch. Isa hat allen ein wirklich sehr großzügiges Trinkgeld gegeben und eine Lokalrunde nach anderen geschmissen. Sie war ganz schön neben der Spur, als ihr gegangen seid, wenn ich das mal so sagen darf.«

Stella sah zu Janni, holte tief Luft. »Und ich? War ich auch … betrunken?«

Am anderen Ende der Leitung herrschte plötzlich Stille.

»Warum genau rufen Sie an? Was ist los?« Die junge Frau klang jetzt misstrauisch.

Stella schluckte hart. »Es geht um Isalie. Sie ist verschwunden.«

»Das verstehe ich nicht«, sagte die Kellnerin ratlos. »Sie beide sind doch gemeinsam hier raus. Das muss so gegen halb zwölf gewesen sein.«

»Ich erinnere mich nur noch daran, wie ich ins Morning Star gekommen bin, aber nicht, was danach war.«

»Das ist seltsam«, kam es von der Bedienung. »Sie sahen nämlich absolut nüchtern aus, als Sie gegangen sind.«

»Wieso haben Sie uns kein Taxi gerufen, wenn Isa so …

daneben war?«, wollte Stella wissen und konnte nicht verhindern, dass sie wütend und anklagend zugleich klang.

»Das wollten wir ja beide«, beharrte die Frau am anderen Ende der Leitung. »Sie und ich haben mit Engelszungen auf Isalie eingeredet, doch sie bestand darauf, dass sie laufen will.«

»Wir sind also tatsächlich zu Fuß aus der Bar weg?«

»Ganz genau. Sie haben Ihre Freundin gestützt und sind zusammen raus. Ich hab Ihnen noch den Tipp gegeben, übers Handy ein Taxi anzurufen, wenn es gar nicht mehr gehen sollte.«

»Und ich war wirklich nüchtern?«

Die junge Frau seufzte ungeduldig. »Na ja, ich kenne Sie nicht so gut wie Isalie. Ihre Freundin ist Stammgast hier, bei ihr weiß ich natürlich, wie sie ist, wenn sie … nun ja.« Sie brach ab, als ahne sie, dass Janni zuhörte. »Aber Sie, Sie hab ich noch nicht so oft im Morning Star gesehen, weiß also nicht, wie Sie drauf sind, wenn Sie zu viel intus haben. Wenn ich also schätzen müsste, würde ich sagen, dass Sie nüchtern gewesen sind, weil Sie, im Gegensatz zu Isa, ziemlich viel gegessen und immer wieder Wasser zur Margarita bestellt haben.«

Nachdem Stella das Gespräch beendet hatte, herrschte minutenlang Ruhe in ihrem Büro. Einzig Luna summte leise ein Kinderlied vor sich hin, das eine seltsam beunruhigende Wirkung auf Stella hatte, sie irgendwie hibbelig machte. Onni und Janni schienen über die Worte der Bedienung nachzudenken und auch sie selbst schaffte es kaum, sich auf etwas anderes zu konzentrieren, als auf die Frage, wieso zur Hölle sie sich an nichts nach dem Besuch im Morning Star erinnerte, obwohl die Bedienung ihr gerade gesagt hatte, dass sie auf keinen Fall betrunken gewesen sein konnte.

Ein Gedankenblitz schoss durch ihren Kopf.

»Hat Isa in letzter Zeit irgendwelche Drogen genommen?«

Janni riss die Augen auf, starrte sie sekundenlang an. »Was willst du damit sagen?«

Stella hob beschwichtigend die Hände. »Du hast doch eben selbst gehört, dass ich kaum etwas getrunken und zudem gut gegessen habe. Ich kann also nicht betrunken gewesen sein. Fakt ist aber, dass ich trotzdem einen Filmriss habe und mir einige Stunden fehlen. Die Frage ist nur – wieso?«

Janni stieß die Luft aus, sah Onni an. »Sie hat ab und zu gekifft, aber härteres Zeug hat sie lange nicht angerührt – zumindest weiß ich davon nichts.«

Stella seufzte. »Dennoch muss sie mir etwas eingetrichtert haben. Etwas, das erst später gewirkt hat. Das würde zumindest erklären, warum ich nüchtern war, als wir gegangen sind, ich mich aber trotzdem an nichts erinnern kann, was anschließend geschah.«

Der Polizeibeamte räusperte sich. »Und wenn es gar nicht Isalie gewesen ist?«

Stella riss die Augen auf, spürte, wie ihr das Blut in den Adern gefror.

»Was genau wollen Sie damit sagen?«

Onni sah zu Janni, dann wieder zu ihr. Er wirkte auf einmal gar nicht mehr gefasst, sondern beunruhigt und als sei er in Alarmbereitschaft. »Ich will ehrlich zu euch beiden sein«, stieß er aus. »Isalie ist verschwunden und wie es aussieht, hat sie nichts von ihren persönlichen Sachen dabei. Das allein ist beunruhigend genug. Hinzu kommt, dass sie laut Janni sonst IMMER gesagt hat, wo sie ist, diesmal aber nicht.« Er hielt inne, sah zu Luna, die auf dem Schoß ihres Vaters saß und verstört an ihrem Daumen lutschte. »Sie hat eine kleine Tochter, die sie liebt und von der sie weiß, dass sie sich ebenfalls schreckliche Sorgen macht. Dass sie einfach verschwindet, ergibt also keinen Sinn – außer, ihr ist etwas zugestoßen.« Er räusperte sich, fixierte Stella. »Was mich aber am meisten beunruhigt, ist, dass Sie sich an nichts erinnern können, was passiert ist, nachdem Sie beide diese Bar verlassen haben. Das, in Verbindung mit der Tatsache, dass Isalie erstens reich und berühmt und zweitens spurlos verschwunden ist, wirft für mich die Frage auf, ob es nicht sein kann, dass jemand Sie beide zuerst unter Drogen gesetzt und anschließend Ihre Freundin entführt hat?«

9

TURKU

MAI 2019

Henni war gerade dabei, sich das letzte Stück Kuchen in den Mund zu schieben, als es an der Tür klopfte.

»Einfach reinkommen«, rief sie und merkte selbst, wie unwirsch sie klang. Sie legte ein abmilderndes Lächeln auf, blickte dem jungen Mann entgegen, der seinen Kopf in ihr Büro hereinstreckte. »Es ist wirklich wichtig«, erklärte er und wurde knallrot, als er registrierte, dass er sie beim Essen gestört hatte.

Henni lehnte sich zurück, sah den Mann nachdenklich an. »Sie sind Onni, richtig?«

Er nickte und sah aus, als freue er sich, dass sie seinen Namen kannte.

»Onni Brelo«, erklärte er. »Ich bin bei den Technikern, war bis vor fünf Jahren in Helsinki und hab mich dann aus privaten Gründen nach Turku versetzen lassen.«

Henni lächelte den Mann freundlich an. Sie schämte sich ein wenig dafür, dass sie ihn bislang kaum wahrgenommen und nicht einmal genau gewusst hatte, in welcher Abteilung er überhaupt arbeitete. Selbst die Tatsache, dass sie seinen Namen kannte, war nicht ihr Verdienst. Ramon hatte ihn neulich erwähnt, als sie einander im Aufzug begegnet waren, und gemeint, dass er einer ihrer Topleute in der IT sei und sie froh sein könnten, dass er nach Turku gewechselt habe. »Freut mich, Sie kennenzulernen, Onni. Was führt Sie zu mir?«

Er räusperte sich. »Es geht um einen guten Freund von mir. Wir kennen uns aus Helsinki, hatten an der Uni miteinander zu tun, waren ziemlich gut befreundet.« Er hielt inne, sah einen Moment zu Boden, schüttelte den Kopf. »Der Mann heißt Janni Lindholm, er ist der Ehemann von Isalie Lindholm, der Schauspielerin.«

Henni sah den jungen Mann ungerührt an.

»Sie ist wirklich sehr berühmt«, erklärte er, als hoffe er, dass es allein durch diese Aussage auch bei ihr endlich Klick machte.

Langsam schüttelte sie den Kopf. »Ich sehe kaum fern und fürs Kino hab ich auch keine Zeit.«

Er nickte schnell, wirkte plötzlich noch nervöser.

»Es ist so, dass Isalie inzwischen seit über 24 Stunden verschwunden ist. Und sie hat nichts weiter als ihre Handtasche dabei.«

»Je nachdem wie groß die Tasche ist, reicht das manchen Frauen durchaus für ein paar Tage«, scherzte Henni, bemerkte aber augenblicklich, dass diese kleine Stichelei bei Onni überhaupt nicht gut ankam.

Er sah sie mit düsterem Blick an. »Sie ist Mutter einer kleinen Tochter, Henni. Ihr Mann, Janni, macht sich wirklich große Sorgen, weil sie die letzten beiden Nächte einfach nicht nach Hause gekommen ist.«

»Vielleicht hatten sie einen Ehekrach? Da kann es schon sein, dass sie einfach mal die Nase voll hatte.«

Er schüttelte den Kopf. »Isa würde nicht einfach ohne die Kleine gehen. Niemals. Ganz davon abgesehen, dass sie … nun ja … speziell ist. Sie braucht unendlich viel Zeug für ihr alltägliches Leben und hat nichts davon mitgenommen.«

»Hat ihr Mann eine Vermisstenanzeige gestellt?«

»Das wollte er, sogar gestern schon, aber unsere Kollegen bestanden darauf, zu warten, bis 24 Stunden vergangen sind.«

»Was ja nicht verkehrt ist, wenn man bedenkt, dass sie erwachsen ist«, erklärte Henni. »Ich meine, selbst wenn sie ansonsten nicht ohne gewisse Dinge auskommt, kann es ja möglich sein, dass bestimmte Umstände dazu geführt haben, dass sie eben doch mal einfach raus wollte, und zwar ohne großes Hin und Her.«

Onni nickte. »Prinzipiell stimmt das auch, aber da ist noch etwas anderes.« Er brach ab, suchte nach Worten. »An dem Abend, an dem sie verschwand, war sie nicht allein. Sie war mit einer Freundin aus, Stella, sie haben sich im Morning Star getroffen, hatten ein paar Cocktails. Stella und sie verließen das Lokal nach ein paar Stunden wieder und wie ich hörte, war Isa ziemlich neben der Spur. Stella angeblich nicht, sie sei nahezu nüchtern gewesen, als beide gingen, trotzdem behauptete sie gestern, dass sie sich an nichts erinnert, was nach dem Bar-Besuch passiert ist.«

Henni runzelte die Stirn. »Diese Stella war also mit Isalie Lindholm einen trinken?«

Onni nickte.

»Und anschließend sind beide aus der Bar raus und jetzt ist Isalie weg?«

Wieder ein Nicken.

»Und ihre Freundin erinnert sich an gar nichts mehr? Ob sie danach noch woanders hin sind?«

Onni biss sich auf die Unterlippe, sah Henni unheilschwanger an. »Wie gesagt, mir kam das alles komisch vor, vor allem, weil Isalie wirklich sehr reich ist und beinahe jeder im Land und darüber hinaus sie kennt. Und als ich gehört habe, dass ihre Freundin einen Filmriss hat und sich an nichts erinnert, dachte ich ehrlich gesagt, dass jemand sie entführt haben könnte, um Lösegeld zu erpressen.«

Henni stieß die Luft aus. »Im Grunde ist diese Überlegung gar nicht so abwegig«, gab sie schließlich zu. »Dennoch müssen wir auch den Ehemann gründlich unter die Lupe nehmen, denn wie Sie wissen, steckt hinter solchen Fällen oftmals auch ein Familiendrama. Und bitte veranlassen Sie, dass das Handy der Vermissten geortet wird.«

Onni nickte, sah schließlich betreten zu Boden. »Da ist noch was. Als ich gestern Nachmittag mit Stella gesprochen habe, war sie es, die meinte, jemand könne ihr etwas in den Drink getan haben. Deswegen bin ich am Abend zusammen mit Janni zu ihrem Haus gefahren und habe einen Test gemacht.«

Henni runzelte die Stirn. »Sie haben eine Blutanalyse machen lassen, ohne das zuvor mit mir abzusprechen?«

Er sah auf, wirkte plötzlich wütend. »Ich hab es versucht, doch die Kollegen haben mich am Telefon abgewürgt und Sie waren zu der Zeit nicht mehr da.«

Henni seufzte. »Sind die Ergebnisse schon da?«

Onni schüttelte den Kopf. »Bis jetzt nicht, aber diese Freundin von Isa, sie sitzt unten und wartet. Ich würde sie gern offiziell befragen lassen, damit endlich richtig nach Isalie gesucht wird.«

»Und der Ehemann? Was hat er bislang unternommen?«

»Er hat überall nach ihr gesucht, alle möglichen Bekannten seiner Frau angerufen, ihre Familienangehörigen.«

»Und keiner weiß etwas?«

Onni verneinte.

»Und gestern Abend haben wir zusammen gesucht«, erklärte Onni. »Die Kleine hat Janni zu Stella gebracht und dann haben wir ein paar Leute zusammengetrommelt und in Turku und Umgebung nach ihr gesucht.«

»Wo genau?«

»Im Grunde an allen Plätzen, die Isalie etwas bedeuten, eben wo sie sich wohlfühlt. Und danach sind wir dazu übergegangen, die Strecken von der City aufs Land abzusuchen, die Stella und Isalie zu Fuß genommen haben könnten. Einer der Wege führt durch ein Waldstück, dort haben wir wirklich bis heute Morgen gesucht, weil wir dachten, vielleicht haben beide sich gestritten und Isalie ist alleine los, hat sich verlaufen.«

Henni sah den Mann an, seufzte innerlich. »Diese Stella sitzt also unten und Sie wollen, dass ich sie befrage?«

Nicken.

»Dürfte ich erfahren, wieso genau? Misstrauen Sie ihr?«

»Ich kenne sie kaum, also ja.«

»Und dieser Janni? Wie steht er zu Stella?«

»Ich glaube, er ist wütend auf sie, macht sie dafür verantwortlich, falls Isa etwas passiert sein sollte.«

»Hat er das genau so gesagt?«

Onni hob die Schultern. »Nein, aber ich kenne Janni nun mal, weiß, wie er tickt.«

»Okay«, stieß Henni aus, sah auf ihre Armbanduhr. »Dann schicken Sie Stella zu mir hoch, ich werde sehen, was ich tun kann. Und wenn ich mit Stella durch bin, will ich, dass Sie diesen Janni herschaffen, Isalie Lindholms Ehemann.«

Onni winkte ab. »Der kommt sowieso vorbei. Ich hab ihn vorhin ins Bett geschickt, weil er durch die nächtliche Suche nach Isa total fertig war. Sobald er sich ein wenig besser fühlt, macht er sich auf den Weg hierher.«

Als Onni zu Tür hinaus war, um diese Stella zu holen, nutzte Henni die Zeit, sich über Isalie Lindholm zu informieren. Glücklicherweise spuckte das Internet eine ganze Menge aus. Isalie war 36 Jahre alt und sah laut Abbildung einiger namhafter Zeitschriften einfach atemberaubend aus. Klar, sie war für diese Shootings hergerichtet worden, doch Henni sah auch so, dass Isalie eine wahre Schönheit sein musste.

Genau der Typ Frau, nach dem sich wirklich jeder zweite Mann in seinen schlaflosen Nächten sehnt.

Sie klickte sich weiter, kam zu seiner Seite, auf der ein Interview abgedruckt war.

Henni wurde klar, dass Onni vollkommen recht hatte. Isalie Lindholm wäre das perfekte Opfer einer Entführung. Laut den Medien hatte sie allein für ihren letzten Film – einen internationalen Blockbuster – mehrere Millionen Dollar eingenommen, was bedeutete, dass ihr sowieso schon beträchtliches Vermögen noch einmal stark angewachsen war.

Sie seufzte, als sie begriff, dass sich dieser Fall zu etwas Großem entwickeln könnte, selbst wenn keine Entführung dahintersteckte. Isalie Lindholm war eine Frau, an der die Presse interessiert war. Wenn die herausbekam, dass ihr etwas passiert war und die Polizei nichts unternommen hatte, gäbe das einen Aufschrei im ganzen Land.

Sie zuckte zusammen, als es an der Tür klopfte.

»Kommen Sie rein!«, rief Henni und überlegte blitzschnell, in welche Richtung sie die Befragung lenken würde.

Als die Tür aufging und Isalies Freundin in den Raum trat, riss Henni für den Bruchteil einer Sekunde die Augen auf. Isalie sah ohne Zweifel aus wie ein menschgewordener Engel, doch ihre Freundin, Stella, war einfach ein Rasseweib durch und durch. Und das sogar ohne Schminke und ohne dass sie sich in Schale geworfen hatte.

»Sie sind Stella?«, fragte sie nur pro forma und hoffte, dass die Frau ihr nicht anmerkte, wie sehr sie sie beeindruckte.

Stella nickte zurückhaltend, blieb auf der Schwelle stehen.

»Kommen Sie!«, forderte Henni sie auf, legte ihr freundlichstes Lächeln auf. »Setzen Sie sich.«

Henni bemerkte, dass Stella extrem müde aussah und irgendwie hibbelig und nervös wirkte. Sie fragte sich, ob es daran lag, dass sie sich ebenfalls um Isalie sorgte, oder ob etwas anderes dahintersteckte. Schuldgefühle vielleicht?

»Wie geht es Ihnen?«, erkundigte sie sich, um die Situation ein wenig aufzulockern.

»Ich habe kaum ein Auge zugemacht«, erklärte Stella. »Seit zwei Tagen schon nicht. In der vorletzten Nacht hat mich Janni, Isalies Mann, nach nur zwei Stunden Schlaf geweckt, weil Isa nicht heimgekommen war. Und in der vergangenen Nacht hatte ich Isas kleine Tochter bei mir. Luna ist süß, ohne Frage, aber ich kann nicht so gut mit kleinen Kindern, wollte deswegen nie selbst welche. Hinzu kommt, dass Luna eine enge Bindung zu Isalie und Sehnsucht nach ihrer Mutter hat. Sie weint viel, ist unruhig, das hab ich in der Nacht zu spüren bekommen.« Sie brach ab, senkte den Blick. »Tut mir leid, ich rede zu viel.«

Henni wartete, bis Stella wieder aufsah, dann lächelte sie. »Wo ist die Kleine jetzt? Bei ihrem Vater?«

Stella schüttelte den Kopf. »Janni hat die ganze Nacht nach ihr gesucht. Und er ist total verrückt vor Sorge um seine Frau, deswegen hat er momentan keinen Nerv für Luna. Ich verstehe das, deswegen helfe ich ihm gerne aus. Tagsüber kann ich jedoch nicht, weil ich in der Klinik arbeite, deswegen hab ich sie, bevor ich hierher gekommen bin, zu den Nachbarn gebracht, damit Janni sich ausruhen kann.«

Henni räusperte sich, ließ Stellas Worte auf sich wirken. »Wie lange kennen Sie beide sich eigentlich?«

»Sie meinen, wie lange ich Isa kenne?«

Henni nickte.

»Wir haben uns im Kindergarten kennengelernt, waren damals schon unzertrennlich. Als meine Eltern sich scheiden ließen, sind meine Mutter und ich weggezogen, aber nachdem mein Vater …« Sie brach ab, holte Luft. »Er ist bei einem Flugzeugabsturz umgekommen, zusammen mit seiner zweiten Frau. Er und ich hatten in den letzten Jahrzehnten keinen Kontakt, aber trotzdem hat er mir sein Haus hinterlassen, deswegen bin ich wieder nach Turku gezogen. Und weil mir die Klinik eine Stelle angeboten hat.«

»Dann kennen Isalie und Sie sich also schon sehr lange und auch ziemlich gut, nehme ich an?«

Stella überlegte einen Augenblick, nickte dann.

»Hat Isalie etwas Ähnliches schon einmal getan?«

»Sie meinen, ob sie schon mal abgehauen ist?«

Henni sagte nichts, sah Stella nur fragend an.

»Sie kann aufbrausend sein, reagiert hin und wieder über, sie ist eben ein echter Star, eine Diva, wie man sich eine solche vorstellt. Und klar, sie hat ihren Mann schon öfters mal nach einem Streit zu Hause sitzen gelassen, allerdings ist sie in der Nacht immer wieder nach Hause gekommen. Zumindest soviel ich weiß.«

»Und dieser Janni? Wie schätzen Sie ihn ein?«

Henni bemerkte, dass sie mit dieser Frage einen Nerv getroffen haben musste, denn Stella wirkte plötzlich unschlüssig, als hadere sie mit sich, wie sie diese Frage beantworten sollte.

Schließlich sah sie Henni an, seufzte. »Er ist ein toller Kerl, finde ich, aber ziemlich eifersüchtig. Und dann ist da noch die Tatsache, dass er finanziell von seiner Frau abhängig ist. Ich schätze, dass er das nicht so einfach wegstecken kann.«

Henni nickte. »Und halten Sie es für möglich, dass in Wahrheit der Ehemann hinter Isalies Verschwinden steckt? Dass es Streit gab und er ihr etwas angetan haben könnte?«

Stella war bei Hennis Frage merklich zusammengezuckt, sah sie jetzt mit aufgerissenen Augen an. »Isa und er stritten oft, das gebe ich zu. Aber Janni verehrt den Boden, auf dem Isalie geht, er würde niemals … Er könnte gar nicht.« Sie stockte.

»Was?«, drängte Henni.

Stella hob die Schultern. »In der Nacht, nachdem ich mit Isa aus war und sie nicht nach Hause kam, hat er mich aus dem Bett geklingelt. Er war ziemlich aufgebracht, machte sich Sorgen, doch da war auch noch etwas anderes.« Sie suchte nach Worten, sah Henni aufrichtig an. »In dieser Nacht hatte ich zum ersten Mal Angst vor ihm. Und das ist zuvor noch niemals vorgekommen. Er war rasend, richtiggehend zornig, so als sei Isas Verschwinden allein meine Schuld. Und genau diese Reaktion passt überhaupt nicht in Hinsicht darauf, dass er seiner Frau etwas angetan haben könnte. Ich meine, wieso sollte er mich für etwas verantwortlich machen, das er selbst getan hat? Das macht auch keinen rechten Sinn, wenn man in Betracht zieht, dass er verdrängen könnte, was wirklich passiert ist, und sich nur nicht erinnern will.«

»Was macht Sie da so sicher?«

Stella lächelte kurz, wurde schlagartig ernst. »Ich bin Psychiaterin und recht gut in meinen Job. Und wenn ich ehrlich sein darf, kam Janni mir in dieser Nacht nicht so vor, als stünde er neben sich. Er war wütend, besorgt, vielleicht auch verletzt und etwas angetrunken, aber ich lege meine Hand dafür ins Feuer, dass er ansonsten absolut klar wirkte, als er vor mir stand.«

Henni runzelte die Stirn, verkniff sich die Bemerkung, dass es auch dafür eine Erklärung geben könnte. Es gab durchaus geistig absolut gesunde Menschen, die in Anbetracht einer von ihnen begangenen und nicht umkehrbaren Kurzschlussreaktion zur Selbstverleugnung neigten. Doch das, was Henni in den Sinn kam, hatte damit nichts zu tun. Janni Lindholm konnte seine Frau sehr wohl aus dem Weg geräumt haben und anschließend so tun, als sei er wütend auf Stella. Denn genau das taten Mörder nämlich meistens. Sie fügten Menschen Schaden zu und sorgten anschließend dafür, dass man ihnen nichts nachweisen konnte, sorgten für Ablenkung.

»Onni sagte, dass Sie sich an nichts erinnern können, was während und nach ihrem Bar-Besuch passiert ist?«

Stella zuckte für den Bruchteil einer Sekunde zusammen, sah Henni beunruhigt an. »Laut der Kellnerin im Morning Star war ich fast nüchtern, als wir dort raus sind. Isa nicht, sie trinkt meistens mehr, als ihr guttut, aber ich hab's eh nicht so mit dem Alkohol.«

»Und trotzdem haben Sie Erinnerungslücken?«

»Genau das ist es ja, was mir Sorgen macht. Eben weil es keinen Sinn ergibt.« Stella holte Luft, wollte gerade fortfahren, zuckte aber zusammen, als es an der Tür klopfte.

Harri, der Polizeipsychologe, trat ein, ohne dass Henni ihn hereingebeten hatte. Sie wollte ihn schon anfahren, was zur Hölle ihm das Recht gab, in eine offizielle Befragung reinzuplatzen, als sie sah, wie Stella aufstand und sich dem Mann an die Brust warf.

Plötzlich fiel ihr ein, dass Harri vor einigen Monaten mal erwähnt hatte, dass er inzwischen mit einer Kollegin liiert sei.

Sie seufzte innerlich, wartete, bis das Begrüßungstheater der beiden beendet war.

Sie beobachtete, wie Harri Stella sanft über den Rücken strich, sie auf die Schläfe küsste, beruhigend auf sie einsprach. Schließlich lösten beide sich voneinander und erst jetzt wurde wohl auch Harri bewusst, dass er nicht allein mit Stella im Zimmer war. Er wandte sich Henni zu, verzog das Gesicht zu einer stummen Entschuldigung.

Dann wandte er sich Stella zu. »Ich hab von Onni erfahren, was los ist. Wieso hast du mir nichts gesagt? Ich hätte für dich da sein können.«

Stella wand sich verlegen und Henni erkannte auf Anhieb, dass Harri in diese Beziehung deutlich mehr hineininterpretierte, als Stella zu geben bereit war.

Kurz überlegte sie, den Raum zu verlassen und den

beiden ihre Privatsphäre für einen Augenblick zu lassen, entschied sich aber dagegen.

»Wir waren noch nicht fertig«, erklärte sie Harri und hob die Schultern. Er schien verstanden zu haben, denn er nahm Stellas Hände in die seinen, sah sie an. »Ich warte draußen auf dich und fahre dich dann nach Hause, okay?«

Stella sah nicht besonders glücklich aus, nickte aber.

Als Harri gegangen war und sie wieder allein im Raum waren, seufzte Stella. »Ich hab es ihm nicht erzählt, weil ich erst einmal für mich selbst herausfinden musste, wie ich damit umgehen werde, verstehen Sie? Ich fand, es war einfach noch nicht der richtige Moment, meine Sorge um Isa zu teilen.«

Henni verstand, was Stella meinte, ging jedoch nicht darauf ein. »Um noch einmal auf Ihren Filmriss zu sprechen zu kommen«, lenkte sie das Gespräch in die gewünschte Richtung und auch Stella schien das ganz recht zu sein. »Ist Ihnen so etwas früher schon mal passiert?«

Stella verneinte stumm, sah Henni aufrichtig an. »Wie ich bereits erwähnte, trinke ich nicht oft. Ich wollte auch bei meinem Treffen mit Isalie nichts anrühren, aber wie immer bestand sie darauf.«

»Isalie ist eine starke Persönlichkeit, die ein Nein nicht akzeptiert?«

»So kann man es auch nennen. In Wahrheit ist sie nur unsicher und versucht, das in Form von blödsinnigen Machtkämpfen zu kompensieren.«

»Wie gehen Sie damit um?«

Stella sah Henni an, antwortete jedoch nicht.

»Okay, anders formuliert – hat Sie dieses Verhalten an Isalie jemals verärgert?«

Stella stieß ein Lachen aus. »Wen würde es nicht ärgern, permanent übergangen zu werden? Aber so ist Isa nun mal, man kann sie hinnehmen, wie sie ist, oder die Finger von ihr lassen. Ich hab mich dafür entschieden, meine Zeit mit ihr stark zu begrenzen – ist gesünder ...«

Ein weiteres Klopfen unterbrach sie, diesmal kam Onni, ohne Hennis Aufforderung, einzutreten, abzuwarten, ins Zimmer gestürzt. »Jetzt geht's richtig ab«, kam er sofort auf den Punkt. »Die Presse dreht durch, will wissen, was mit Isalie passiert ist.«

»Ist die Ortung schon durch?«

Onni schluckte. »Das letzte Signal kam aus dem Morning Star. Danach verläuft die Spur im Sande. Sie muss es wohl ausgeschaltet haben, vielleicht war aber auch der Akku einfach leer.«

Henni nickte seufzend.

»Und die Pressefuzzis ... woher wissen die denn ...?«, fluchend brach Henni ab, als ihr klar wurde, wie bescheuert diese Frage war. »Der Ehemann hat sie aufgescheucht?«

Onni nickte betrübt. »Er macht sich nur Sorgen, hofft wohl, dass jemand aus der Bevölkerung seine Frau gesehen hat. Er ist gerade in diesem Moment dabei, offiziell viel Geld für jeden Hinweis zu bieten, dank dem man Isalie findet.«

Henni stieß einen langen Seufzer aus. »Das darf doch wohl nicht wahr sein«, rief sie und schoss aus ihrem Stuhl auf. »Was denkt der sich dabei? Da muss ich kein Genie sein, um mir ausrechnen zu können, dass ich durch so was vor allem Idioten und geldgeile Arschlöcher hinterm Sofa hervorlocke, die uns weder nutzen noch helfen.«

»Es kommt noch schlimmer«, stieß Onni aus und sah zu Stella. »Heute Abend gibt er ein offizielles Statement im Fernsehen ab, will sich direkt an die mutmaßlichen Entführer richten.«

Henni bemerkte, wie Stella ihr Gesicht verzog und sich versteifte. »Das ist aber noch nicht alles, nicht wahr?«, fragte sie Onni schließlich und Henni bemerkte, dass Stella den Atem anhielt, während sie seine Antwort abwartete.

Er schüttelte den Kopf, zog ein zusammengefaltetes

Papier aus der Hosentasche, reichte es Stella. »Die Ergebnisse der Blutanalyse sind da.« Er hielt inne, schnappte nach Luft, so als müsse er sich selbst erst sammeln, um weitersprechen zu können. Schließlich stieß er einen langen Seufzer aus, sah kurz zu Henni, ehe sein Blick wieder zu Stella glitt. »Ihre Vermutung stimmt. Sie haben definitiv Restbestände eines starken Rauschmittels im Blut, was bedeutet, dass wir sowohl eine Entführung als auch weit Schlimmeres, wie beispielsweise ein von langer Hand geplantes Verbrechen, in Betracht ziehen müssen.«

10

TURKU

MAI 2019

»Ich mach mich auf den Weg, okay?« Harri sah Stella besorgt an. »Kommst du klar?«

Sie nickte. »Ich bringe Luna zu Isalies Nachbarn und fahre danach gleich in die Klinik.«

Harri legte den Kopf schief, schien zu zögern. »Soll ich heute Abend wiederkommen?« Ein Schatten huschte über sein Gesicht. »Oder wird es dir langsam zu viel?«

Stella lachte, schüttelte den Kopf. »Das ist okay, wirklich. Wenn ich ehrlich bin, fand ich es ganz gut, dass du die letzten beiden Tage bei mir geblieben bist. So bin ich wenigstens ab und zu mal auf andere Gedanken gekommen.«

»Du weißt schon, dass du dich auch krankschreiben lassen könntest?«, merkte Harri an. »Ich meine, immerhin bist du persönlich betroffen, denn Isa ist deine beste Freundin.«

Stella winkte ab. »Wenn ich hier herumsitze, grübele ich die ganze Zeit. In der Klinik hab ich zu tun und ich denke, dass mir das ganz guttun wird.«

Harri sah aus, als würden ihre Worte ihn zufriedenstellen, denn er lächelte. »Dann sehen wir uns später?«

»Klar, bringst du was zum Essen mit? Kein Fast Food,

denn ich schätze, dass wir wieder einen Übernachtungsgast haben.« Sie warf Luna, die am Küchentisch saß und versunken ihre Kelloggs löffelte, einen Blick zu.

»Warum hat die Kleine eigentlich keinen Kita-Platz?«

»Sie hat einen«, erwiderte Stella. »Die Nachbarn, die regelmäßig auf sie aufpassen, haben eine Tochter im selben Alter und nehmen Luna öfters mit in die Kita. Und wenn sie am Nachmittag ihr Kind abholen, nehmen sie oft auch Luna gleich mit nach Hause – das hat Isalie von Anfang an eingeführt, damit sie während ihrer Drehpausen nicht so eine Rennerei hat.«

Harri lachte, schüttelte abfällig den Kopf.

»Isalie schafft es echt immer wieder, allen möglichen Leuten irgendwelche Jobs zuzuschanzen, die sie selbst nicht machen will – und mir ist wirklich schleierhaft, wieso ich der Einzige bin, der das sehen kann.«

Stella sah ihn verwirrt an, schluckte.

Schließlich brachte sie Harri zur Tür, küsste ihn zum Abschied. Als sie wieder alleine war, hatte Stella das Gefühl, freier atmen zu können. Es war ehrlich gemeint gewesen, als sie sagte, dass sie seine Anwesenheit in den letzten zwei Tagen genossen hatte, doch jede Medaille hatte zwei Seiten. Fakt war, dass er etwas an sich hatte, das sie nervös machte. Wahrscheinlich war es sein prüfender Blick, mit dem er sie permanent musterte, seit sie sich bei der Befragung im Präsidium getroffen hatten.

An jenem Tag hatte sie ihm haarklein erklären müssen, was innerhalb der letzten Tage vorgefallen war, und nach einiger Überlegung hatte sie ihm sogar erzählt, was Isalie ihr vor ihrem Verschwinden anvertraut hatte.

Natürlich machte er sich nun große Sorgen wegen des Betäubungsmittels in ihrem Blut, war am Ende frustriert gewesen, als klar wurde, dass sie sich tatsächlich noch immer an rein gar nichts erinnerte. Gemeinsam waren sie alle

Optionen durchgegangen, auch jene, in der es Isalie selbst gewesen war, die ihr das Mittel verabreicht hatte.

»Du kennst sie doch«, hatte Harri angemerkt, *»wer weiß, was in ihrem schrägen Hirn gerade vorgeht?«*

Seither ging auch Stella diese Möglichkeit nicht mehr aus dem Kopf. Was, wenn Isalie alles geplant hatte? Sie bewusst in die Bar gelockt hatte, um sie abzufüllen, und nachdem das nicht geklappt hatte, hatte sie zu einem Trick gegriffen, um Stella außer Gefecht zu setzen.

Die Frage war nur, warum Isalie so etwas tun sollte?

Hatte sie geplant, zu verschwinden?

Sich in Luft aufzulösen?

Aber falls dem so war, wieso hätte sie das tun sollen?

Wieso sollte Isalie ihre Tochter zurücklassen?

Um Janni einen Denkzettel zu verpassen?

War diese Aktion Isalies vollkommen überzogene Rache dafür, dass Janni sie geschlagen hatte?

Möglich wäre es, musste Stella zugeben, auch wenn es schwerfiel, so über ihre beste Freundin zu denken.

Fakt war, dass Isa schon immer zum Extremen neigte, die Dinge nicht sah, wie sie wirklich waren, sondern entweder in Dunkelschwarz oder Strahlendweiß.

Wäre Isalie eine Patientin von ihr, würde Stella vermuten, dass die Freundin unter einer leichten Form einer Borderline-Persönlichkeitsstörung litt, die durch die frostigen Erziehungsmethoden ihrer Eltern verursacht worden war.

Allein unter ihren aktuellen Patienten hatte sie bei drei jungen Männern erst neulich eine ähnliche Diagnose gestellt. Allerdings war die Störung bei ihren Patienten viel stärker ausgeprägt, hatte dazu geführt, dass sich zwei von ihnen über Jahre hinweg selbst verletzten, der dritte sich in eine Drogensucht geflüchtet hatte.

War das bei Isa auch so?

Waren ihre ständigen außerehelichen Eskapaden nur Auswüchse dieser Störung?

Eine Art Sucht nach Bestätigung, egal, auf welche Art und Weise?

»Tante Stella, ich bin satt«, unterbrach Lunas zartes Stimmchen ihre Gedanken.

Stella wirbelte herum, lächelte das Kind an. »Dann bringe ich dich jetzt zu Jenni, okay?«

Das Kind nickte, verzog das Gesicht. »Und holt mich Mama später da ab?«

Kurz erwog Stella, zu lügen, um dem Mädchen den Tag nicht vermiesen zu müssen, doch dann entschied sie sich anders. »Deine Mama ist unterwegs, kann sein, dass sie überraschend arbeiten musste, genau weiß ich das nicht.«

Stella brach ab, als sie sah, dass Lunas Unterlippe zitterte. »Weißt du was?«, schob sie schnell hinterher. »Ich hole dich später ab und dann gehen wir noch auf den Spielplatz, okay? Und heute Abend koche ich uns was Leckeres. Und wenn wir beide Glück haben, ist deine Mama bald wieder bei uns.«

Sie ging zu Luna, strich ihr liebevoll über die Wange, lächelte. »Ich vermisse sie auch, weißt du? Deine Mama und ich, wir sind wie Schwestern.«

Luna nickte, sah zu Stella auf. »Vielleicht hat sie uns ja nicht mehr lieb.«

Stellas Magen zog sich bei den Worten des Kindes zusammen, dann schüttelte sie entschlossen den Kopf. »Deine Mutter liebt dich über alles, lass dir von keinem etwas anderes einreden!«

Als Stella am Vormittag über den Protokollen der Einzelgespräche saß, drifteten ihre Gedanken immer wieder zu Lunas Worten ab.

War es möglich, dass Isalie alles zu viel geworden war?

Dass sie deswegen auf und davon war?

Stella musste insgeheim zugeben, dass diese Möglichkeit zwar grausam, aber nicht vollkommen unmöglich war.

Es stimmte, dass ihre Freundin ganz vernarrt in ihre Tochter war.

Und dass sie auch Janni auf eine schräge Art und Weise mit Haut und Haar liebte. Und doch gab es eine Person auf diesem Planeten, die Isalie über alles ging – sie selbst.

Isa war durch und durch Ich-fixiert, was nicht verwunderlich war, wenn man bedachte, was sie in den wenigen Jahren ihrer Karriere allein und ohne Hilfe geschafft hatte.

Hinzu kam die lieblose Erziehung ihrer Eltern, die Tatsache, dass das Verhältnis zwischen Eltern und Tochter bis heute extrem kühl war.

Isalie hatte von früher Kindheit an lernen müssen, einen Schutzpanzer um ihre Seele zu errichten, um keinen Schaden zu nehmen, wenn jemand aus ihrem engsten Umfeld ihr wehtat.

Und genau diesen Schutzpanzer trug sie bis heute, und keiner, weder Janni noch Stella und auch Luna nicht, schaffte es, diesen zu durchbrechen.

Was also, wenn es wirklich stimmte, dass Isalie auf einer Art Selbstfindungstrip war und in ihrer übersteigerten Selbstwahrnehmung gar nicht mitbekam, was sie damit anrichtete?

Stella seufzte.

Sowohl die Polizei als auch Janni glaubten inzwischen zu einhundert Prozent an ein Verbrechen.

Zwar waren auf Jannis öffentlichen Aufruf mehr als zweitausend Hinweise eingegangen, die sich jedoch alle als nichtig herausgestellt hatten. Auch seine darauffolgende Ansprache, die er gezielt an die mutmaßlichen Entführer seiner Frau gerichtet hatte, war bislang erfolglos geblieben. Beim Gedanken daran wurde Stella schlecht. Er hatte die verstört wirkende Luna auf seinem Schoß gehabt, selbst wie ein Schlosshund geheult und auch von ihr verlangt, ebenfalls ein paar Worte in die Kamera zu richten, was sie zuerst vehement abgelehnt, sich es aber doch noch anders überlegt hatte.

Trotzdem hatte sich bislang weder ein Entführer gemeldet, noch war eine Lösegeldforderung eingegangen. Die Polizei hatte Suchtrupps zusammengestellt, die Tag und Nacht nach Isalie suchten – ebenfalls ohne den kleinsten Anhaltspunkt.

Doch wenn Isalie etwas zugestoßen war, hätte irgendjemand sie doch inzwischen finden müssen oder nicht?

Immerhin waren Hunderte Freiwillige mittlerweile seit Tagen dabei, sie zu suchen.

Und wenn Janni lügt?

Die Frage war ganz plötzlich in ihrem Kopf aufgetaucht, verunsicherte und ängstigte sie.

Stella musste zugeben, dass auch an dieser Option mehr dran war, als sie sich einzugestehen bereit war. Janni hatte es immerhin geschafft, ihr in jener Nacht mit seiner bedrohlichen Art Angst zu machen.

Außerdem hatten Isa und er sich kurz vor ihrem Verschwinden gestritten.

Stella hatte allein heute schon mehrmals versucht, sich Isas Mimik und Gestik während des Besuchs im Morning Star ins Gedächtnis zu rufen, um zu analysieren, ob die Freundin irgendwie verängstigt gewirkt hatte. Doch inzwischen verblasste auch diese Erinnerung immer mehr, was jedoch nicht an den Drogen lag, sondern höchstwahrscheinlich ihrem inneren Schutzmechanismus zugeschrieben werden musste.

Es tat weh, die Schlimmste aller Möglichkeiten in Gedanken real werden zu lassen – nämlich die, dass Isalie niemals zurückkommen würde, weil sie tot war.

Selbst beim darüber nachdenken wurde Stella übel, allein deswegen, weil sie sich gar nicht ausmalen wollte, wie Luna darauf reagieren würde.

Falls tatsächlich Janni dahintersteckte, würde das kleine Kind auf einen Schlag Mutter und Vater verlieren.

Beim Gedanken an Janni fiel Stella das Schlucken auf einmal schwerer.

Ihr Hals fühlte sich wie ausgetrocknet an, als sie sich daran erinnerte, wie er gestern an ihrer Tür geklingelt hatte und danach vor ihr zusammengebrochen war.

Er hatte sich tränenreich bei ihr für sein Benehmen entschuldigt und Stella hatte ihm versichert, dass es längst vergessen sei.

Doch war es das wirklich?

Sie verzog das Gesicht, denn sie kam nicht umhin, zuzugeben, dass sein Verhalten etwas in ihr zerbrochen hatte.

Am frühen Abend, Stella war gerade dabei, ihre Sachen zusammenzupacken, um Luna bei ihrem Babysitter abzuholen, klingelte ihr Handy.

Sie warf einen Blick drauf, sah, dass es Harri war.

Seufzend ging sie hin, hoffte, dass er sie nicht wieder über ihr Befinden ausquetschen wollte, weil er sich Sorgen um sie machte.

Doch diesmal klang Harri merkwürdig abgehackt und gehetzt, als sei er gerade im Stress.

»Heute Abend klappt nicht«, kam er ohne Begrüßungsfloskel auf den Punkt. »Es hat sich hier in der Arbeit etwas ergeben, wegen dem ich einfach nicht weiß, wann ich weg kann.«

»Schon okay«, gab Stella zurück und kam nicht umhin, zuzugeben, dass sie sogar erleichtert war.

Luna und sie würden es sich am Abend gemütlich machen und anschließend früh zu Bett gehen.

»Holst du Luna heute wieder?«, wollte Harri wissen und Stella bemerkte, dass da etwas in seiner Stimme war, das sie nervös machte.

»Janni hat mich gebeten, sie noch ein paar Tage bei mir übernachten zu lassen, bis er sich im Griff hat oder es erste Hinweise gibt. Ich glaube aber, in Wahrheit traut er sich einfach nicht zu, Luna zu betreuen, aus Angst, sie könne an seiner Verfassung bemerken, wie ernst die Lage ist.«

»Und kommst du damit klar, dauerhaft ein Kind um dich zu haben?«

»Luna ist süß und sie tut mir leid.«

»Das war keine Antwort auf meine Frage.«

»Ich schaff das schon«, sagte Stella schließlich. »Ich mache es ja in erster Linie für Isalie und weil ich das unserer Freundschaft schuldig bin. Ich glaube, wäre es andersrum, würde sie das auch für mich tun.«

Harri antwortete nicht, was Stella jedoch Beweis genug war, was genau er über Isalie dachte, welche Meinung er von ihr hatte.

»Um noch mal auf deine heutigen Überstunden zu kommen … geht es dabei um Isa?«, fragte sie, wohl wissend, dass Harri, selbst wenn es so wäre, keine Auskunft geben durfte.

»Leider ja«, erklärte er schließlich zu ihrer grenzenlosen Verwunderung, stieß einen langen Seufzer aus. »Oder besser gesagt um Janni. Meine Kollegen haben ihn vorhin festgenommen.«

Stella hatte gerade das Gespräch mit Harri beendet, als ihr Smartphone erneut klingelte. Diesmal zeigte das Display eine unbekannte Nummer an und Stella wollte den Anrufer schon wegdrücken, als ihr einfiel, dass er etwas mit Luna zu tun haben könnte.

Als sie ranging, stellte sie fest, dass es diese Polizistin war … Henni irgendwas, die dringend mit ihr sprechen musste. Stella merkte an, dass sie Isalies Tochter abholen musste, doch die Frau am anderen Ende der Leitung bestand darauf, dass sie sofort zu ihr käme. »Es geht um Janni Lindholm, Isalies Ehemann. Er macht total dicht, redet nicht mit uns und ich hoffte, dass Sie es irgendwie schaffen, zu ihm durchzudringen. Außerdem wollte ich Sie noch fragen, wieso Sie mir bei unserem Gespräch neulich nicht erzählt haben, dass es zwischen Isalie und ihrem Ehemann zu einer gewalttätigen Auseinandersetzung gekommen ist.«

Auf dem Weg ins Präsidium suchte Stella die Nummer der Nachbarn von Isalie, wählte. Sie atmete erleichtert auf, als die Frau nach einigem Klingeln dran ging. Sie klang verschlafen und augenblicklich verspürte Stella den Anflug eines schlechten Gewissens, weil sie die Frau aus dem wohlverdienten Schlaf gerissen hatte.

»Haben Sie Isa gefunden?«, kam Jenni sofort auf den Punkt, als sie hörte, dass Stella dran war.

»Leider nicht«, erklärte sie bedauernd. »Stattdessen haben sie Janni verhaftet, wieso weiß ich leider nicht.«

Jenni am anderen Ende schwieg. Dann kam ein leises Stöhnen. »Hoffentlich hat er ihr nichts angetan.«

»Das glauben Sie wirklich? Dass Janni seiner Frau etwas zuleide tun könnte?«

»Sie wohnen nicht nebenan«, verteidigte sich Jenni. »Sie wissen nicht, wie oft beide sich in den Wochen vor ihrem Verschwinden angebrüllt haben und Isalie wenig später Rotz und Wasser heulend im Garten gesessen hat.«

»Vielleicht ist Isa bewusst verschwunden«, gab Stella zu bedenken. »Weil sie auf das alles keine Lust mehr hatte.«

»Möglich«, erwiderte die Frau. »Aber irgendwie hab ich kein gutes Gefühl bei der Sache.«

»Was ich fragen wollte«, kam Stella schließlich auf den Punkt, »wäre es Ihnen möglich, Luna aus der Kita mitzubringen und sie eine Weile bei sich zu behalten? Die Polizei hat mich noch einmal vorgeladen, weil es noch einige offene Fragen gibt.«

Ein Seufzen ertönte. Dann räusperte Jenni sich. »Ich kann

meiner Mutter nicht zwei kleine Kinder über Nacht aufs Auge drücken, bin schon froh, dass sie meine Kleine nimmt.«

»Es geht mir nicht um die Nacht, sondern um jetzt. Ich kann sie später abholen, nur eben nicht sofort.«

Wieder ein Seufzen. »Luna ist schwierig zurzeit, was ja angesichts der Situation vollkommen verständlich ist. Aber da mein Mann und ich momentan nachts arbeiten müssen, sind wir froh um jede freie Stunde, die wir tagsüber zum Ausruhen haben.«

»Bitte«, drängte Stella, »ich würde nicht fragen, wenn es nicht tatsächlich wichtig wäre. Sie sind meine einzige Anlaufstelle, ich habe sonst keinen, dem ich Luna anvertrauen könnte. Machen Sie es doch für Isalie, okay?«

Als Stella zwanzig Minuten später ihren Wagen auf dem Parkplatz des Präsidiums abstellte, spürte sie, wie ihr Innerstes sich zusammenzog. Sie wusste nicht, ob es an Jannis Verhaftung lag und daran, dass gerade sie nun versuchen sollte, etwas aus ihm herauszubekommen, oder ob diese Wende des Falles um Isas Verschwinden nun auch bei ihr langsam zu einer tief greifenderen Angst um ihre Freundin führte.

Als sie auf den Eingang zuschritt, kam ihr Harri entgegen, dessen Gesicht sich bei ihrem Anblick schlagartig verdüsterte.

Verwirrt sah Stella ihn an, bemerkte, dass er ihrem Blick auszuweichen schien.

Lag es daran, dass ihm unangenehm war, dass er, ohne es mit ihr abzusprechen, der Polizei vom Isas und Jannis Streit erzählt hatte?

»Wie geht es dir?«, fragte sie Harri, sah ihn forschend an. Er hob die Schultern, ohne ihren Blick zu erwidern. »Das wirst du dir ja denken können.«

»Ist es wegen Janni? Hast du eigentlich vorgeschlagen, dass ich mit ihm reden könnte?«

Ein Schatten lag über seinem Gesicht, als er sie flüchtig ansah. »Das war Henni«, erklärte er. »Sie weiß ja, dass du Psychiaterin bist, und hofft wohl, dass deine Freundschaft zu Isalie und ihrem Mann ihr nun weiterhelfen könnte.«

»Mit dir wollte er nicht reden?«

Harri schüttelte stumm den Kopf. »Und du? Alles klar bei dir?«

Stella nickte und fragte sich, wieso Harris Frage nach ihrem Befinden anders als heute Morgen unaufrichtig klang. Beim Blick auf die Uhr schob sie diesen Gedanken beiseite. »Ich muss jetzt leider, weil ich Lunas Babysitter nicht allzu lange beanspruchen will.« Sie verabschiedeten sich voneinander und gerade als Stella Harri einen Kuss geben wollte, wandte er sich abrupt ab. »Tut mir leid, ich hab dafür keine Nerven im Moment, dieser Fall um Isalie ... irgendwie setzt der mir doch viel mehr zu, als angenommen.«

Auf dem Weg nach oben ging Stella Harris seltsames Verhalten nicht mehr aus dem Kopf.

Was war in der Zeit von heute Morgen bis jetzt zwischen ihnen passiert?

Hatte sie irgendwas falsch gemacht?

Doch dann sagte sie sich, dass Harri sowohl mit Isalie als auch mit Janni befreundet war und jeder eben anders auf so etwas reagierte.

Vielleicht hatte Jannis Verhaftung auch bei ihm eine unterschwellige Angst um Isalie ausgelöst?

Oder er schämte sich tatsächlich, weil er sein Plappermaul nicht hatte halten können.

Sie klopfte an Hennis Tür, trat ein.

»Setzen Sie sich«, bat die Polizistin und machte eine auffordernde Kopfbewegung in Richtung des freien Stuhls gegenüber ihrem Schreibtisch.

Schließlich sah sie Stella neugierig an. »Verraten Sie mir

jetzt, wieso Sie mir gegenüber den Streit zwischen Ihrer Freundin und deren Ehemann verschwiegen haben? Ich meine, immerhin kam es zu einer gewalttätigen Auseinandersetzung und ich finde, dass das schon ein wichtiger Aspekt unserer Ermittlung ist.«

Stella seufzte. »Ich hab nichts davon gesagt, weil ich überzeugt davon bin, dass es keine Rolle spielt. Alles spricht für eine Entführung, das hat Onni mir versichert, und Sie ebenfalls, wieso also hätte ich annehmen sollen, dass ein Ehedrama dahintersteckt? Ganz abgesehen davon, dass ich es Janni nicht zutraue, dass er Isa etwas antut. Er liebt sie und diese Liebe lässt ihn hin und wieder über die Stränge schlagen, aber ich bin überzeugt, dass er Isa niemals etwas wirklich Schlimmes antun würde.«

Henni nickte, bedachte Stella mit einem milden Lächeln. »Bei unseren Ermittlungen müssen wir jedem Aspekt eines Falles Beachtung schenken. Wir können uns es nicht leisten, auch nur eine Option auszulassen, müssen jedem noch so winzigen Hinweis nachgehen.«

Stella stieß die Luft aus, sah Henni aufrichtig an. »Es tut mir wirklich leid, das hab ich nicht bedacht«, erklärte sie schließlich mit belegter Stimme. »Was haben Sie sich eigentlich vorgestellt, was mein Gespräch mit Janni bewirken soll? Ich meine, wieso denken Sie, dass, selbst wenn er etwas mit Isalies Verschwinden zu tun haben sollte, gerade mir davon erzählt? Immerhin hält er mich für mitschuldig daran, dass Isa vermisst wird.«

Henni verzog das Gesicht zu einem Grinsen. »Dennoch vertraut er Ihnen sein Kind an und ich finde, dass Sie das durchaus zu einer Person macht, die es schaffen könnte, zu ihm durchzudringen.«

Es war fast Mitternacht, als Stella endlich unter die Decke ihres Bettes schlüpfte und hoffte, ein paar Stunden Schlaf zu finden.

Der Abend mit Luna hatte an ihren Nerven gezerrt, denn Jenni hatte recht gehabt mit ihrer Äußerung, dass die Kleine schwierig war. Die ganze Zeit über war das Mädchen immer wieder in Tränen ausgebrochen, hatte auf Stellas Versuche, sie zu beruhigen, sogar wütend und aggressiv reagiert.

Alles in allem verlangte die Betreuung des Kindes Stella ganz schön was ab und inzwischen hoffte sie mit jeder Faser ihres Körpers, dass alles nur ein schrecklicher Albtraum war, aus dem sie bald aufwachen würde.

Natürlich passierte das nicht, doch es war beruhigend, es sich zumindest vorzustellen, dass mit einem Fingerschnippen alles wieder normal sein könnte.

Auch das Gespräch mit Janni war Stella extrem an die Nieren gegangen, wobei Gespräch es nicht wirklich traf.

Sie war es gewesen, die geredet hatte, doch Janni ignorierte sie genauso wie zuvor die Polizisten und Harri.

Selbst als Stella anmerkte, dass sein Verhalten gegen ihn ausgelegt werden könne, hatte er sie nur weiterhin mit leerem Blick angestarrt.

Am Ende hatte sie, sehr zu Hennis Missfallen, aus Zeitgründen aufgeben müssen, woraufhin ihr die Polizistin das Versprechen abrang, es bei Gelegenheit noch einmal zu versuchen.

Und nun ... Nun lag sie hier, in ihrem Bett, unfähig, das Gedankenkarussell in ihrem Kopf anzuhalten.

Sicher verstand sie, dass die Polizei angesichts der momentanen Lage davon ausgehen musste, dass Janni dahintersteckte. Seltsam war es nämlich tatsächlich, dass noch immer keine Forderung eingegangen war.

Doch Hand aufs Herz – traute sie, Stella, Janni wirklich zu, Isa etwas angetan ... sie vielleicht sogar getötet zu haben?

Sie dachte lange über diese Frage nach, spürte, wie sie

darüber hinaus schläfrig wurde, doch gerade, als sie kurz davor stand, wegzudämmern, gellte ein schriller Schrei durch die Stille der Nacht.

Innerhalb von Bruchteilen einer Sekunde war sie auf den Füßen, rannte nach nebenan ins Gästezimmer, wo Luna schlief.

Stellas Finger zitterten, als sie nach dem Lichtschalter rechts neben dem Türrahmen tastete.

Als es endlich hell im Zimmer war, blinzelte sie, erschrak, als sie Isalies Tochter panisch inmitten des Bettes stehen sah. Das kleine Mädchen sah verstört aus, war leichenblass, hatte seine Augen weit aufgerissen und schien ins Nichts … oder durch sie hindurch zu starren.

»Was ist denn los, meine Süße?«, fragte Stella, während sie zu ihr eilte, sie behutsam in die Arme nahm. Augenblicklich versteifte sich Luna, begann zu zittern. »Mami war da!«

»Was?« Stella schob das Kind geschockt eine Armlänge von sich weg, starrte sie an.

»Wie kommst du denn darauf?«

»Da war jemand an meinem Bett«, erklärte sie. »Ich hab es gesehen!«

»Und wieso denkst du, dass es deine Mama war?«

Das Kind zögerte einen Moment, sah Stella schließlich fest an. »Weil ich es mir gewünscht habe!«

11

TURKU

MAI 2019

Henni fühlte sich schon den ganzen Tag über auf unheimliche Weise aufgestachelt und aggressiv, was mit Sicherheit auch daran lag, dass dieser Idiot von Ehemann durch seine verblödete Fernsehansprache vor ein paar Tagen die Bevölkerung wuschig gemacht hatte.

Zwanzigtausend Euro Belohnung für jeden sachdienlichen Hinweis, der am Ende dazu führen würde, dass die Polizei seine Ehefrau fand und wohlbehalten zu ihm zurück nach Hause brachte.

Aufgrund dieses Aufrufs waren so viele Anrufe bei ihnen in der Dienstelle eingegangen, dass Henni in der Chefetage um zwei zusätzliche Telefonisten hatte bitten müssen, was überhaupt nicht in ihr eh schon schmales Budget passte.

Und genau wie Henni vermutete, hatte keiner der vielen Anrufe irgendeinen brauchbaren Hinweis zutage gefördert, sie stattdessen einen extremen Teil an Mehrarbeit gekostet.

Doch am Ende war Janni Lindholm noch ein Stück weitergegangen, in dem er eines Abends zur besten Sendezeit ein Fernsehinterview organisiert hatte, an dessen Ende er sich an die mutmaßlichen Entführer seiner Frau richtete.

Die ganze Zeit über hatte er seine wimmernde kleine

Tochter bei sich gehabt, als hätte er es nötig, seiner Verzweiflung so noch mehr Gewicht zu verleihen. Als er auch noch Isalies beste Freundin Stella dazu gezwungen hatte, ebenfalls ein paar Worte in die Kamera zu richten, hatte sie entnervt abgeschaltet.

Das alles hatte sie an eine äußerst schlecht gespielte Schmierenkomödie erinnert und sie in ihrer Vermutung, dass es doch der Ehemann war, der etwas vor ihnen allen verbarg, bestärkt.

Und tatsächlich hatte sich bis heute niemand gemeldet, der etwas wirklich Nützliches über Isalie wusste, geschweige denn, war eine Lösegeldforderung bei Janni Lindholm eingegangen. Die Chefetage hatte gezetert, weil durch diese Aktion nicht nur wertvolle Zeit, sondern viel Geld verschwendet worden war, und am Ende hatte sie gar keine andere Wahl gehabt, als Janni Lindholm offiziell festzunehmen.

Nicht, weil er öffentliche Ressourcen verschwendet hatte, sondern weil er – wie sie schon vermutete – unehrlich gewesen war.

Eine Befragung der Nachbarn der Schauspielerin hatte ans Licht gebracht, dass Janni und seine Frau innerhalb der letzten Monate oft gestritten hatten. So auch kurze Zeit bevor sie verschwand.

Die Nachbarin – eine Freundin von Isalie – war sogar sicher gewesen, dass es hin und wieder zu Handgreiflichkeiten zwischen den Eheleuten gekommen war, und dieser Aspekt verlieh diesem Fall eine ganze andere Bedeutung.

Als schließlich auch noch Harri zu ihr gekommen war und ihr erzählt hatte, was er von Stella wusste, war Henni alles klar gewesen. Es hatte nicht einmal zwei Stunden gedauert, einen Beschluss zu erwirken, dank dem es ihr möglich gewesen war, Janni Lindholm festzunehmen.

Er hatte getobt, sie beschimpft und sich anschließend geweigert, auch nur ein Wort zu sagen, doch das alles zusammen ergab für Henni in der Summe nur ein Ergebnis und dieses zu beweisen, würde ihre Arbeit der nächsten beiden Tage darstellen. Viel länger durfte sie nicht benötigen, um nicht zu riskieren, dass sie Lindholm mangels Beweisen gehen lassen musste.

Henni war vollkommen klar, dass er innerhalb weniger Stunden verschwunden sein würde, und zwar für immer. Er hatte das Geld dafür und die Mittel, und die würde er nutzen, nachdem er nun wusste, wie ernst es um ihn stand.

Die Frage war nur, wie Henni das anstellen sollte?

Im Grunde hatte sie nichts außer ihrem Bauchgefühl.

Sie schüttelte schnell den Kopf.

Intuition traf es in diesem Fall nicht ganz, stattdessen war es eher die Logik, die sie zu dieser Mutmaßung hatte kommen lassen.

Eins und eins war nun mal zwei oder etwa nicht?

Hinzu kam, dass sie alle möglichen Optionen gegenein-ander abgewogen hatte und nur diese übrig geblieben war.

Die logischste von allen, nachdem sich eine Entführung im Nichts zerschlagen hatte.

Und jetzt?

Im Grunde standen sie noch immer ohne alles da, waren darauf angewiesen, dass Janni entweder gestand oder zumin-dest einen Fehler gemacht hatte, den sie im Nachhinein entlarven würden.

Was Stella, die Freundin der Vermissten, anging, hatte Henni ein gutes Gefühl, dass sie vielleicht nicht sofort, aber vielleicht morgen oder übermorgen zu Janni durchdringen und Einfluss auf ihn nehmen konnte.

Ihn zum Reden bringen würde. Bis dahin mussten sie einfach zusehen, ob sie auf andere Weise an Hinweise kamen. Beispielsweise durch Befragungen des Personals im Morning Star.

Nachdem Stella Drogen eingeflößt worden waren, bestand zumindest eine berechtigte Hoffnung, dass dies in dieser Bar passiert war. Deswegen hatte Henni ein Team losgeschickt, das sich die Filme der Überwachungskameras ansah sowie die Befragungen des Personals übernahm.

Auch mit Onni hatte sie noch einmal gesprochen, ihn auf Herz und Nieren über seinen Kumpel Janni ausgequetscht und was er darüber dachte, dass man ihn als möglichen Täter festhielt.

Der junge Mann hatte eine Weile darüber nachgedacht und schließlich gesagt, dass er es seinem Kumpel zwar nicht zutraue, aber man nun mal eben nicht hinter die Fassade der Menschen aus seinem Umfeld blicken könne, und er deshalb verstand, wieso sie so hatte handeln müssen.

Hennis Bitte, mit Janni zu sprechen, hatte er jedoch abgelehnt, was nachvollziehbar war, denn Männer unter sich redeten nun mal nicht gern über Gefühle und schon gar nicht über Dinge, die sie vielleicht getan hatten und bereuten. Da war Stella die weitaus attraktivere Option.

Eine weitere Chance auf einen Hinweis bestand darin, dass sie inzwischen ebenfalls die Presse eingeschaltet hatten – diesmal allerdings zu ihren Konditionen. Sie hatten einen Aufruf gestartet, der sich an den Teil der Bevölkerung richtete, der sich an dem Abend von Isalies Verschwinden im und um die Bar Morning Star vergnügt hatte und eventuell etwas gesehen haben könnte.

Bis jetzt war zwar noch nichts Hilfreiches dabei herausgekommen, aber man wusste ja nie …

Ein Klopfen riss Henni aus ihren Gedanken und keine Sekunde später streckte Ramon seinen Kopf zu ihr ins Zimmer. Er sah düster drein, wirkte, als wolle er genau wie sie am liebsten alles kurz und klein schlagen. »Das glaubst du jetzt nicht«, murmelte er, setzte sich auf den freien Stuhl gegenüber von Henni. Er sah sie an, verzog das Gesicht.

»Sagt dir der Name Joko Koski etwas?«

Henni dachte einen Augenblick lang nach, schüttelte schließlich den Kopf. »Keinen Dunst, ehrlich gesagt.«

Ramon sah Henni an, stieß die Luft aus. »Du lebst echt hinterm Mond, weißt du das? Tausende Frauen lieben Joko. Wo er auftaucht, fallen die Hühner reihenweise um, kreischen sich die Seele aus dem Leib. Er stammt aus Oulu, lebt aber seit einer Weile hier in Helsinki, hat in etlichen Kinofilmen mitgespielt. Anfangs nur kleinere Nebenrollen, doch sein letzter Film hat ihn weltberühmt gemacht.«

»Und warum bist du der Meinung, dass ich mich als Lesbe auch nur einen Furz für diesen Sonnyboy interessieren sollte?«, fragte Henni ungeduldig.

Ramons Gesicht verzog sich zu einem bösen Grinsen. »Weil der besagte ‚Sonnyboy‘ heute Morgen von seiner Putze tot in seinem Appartement gefunden wurde. Jemand hat ihn niedergeschlagen und anschließend eine Plastiktüte über den Kopf gezogen. Die Kollegen der Spurensicherung Helsinki sind gerade vor Ort und halten uns auf dem Laufenden. Fakt ist bisher, dass es nicht nach einem Einbruch mit Raubmord aussieht.«

»Der Fall fällt nicht in unseren Zuständigkeitsbereich.«

Ramon grinste. »Da irrst du dich leider.« Er machte eine bedeutungsvolle Pause, stieß die Luft aus, grinste noch breiter.

»Der Typ hat in seinem letzten Film an der Seite von Isalie Lindholm gespielt.«

12

TURKU

MAI 2019

Stella musste sich zusammenreißen, um nicht hier, direkt an ihrem Schreibtisch, über einem Berg Patientenakten einzunicken.

Die vergangene Nacht war hart gewesen. Zuerst hatte sie grübelnd wach gelegen und genau in dem Augenblick, als sie endlich hätte wegdämmern können, war Luna aus dem Nichts ausgerastet.

Stella hatte alles versucht, um das Kind zu beruhigen, leider vergebens. Luna war außer sich gewesen, hatte behauptet, jemanden am Fußende ihres Bettes gesehen zu haben, und sich anschließend eingeredet, dass das ihre Mutter gewesen sein müsse.

Stella war nichts anderes übrig geblieben, als gemeinsam mit dem kleinen Mädchen eine nächtliche Suche durchs Haus zu unternehmen, um ihm zu beweisen, dass es nur ein Traum gewesen war.

Sie hatten überall nachgesehen, sogar im Keller und auf dem Dachboden und niemanden gefunden. Die Tür war verschlossen gewesen, die Fenster nur gekippt, es hätte sowieso keiner eindringen können.

Als es Stella endlich gelungen war, Luna wieder zum

Schlafen zu kriegen, dämmerte es bereits, sodass sich für sie selbst der Versuch, noch etwas Ruhe zu finden, kaum mehr gelohnt hatte.

Jetzt saß sie also hier, mit vor Müdigkeit schmerzenden Augenhöhlen und einer beginnenden Migräne und wünschte, einfach nach Hause gehen zu können.

Doch wenn sie ganz ehrlich war, würde selbst das nichts nützen. Sie wusste schon jetzt, dass die Ereignisse der letzten Tage auch heute Nacht wieder ihren Tribut verlangen würden und sie erneut keinen Schlaf fände. Oder zumindest nicht ausreichend.

Stella hoffte, dass ihre Patienten ihr den desolaten Zustand, in dem sie sich befand, nicht anmerkten, denn Fakt war, dass sie mittlerweile wirklich Schwierigkeiten hatte, sich zu konzentrieren.

Immer wieder drifteten ihre Gedanken ab, drehten sich permanent um Isalie und deren Familie.

Allein bei der Erinnerung an letzte Nacht spürte Stella, wie sich die feinen Härchen im Nacken aufrichteten, und sie fragte sich, was zum Teufel das zu bedeuten hatte.

Sie war felsenfest davon überzeugt, dass ein Albtraum das Kind erschreckt hatte, doch wenn dem so war, wieso ging ihr das alles nicht mehr aus dem Kopf?

Weil Luna vielleicht doch nicht geträumt hat!

Stella zuckte zusammen.

Konnte das wirklich sein?

War tatsächlich Isalie in der Nacht bei ihr gewesen?

Und falls ja, wieso hatte sie nichts gesagt?

Sich im Dunkeln gehalten und nicht zu erkennen gegeben?

Wieso sollte sie einfach wieder abhauen?

Weil du sie bei etwas gestört hast!

War sie gekommen, um Luna still und heimlich aus ihrem Gästezimmer zu entführen?

Wäre Isalie tatsächlich fähig, etwas derart Grausames zu tun?

Insgeheim musste Stella zugeben, dass es tatsächlich im Rahmen dessen lag, was sie Isalie zutraute.

Ihre Freundin hatte noch nie besonders viel Empathie für ihre Mitmenschen empfunden, dachte oft kaum darüber nach, was sie mit ihren unüberlegten Handlungen anrichten konnte.

War das hier eine davon?

Vielleicht versteckt sich Isa ja auch bewusst … weil sie vor etwas Angst hat!

Oder vor jemandem …

Stella stieß die Luft aus, stand auf.

In ihrem Innern kribbelte alles und sie fühlte sich, als stünde sie unter Strom.

Vielleicht war es aber auch jemand vollkommen anderes!

Die Worte hämmerten sich in ihren Kopf, ließen sie erzittern.

Und was, wenn dieser Jemand Isalie etwas angetan hat?

Was, wenn er jetzt Luna holen will?

Und dich!

Ein Wimmern drang aus Stellas Mund. Es klang kraftlos und brüchig, ganz genauso, wie sie sich fühlte.

Sie nahm ihre Tasche von der Stuhllehne, machte sich auf den Weg nach draußen. Sie würde einfach ihre Mittagspause ein wenig vorverlegen, um neue Kraft zu tanken, anschließend zusehen, dass sie ihre Nachmittagstermine schnellstmöglich abgehakt bekam. Und was Luna anging, musste sie sich eben etwas einfallen lassen. Vielleicht konnte sie sie ja doch zu ihren Großeltern bringen, wenigstens für ein paar Tage, um etwas zur Ruhe zu kommen. Sie musste einfach mal wieder richtig ausschlafen, danach würde sich bestimmt alles Weitere regeln lassen.

Als sie zwanzig Minuten später in ihrem Lieblingsbistro saß und auf ihr Lachs-Avocado-Sandwich wartete, nutzte sie die Zeit, um sich zur Ablenkung durch die Online-Nachrichten auf ihrem Smartphone zu klicken.

Sie war so ins Lesen vertieft, dass sie zusammenzuckte, als die Bedienung ihr das Essen vor die Nase stellte und ihr einen guten Appetit wünschte. Und obwohl es sich bei diesem Sandwich um Stellas Leibspeise handelte, brachte sie heute kaum etwas davon hinunter.

Nach drei Bissen gab sie schließlich auf, schob den Teller beiseite, widmete sich stattdessen ihrem Smoothie, den sie sich zum Essen dazu bestellt hatte.

Spinat und Avocado mit Banane und Matcha – eigentlich ein Muntermacher, doch heute verfehlte das Getränk die erwünschte Wirkung.

Stella seufzte verhalten, widmete sich wieder den aktuellen Meldungen auf dem Handydisplay, zuckte entsetzt zusammen, als ihr eine der Schlagzeilen ins Auge fiel.

NACHWUCHSTALENT JOKO KOSKI BRUTAL ERMORDET IN SEINEM APPARTEMENT IN HELSINKI AUFGEFUNDEN!

Stellas Mund war plötzlich wie ausgedörrt, die Zunge klebte ihr wie Pappe am Gaumen.

Sie schnappte nach Luft, scrollte zu dem Artikel.

Der Tote galt bei Filmkennern schon jetzt als würdiger Nachfolger von Hollywoodgrößen wie Leonardo DiCaprio und Brad Pitt. Er galt als Ausnahmetalent, hätte eine großartige Karriere vor sich gehabt.

Stella hatte von diesem Mann noch niemals zuvor etwas gehört, geschweige denn, einen seiner Filme gesehen, trotzdem berührte sein Tod sie zutiefst.

Sie stockte.

Berühren traf es nicht ganz.

Beunruhigen schon eher.

Und dann wurde es ihr mit der Intensität eines Hammerschlags bewusst ...

Der Tod dieses Schauspielers verängstigte sie sogar!

Aber warum?

Sie kannte den Mann nicht.

Guckte so gut wie nie Fernsehen.

Hatte mit Typen wie ihm nichts am Hut.

Also wieso fühlte sie sich auf einmal so hilflos und ... aufgewühlt?

Ein Erinnerungsblitz durchzuckte sie.

Und kurz darauf noch einer.

Vor ihrem inneren Auge formierten sich Gedanken zu einem Bild.

Sie sah Isalie vor sich. Es war ein paar Wochen vor dem Abend in Morning Star gewesen.

Die Freundin war einfach bei ihr zu Hause aufgetaucht, lallend, der Blick verschwommen.

Sie hatte sie angesehen, ihr gesagt, dass sie ihr etwas erzählen müsse, weil sie anderenfalls vor Aufregung platzen würde.

Isalie hatte ihr eine ihrer Affären gebeichtet und dass es diesmal anders sei als sonst.

Es handle sich um einen Kollegen, ein vielversprechendes Talent.

Er sei zwar jung, aber viel reifer als andere in dem Alter und sie habe sich bis über beide Ohren in den Typen verliebt.

Für Stella hatte es sich jedoch nicht viel anders angehört als Isas frühere Schwärmereien, deswegen hatte sie nichts drauf gegeben, die Freundin nur davor gewarnt, ihre Ehe aufs Spiel zu setzen.

Doch so sehr Stella sich auch bemühte, sie erinnerte sich einfach nicht mehr daran, was Isa daraufhin geantwortet hatte.

Sie griff nach ihrem Smoothieglas, trank es auf einen Zug leer, winkte der Kellnerin, bat um die Rechnung.

Vor der Tür legte sie den Kopf in den Nacken, genoss den kühlen Wind, der heute durch die Gassen Turkus strich, atmete tief durch.

Ihr wurde klar, dass sie dieser Beamtin, mit der sie neulich bereits Kontakt wegen Isas Verschwinden hatte, erzählen musste, was sie zu wissen glaubte.

Sie zog ihr Handy hervor, suchte deren Nummer, drückte auf wählen. Es dauerte keine zwei Sekunden, bis die Frau dran war.

In wenigen Sätzen brachte Stella die Sachlage auf den Punkt.

Am anderen Ende der Leitung blieb es still, dann vernahm Stella ein leises Räuspern.

»Wie kommen Sie drauf, dass Isalie bei ihrer Beichte von dem Toten aus Helsinki gesprochen hat?«

»Ich bin, was das angeht, nicht hundertprozentig sicher, aber da sie von einem aufstrebenden Talent gesprochen hat, ihn sogar mit Hollywoodgrößen verglich, bin ich eben davon ausgegangen, dass er gemeint war.«

»Hat Isalie Ihnen noch mehr über ihre Affäre erzählt? Irgendwelche pikanten Einzelheiten vielleicht, die uns weiterhelfen könnten?«

Stella dachte angestrengt nach, verneinte schließlich. »Isa hat mir gegenüber öfters mal eine Bemerkung fallen lassen, dass sie sich mit jemandem trifft. Das waren meistens noch Jungs, die sie nur zu ihrem Vergnügen getroffen hat. Allerdings hatte ich bei ihrem jüngsten Geständnis den Eindruck, dass es etwas Ernsteres ist, doch wirklich sicher kann man selbst das bei Isa nicht wissen.«

»Ehrlich gesagt fällt dieser Mord nicht in mein Aufgabenbereich«, erklärte die Polizistin Stella. »Der Fall obliegt der Kripo Helsinki, weil der Mord dort passiert ist.«

Stella zuckte zusammen, als ein Erinnerungsblitz ihren Geist durchzuckte.

Er wollte sich doch bei mir melden, Stella, also wieso ruft das Arschloch nicht an?

Sie war plötzlich absolut sicher, dass Isalie diese Worte ihr gegenüber im Morning Star hatte fallen lassen. Sie hatte sich Sorgen gemacht, dass es diesmal andersherum passiert sein könnte. Dass ein Mann sie nur für seine Zwecke benutzt hatte.

»Wann genau wurde der Mann ermordet, weiß man das schon?«, fragte Stella und hielt aufgeregt die Luft an.

»Na ja«, gab die Polizistin zurück, »er wurde gestern gefunden, aber laut Pathologie ist er schon mehrere Tage tot.«

»Was heißt mehrere Tage? Länger, als Isalie vermisst wird?«

»Worauf genau spielen Sie an, Stella?«, fragte die Kommissarin lauernd.

Stella seufzte tief. »Ich erinnere mich wieder an gewisse Kleinigkeiten des Abends im Morning Star«, erklärte sie. »Und ich bin absolut sicher, dass Isalie sich wegen eines Mannes Sorgen machte, der sie nicht wie vereinbart zurückgerufen hat.«

Als sie am frühen Abend mit Luna im Schlepptau nach Hause kam und sich einen Kaffee aus der Maschine ließ, fiel ihr siedend heiß ein, dass sie überhaupt nichts Essbares im Kühlschrank hatte. Sie musste dringend einkaufen, konnte sich jedoch beim besten Willen nicht mehr dazu aufraffen.

Sie warf Luna, die am Küchentisch saß und ein Glas Wasser trank, einen Blick zu. »Magst du Pizza?«

Das kleine Mädchen hob die Schultern, sah vollkommen verloren aus.

»Ich mag meine Mama bei mir haben.«

Stella seufzte. Eigentlich sollten die Worte des Mädchens

sie berühren, doch seltsamerweise machten sie sie nur wütend.

»Ich weiß, dass sie dir fehlt und dass du dir Sorgen machst, das tun wir alle«, brachte sie schärfer als beabsichtigt hervor, strich Luna sanft übers Haar. »Aber du musst auch etwas essen und deswegen meine Frage, ob du Pizza magst?«

Luna sah verunsichert zu Stella auf, nickte zögernd. Etwas flackerte in den Augen des Kindes auf und es dauerte eine Weile, ehe Stella bewusst wurde, dass das Angst war.

Augenblicklich wurde sie von einem Anflug schlechten Gewissens erfasst.

Die Kleine kann auch nichts dafür, dass du dich scheiße fühlst, sagte die Stimme in ihrem Kopf und Stella musste zugeben, dass sie recht hatte.

Es musste am Schlafmangel liegen, dass sie derart dünnhäutig war und langsam die Geduld mit dem Kind verlor. Oder es lag daran, dass eine Sache ihr seit dem Telefonat mit der Polizistin nicht mehr aus dem Kopf ging? Wenn tatsächlich Janni hinter dem Mord in Helsinki steckte, bestand definitiv die Möglichkeit, dass er auch Isalie etwas angetan hatte.

Oder?

Er könnte von der Affäre gewusst haben und deswegen ausgerastet sein.

Sie atmete tief durch, setzte sich zu Luna an den Tisch, nahm die Hand der Kleinen in die ihre, drückte sie sanft. »Entschuldige, dass ich so laut geworden bin«, erklärte sie. »Es ist nur ... ich habe schon sehr lange nicht mehr richtig gut geschlafen, hörst du? Und wenn man nicht richtig schläft, wird man mit der Zeit immer nervöser, verliert schneller die Fassung und dann passiert so was eben manchmal.«

Luna nickte. »Ich kann auch nicht gut schlafen«, sagte sie mit ihrer Kleinmädchenstimme, sah Stella ängstlich an. »Deswegen will ich nach Hause, zu Mama ... und zu Papa.«

Stella seufzte innerlich.

»Dein Papa ist bei der Polizei, weil die Beamten viele Fragen an ihn haben. Fragen, die mit deiner Mama und deinem Papa zu tun haben. Zum Beispiel wollen die Polizisten wissen, ob dein Papa schon mal so richtig böse zu deiner Mama war.« Stella ließ ihre Worte wirken, sah Luna neugierig an.

»Hast du so was schon mal mitbekommen, Süße? Dass dein Papa deine Mami gehauen hat? Oder, dass er ganz laut mit ihr geredet hat?«

Die Unterlippe des Kindes begann zu zittern, danach folgte ein schwaches Nicken. »Papi hat Mami ganz doll lieb, hat er zu mir gesagt, und nur deswegen ist er mal böse zu ihr gewesen, weil er nicht wollte, dass sie uns verlässt.«

Lunas Augen quollen über, sie fing an zu schluchzen. »Mami«, flüsterte sie hilflos, schien wie durch Stella hindurchzublicken. »Sie kommt bestimmt heute Nacht wieder und dann nimmt sie mich mit.«

Es hatte Stella fast drei Stunden gekostet, Luna davon zu überzeugen, dass es nichts brachte, wenn sie ihre Tasche mit den wenigen Klamotten, die sie bei ihr gebunkert hatte, packte, um gewappnet zu sein, falls ihre Mutter käme, um sie abzuholen.

»Du hast nur geträumt«, hatte Stella ihr erklärt, *»deine Mama war nicht wirklich hier im Haus.«* Doch Luna hatte das vehement bestritten und sich nach einem Stück Schinkenpizza zum Abendessen nur schwerlich davon überzeugen lassen, ins Bett zu gehen, um ein bisschen zu schlafen.

Jetzt war es bereits nach zehn und Stella hoffte, dass Luna inzwischen genauso erschöpft war wie sie selbst und bis zum Morgen durchschlafen würde.

Sie putzte sich die Zähne, schlüpfte aus ihren Klamotten und unter ihre warme Bettdecke, schaltete das Licht aus.

Doch trotz der Schwere in ihren Gliedern und dem

Gefühl von Watte in ihrem Kopf schafften es ein paar Gedanken nach wie vor, sie wachzuhalten.

Janni!

Stella musste zugeben, dass ein Teil von ihr inzwischen umgeschwenkt war, was seine Beteiligung in dieser Geschichte anging.

Er und Isa hatten Krach gehabt und wahrscheinlich hatte er gewusst, dass seine Frau ihn betrog. Was also, wenn er zuerst ihren Liebhaber tötete und dann Isa dazu zwingen wollte, bei ihm zu bleiben. Die Freundin musste geahnt haben, dass ihr Mann dabei war, durchzudrehen, hatte vielleicht aus Angst die Nerven verloren und ihm gesagt, dass sie ihn verlassen werde.

Was also, wenn er danach plante, auch Isalie umzubringen, und die Sache mit der Entführung bewusst inszenierte, in dem er es irgendwie schaffte, Stella Betäubungsmittel einzutrichtern?

Doch wie und wo sollte er das getan haben?

Stella spürte, wie die Fragen in ihrem Kopf mehr und mehr verblassten, sie langsam wegdämmerte.

Sie war schon beinahe eingeschlafen, als ein Knarzen sie hochschrecken ließ.

War das die Treppe gewesen?

Sie stieß ein Keuchen aus, schaltete das Licht ein, setzte sich auf, hielt instinktiv die Luft an.

Es blieb still im Haus.

Hatte sie sich das nur eingebildet?

So musste es wohl sein, denn sie hatte alle Türen und Fenster verrammelt, niemand konnte sich so einfach Zutritt zu ihrem Haus verschaffen.

Sie legte sich zurück in die Kissen, schloss die Augen, doch ihr Herz hämmerte so heftig in ihrer Brust, dass sie kaum noch Luft bekam.

Wider vernahm sie ein Knarzen und diesmal war sie

absolut sicher, dass es die Treppe im Erdgeschoss war, die unter der Last einiger Schritte geächzt hatte.

Stella schlug die Decke zurück, ließ das Licht aus, stand auf. Und obwohl ihr Herz noch immer raste, schaffte sie es irgendwie bis zur Tür, horchte in den Gang hinaus.

Ein leises Quietschen ertönte, das sich genauso anhörte wie ihre Haustür, die dringend mal geölt werden musste.

Eine Welle des Zorns durchfuhr sie. »Ich hab die Polizei gerufen, du Arschloch, also sieh besser zu, dass du verschwindest!«

Sie wusste selbst nicht, woher diese plötzliche Wut kam, doch ihr Ausbruch hatte sein Gutes, es ging ihr nämlich plötzlich viel besser.

Sie schlüpfte in ihre Hausschuhe, nahm die schwere Kristallschale von der Kommode gegenüber ihrem Bett, machte sich auf den Weg nach unten.

Aus dem Nebenzimmer drang Lunas leises Wimmern, die sie mit ihrem Geschrei geweckt haben musste.

Egal, zuerst würde sie jetzt ins Erdgeschoss gehen, um nach dem Rechten zu sehen. Sollte es tatsächlich Anzeichen dafür geben, dass jemand bei ihr im Haus gewesen war, würde sie die Polizei anrufen und gleich morgen die Schlösser austauschen lassen.

Langsam ging sie die Treppe nach unten, die Schale zum Schlag erhoben.

Unten angekommen, schaltete sie endlich das Licht an, rannte zuerst in die Küche und danach ins Wohnzimmer.

Nichts.

Hatte sie sich das nur eingebildet?

Doch das musste schon ein ziemlicher Zufall sein, dass Luna erst gestern der Meinung gewesen war, jemanden an ihrem Bett gesehen zu haben und heute sie jemanden zu hören glaubte.

Erneut suchte sie die beiden Räume im Erdgeschoss ab, zog

schließlich ein Messer aus dem Messerblock, um auch noch im Keller nachzusehen. Sie drehte am Schlüssel, bemerkte, dass nicht abgeschlossen war. Dabei war sie absolut sicher, die Kellertür im Erdgeschoss verriegelt zu haben, weil einige der Fenster dort unten nicht wirklich einbruchsicher waren.

Ihre Finger zitterten plötzlich und auf einmal wusste sie, dass sie sich heute Nacht ganz sicher nicht mehr da runter trauen würde.

Sie verschloss die Tür zweimal, drehte sich um und da sah sie es plötzlich …

Wieso fiel ihr das jetzt erst auf?

Sie stieß die Luft aus, spürte, dass ihre Knie sich plötzlich wie Gummi anfühlen.

Luna im ersten Stock weinte inzwischen lauter, doch Stella war wie gelähmt, konnte nichts anderes mehr tun, als auf die schmutzig nassen Fußabdrücke zu starren, die von der Haustür zur Treppe in den ersten Stock hinauf führten.

Es kam ihr vor, als seien Stunden vergangen, ehe sie die Kontrolle über ihre Gliedmaßen zurück hatte und wieder in der Lage war, überhaupt eine Entscheidung zu treffen. Sie musste Luna holen und schnellstmöglich aus diesem Haus raus!

Doch die Fußspuren führten nach oben, was also, wenn der Eindringling noch da war?

Sie atmete tief durch.

Denk nach!, befahl ihr die Stimme in ihrem Kopf, *und bewahre um Gottes willen Ruhe!*

Sie schluckte gegen die Panik an, rannte blitzschnell in die Küche, wo ihr Handy auf der Anrichte lag. Sie schnappte es, trat den Rückzug in Richtung Badezimmer an.

Dort angekommen, verrammelte sie die Tür hinter sich, sank vollkommen erschöpft zu Boden.

Sie wusste natürlich, dass es falsch war, in diesem Fall nur an sich selbst zu denken, sich in Sicherheit zu bringen und hier einzuschließen, während Luna dort oben sich selbst überlassen war.

»Lieber Gott, bitte mach, dass schnell Hilfe kommt«, stammelte sie und wählte mit zitternden Fingern die Nummer des Notrufs.

Sie schluchzte erleichtert auf, als tatsächlich bereits beim ersten Klingeln jemand am Apparat war.

»Machen Sie schnell«, schrie sie atemlos in den Hörer und bemerkte selbst, dass sie vollkommen hysterisch klang, »da ist jemand in meinem Haus!«

13

TURKU

MAI 2019

»Gut, dass du endlich da bist«, sagte Ramon, der Henni im Gang zu ihrem Büro erwartete.

Verwirrt sah sie auf ihre Armbanduhr, danach zu ihrem Kollegen. »Bin ich zu spät? Ich meine … hatten wir ausgemacht, dass wir uns heute früher treffen?«

Ramon hob beschwichtigend die Hände. »Nein, alles gut, aber da ist etwas, das du dir anhören solltest.« Er machte eine Kopfbewegung, die Henni bedeuten sollte, ihm zu folgen.

»Was ist los, verdammt?« Sie seufzte verhalten. »Du weißt schon noch, dass wir ausgemacht hatten, dass wir sofort losfahren, sobald ich hier bin. Ich wollte eigentlich nur schnell meine Notizen von gestern aus meinem Büro holen und dann abdüsen.«

Ramon runzelte die Stirn, legte den Kopf schief. »Das muss warten«, erklärt er lapidar. »Ist ja im Grunde auch vollkommen egal, wann genau wir hier wegkommen. In Helsinki sind wir innerhalb einer Stunde, werden also genug Zeit haben.«

Henni hob entnervt die Schultern, legte den Kopf schief. »Erzählst du mir, was los ist?«

Er überlegte kurz, sah aus, als müsse er seine Worte genau abwägen. »Gegen drei Uhr wurden unsere Kollegen von der Nachtschicht zu einem angeblichen Einbruch gerufen.«

»Was bedeutet angeblich?«

»Eine Frau hat vollkommen verängstigt bei der Notrufzentrale angerufen und behauptet, jemand sei in ihrem Haus. Die Kollegen haben sich unmittelbar auf den Weg gemacht, doch auf ihr Klingeln reagierte keiner, sodass sie die Tür aufbrechen mussten.« Er hielt inne, schüttelte den Kopf. »Sie fanden die Frau vollkommen hysterisch im Bad vor und das kleine Kind ein Stockwerk höher in seinem Bett. Das Kind hat wie verrückt geschrien, doch die Frau ist einfach nicht aus dem Badezimmer raus, erst als die Kollegen von außen an die Tür hämmerten und ihr glaubhaft vermitteln konnten, dass sie Polizisten sind.«

Henni hob die rechte Hand, um Ramon zu bedeuten, innezuhalten. »Also eine Mutter und ihr Kind sind überfallen worden?«

Ramon verneinte stumm.

»Es ist keinem was passiert. Okay, das kleine Mädchen und die Frau waren beide vollkommen verängstigt, als unsere Kollegen dort ankamen, aber ansonsten gibt es keinerlei Hinweise auf einen Einbruch in das Haus.«

»Wieso hat die Frau behauptet, dass jemand eingedrungen ist?«

»Weil da angeblich Fußspuren waren, die von der Haustür zur Treppe in den ersten Stock führten.«

»Warte mal«, sagte Henni schnell. »Die Frau hat Fußspuren gesehen, die nach oben führten, wo sich ihr Kind aufhielt, und trotzdem schließt sie sich im Badezimmer ein?«

»Es ist nicht ihr Kind.«

Henni stieß die Luft aus, nickte. »Okay, das erklärt zwar einiges, aber nicht alles. Wenn da also Fußspuren waren, die nicht von ihr oder dem Kind stammten, wieso sagst du, dass es sich nur angeblich um einen Einbruch handelt?«

»Weil die Fußspuren, als unsere Kollegen ankamen, verschwunden waren.«

Henni verzog das Gesicht.

»Und die Türen?«

»Wie gesagt, die Haustür war zu, sowohl hinten als auch vorne, die Fenster lediglich gekippt. Deswegen mussten die Kollegen die Tür ja aufbrechen.«

»Wie kann es sein, dass die Fußspuren plötzlich verschwunden waren?«

Ramon zog die Brauen empor, sah Henni bedeutungsschwanger an. »Das ist die Frage ...«

»Ich verstehe sowieso nicht, was dieser Fall mich angeht. Ich meine ... okay ... wir haben es mit einem mutmaßlichen Einbruch zu tun, aber kann das nicht trotzdem jemand anders übernehmen?«

Ramon schüttelte stumm den Kopf. »Die Frau, um die es sich handelt, ist Stella. Stella Mikkola.«

Henni stieß die Luft aus. »Und du denkst, dass sie sich das nur eingebildet hat? Den Einbruch, die Fußspuren?«

»Na ja«, gab Ramon zu bedenken, »immerhin hat sie in den letzten Tagen einiges durchgemacht. Das Verschwinden der Freundin, die Drogen, die in ihrem Blut gefunden wurden.«

»Apropos Freundin«, schob Henni schnell nach, »ist inzwischen der Antrag durch, dass der Mobilfunkanbieter mit uns zusammenarbeiten muss?«

Ramon nickte. »Die Technik ist auch schon dabei, die letzten Anrufe von Lindholm durchzugehen. Der letzte ging allerdings bereits vor dem Treffen mit Mikkola raus, ich glaube zwei Stunden früher, um genau zu sein, und er erfolgte an eine Nummer in Helsinki.«

»Okay«, stieß Henni aus, sah Ramon an. »Also Stella Mikkola kommt mir ehrlich gesagt nicht so vor, als neige sie dazu, sich in etwas hineinzusteigern.«

»Trotzdem waren keine Fußspuren mehr da, als unsere Kollegen vor Ort waren.«

»Dennoch hat es letzte Nacht tatsächlich geregnet. Und wenn sie Fußabdrücke in ihrem Haus gesehen hat, die Tür aber von innen verrammelt war, ergibt das trotzdem Sinn.«

»Okay«, Ramon sah Henni an. »Du hast recht. Am besten besprechen wir alles Weitere mit ihr persönlich.«

»Sie ist hier?«, stieß Henni aus. »Wieso sagst du das …«

»Sie kommt in ihrer Mittagspause«, unterbrach Ramon ihren Redefluss. »Die Kollegen vom Nachtdienst haben ihr geraten, sich trotz allem für den Rest der Nacht und die nächsten Tage ein Hotelzimmer zu nehmen, doch sie hat sich geweigert. Sie meinte, Luna brauche jetzt vor allem Stabilität und sie jetzt nach dem Elternhaus auch aus ihrer Zuflucht zu reißen, sei nicht gut für sie. Stattdessen wollte sie sich drum kümmern, dass noch heute die Schlösser ausgetauscht werden.«

»Das ist eine sehr gute Idee«, gab Henni zu. »Aber wieso kommt sie erst mittags zu uns?«

»Sie wollte Luna am Morgen in die Kita bringen und danach in die Klinik, das mit dem Schlüsseldienst von dort aus regeln.«

»Und unsere Leute? Haben die Stellas Haus ordentlich unter die Lupe genommen?«

Ramon nickte. »Die Türen und Fenster wiesen keinerlei Anzeichen eines Einbruchversuches auf. Und was Fingerabdrücke angeht, wurden vor allem die von Stella, dem Mädchen und Harri gefunden.«

»Keine fremden?«

Kopfschütteln. »Vor allem nicht an Türen und Fenstern.«

Henni stieß die Luft aus. »Janni kann das nicht gewesen sein, der ist in Untersuchungshaft. Wer käme ansonsten infrage, in Stellas Haus einzubrechen?«

Ramon sah sie stirnrunzelnd an. »Ich hab nicht die geringste Ahnung.«

Henni überlegte kurz, dann nickte sie. »Okay, wenn Stella nicht vor dem Mittag zu uns kommen kann, werden wir sie eben mit einem Besuch beehren.«

Als Henni mit Ramon im Schlepptau keine halbe Stunde später an Stellas Bürotür klopfte, hoffte sie, dass ihr Besuch bei der Frau nicht allzu ungelegen käme. Sie hatte schlicht und ergreifend keine Zeit zu verschenken, konnte nicht abwarten, bis Stella bereit war, mit ihr zu reden.

Als ein unwirsches *HEREIN* von innen ertönte, drückte Henni die Klinke hinunter, gab Ramon ein Zeichen, draußen zu warten. Sie trat ins Zimmer, wo Stella hinter ihrem Schreibtisch saß, während ein junger Mann auf dem Sofa unterhalb des Fensters lag.

»Tut mir leid«, stieß Henni peinlich berührt hervor. »Es ist nur so … ich kann nicht bis heute Mittag warten, muss gleich nach Helsinki …«

Stella sah sie an, nickte frustriert. »Entschuldigen Sie uns bitte einen Moment«, bat sie ihren Patienten. »Bitte gehen Sie solange in Ihr Zimmer zurück, ich hole Sie in ein paar Minuten wieder zu mir, okay?«

Der junge Mann stand auf, schwankte und kurz hatte Henni Sorge, er könne einfach umkippen.

Sie musterte ihn, sah, dass seine Augen verschwommen aussahen, was auf eine starke Sedierung hinwies.

Sie wartete, bis er aus dem Zimmer getrottet war, dann sah sie Stella an. »Es geht um Ihren Anruf letzte Nacht.«

Stella seufzte. »Hören Sie, ich hab es Ihren Kollegen schon erklärt, dass ich mir das auf gar keinen Fall eingebildet habe. Da waren Fußspuren im Gang und außerdem hab ich kurze Zeit vorher Schritte auf meiner Treppe gehört. Deswegen bin ich überhaupt erst nach unten gegangen.«

»Ich hab mit keiner Silbe angedeutet, dass ich Ihnen nicht glaube«, gab Henni zurück.

Stella atmete erleichtert auf. »Ihre Kollegen aber schon. Sie haben versucht, mir einzureden, dass ich mir alles nur eingebildet habe, weil ich wegen Isalies Verschwinden unter Stress stehe.«

»Aber ich glaube Ihnen«, wiederholte Henni sich. »Und ich sage Ihnen auch, warum.« Sie holte tief Luft, wägte in Gedanken ihre nächsten Worte sorgsam ab. »Die letzten Wochen waren sehr trocken, was für Mai sehr ungewöhnlich ist. Es hat überhaupt nicht geregnet, bis auf letzte Nacht. Und da die Tür von innen verriegelt war und es zum Zeitpunkt des Anrufs schon seit einer guten Stunde nicht mehr regnete, konnten Sie das gar nicht gewusst haben und somit würden diese eingebildeten Fußabdrücke keinen Sinn ergeben«, sagte Henni und lächelte.

»Und was bedeutet das nun für mich?«

»Dass Sie vielleicht doch in ein Hotel sollten …«

Stella schüttelte den Kopf. »Ich lass mich von keinem aus meinem Haus vertreiben.«

»Aber Sie hatten große Angst«, wandte Henni ein. »So große, dass Sie Luna sich selbst überließen.«

Stella lief rot an. »Ich kann gar nicht in Worte fassen, wie sehr ich mich dafür schäme«, erklärte sie.

»Na ja«, wandte Henni ein, »seien Sie nicht so hart mit sich selbst. Sie waren verängstigt, die letzten Tage saßen Ihnen im Nacken. Da würde jeder durchdrehen …«

Stella nickte zögernd. »Das alles hat mich wohl an etwas erinnert, dass ich als …« Sie brach ab.

Henni legte den Kopf schief, sah sie neugierig an, doch Stella winkte ab. »Ist nicht wichtig.«

»Okay«, gab Henni zurück. »Dann sind Sie sicher, dass Sie im Haus bleiben wollen?«

»Ich habe jemanden engagiert, der die Schlösser austauscht und Sicherheitsriegel an den Fenstern anbringt.«

»Klingt gut«, sagte Henni. »Dann kommen Sie klar?«

Stella nickte. »Ich hab mich wieder im Griff, das verspreche ich.«

»Und haben Sie eine Ahnung, wer das gewesen sein könnte?«

Stella wich Hennis Blick aus, sah zu Boden.

Nach einer Weile hob sie den Kopf, starrte Henni düster an. »Wussten Sie, dass Luna neulich jemanden an ihrem Bett hat stehen sehen?«

Henni riss die Augen auf. »Also war schon einmal jemand in Ihrem Haus?«

Stella hob die Schultern. »Die Kleine behauptete, dass es ihre Mutter gewesen sei ... war vollkommen fertig deswegen.«

»Wieso haben Sie mir das nicht erzählt?«

»Ich dachte, das hätte ich?«

Henni überlegte kurz, hob dann die Schultern. »Nicht, dass ich wüsste, kann aber sein, dass ich es überhört oder irgendwie verdrängt habe, weil es mir nicht wichtig erschien. Immerhin ist das Kind verstört, wünscht sich wahrscheinlich nichts sehnlicher als seine Mutter zurück.«

Stella nickte betreten. »Das Gleiche hab ich auch gedacht und ihre Worte nicht ernst genommen, alles für einen Albtraum gehalten.«

»Rückblickend betrachtet, ergibt es jetzt aber doch Sinn oder nicht?«

Stella seufzte. »Ich trau mich gar nicht, es auszusprechen.«

»Bitte sagen Sie trotzdem, was Sie denken, wer letzte Nacht in Ihrem Haus war.«

»Janni kann es nicht gewesen sein, der ist ja noch in Untersuchungshaft.« Stella atmete tief durch, sah Henni fest an. »Vielleicht war es Isalie. Kann doch sein, dass sie Luna holen wollte.«

Die gesamte Fahrt über nach Helsinki waren Henni Stellas Worte nicht mehr aus dem Sinn gegangen. Sie hatten auch mit Ramon darüber gesprochen, doch irgendwie hatte sie bei ihm den Eindruck gewonnen, dass er an Stellas Worten zweifelte. Henni hatte im Allgemeinen den Eindruck, dass er im Gegensatz zu ihr nicht so gut mit Stella konnte, sie – warum auch immer – nicht ausstehen konnte.

Sie hatte ihn daraufhin angesprochen, doch er hatte ihr nur ausweichend geantwortet, dass er fand, dass diese Frau etwas an sich habe, das ihn misstrauisch mache. Henni war sich ziemlich sicher, dass dies am Beruf von Stella lag. Viele Menschen fühlten sich in Gegenwart eines Psychiaters unwohl, weil sie der Ansicht waren, dass es dieser Art von Medizinern gegeben war, den Menschen tief in Seele zu blicken, ob die es nun wollten oder nicht.

Vielleicht traf das ja auch auf ihren Kollegen zu, dachte Henni.

Sie selbst fand Stella auf beängstigende Weise anziehend, war beinahe fasziniert von ihr. Frauen wie Stella kitzelten in Henni etwas wach, das man wohl als Beschützerinstinkt bezeichnen konnte.

Und als Stella vorhin anmerkte, dass sie es für möglich hielt, dass Isalie selbst ihre angebliche Entführung inszeniert habe, in ihr Haus eingedrungen sei, um Luna zu holen, da hatte etwas in Henni klick gemacht. Stellas Denkweise war überhaupt nicht abwegig, musste sie zugeben. Isalie Lindholm, eine vom Leben verwöhnte Frau auf Abwegen.

Es gab Tausende Gründe dafür, wieso eine Frau wie sie beschlossen haben könnte, ihr altes Leben hinzuschmeißen und irgendwo im Verborgenen neu anzufangen. Vielleicht war ihr der Ruhm zu Kopf gestiegen.

Oder das viele Geld.

Vielleicht sogar beides.

Hinzu kam die Ehe, die Isalie und Janni führten. Sie schien nicht gerade auf Vertrauen und Geborgenheit zu basieren, auch das konnte einen Menschen auf Dauer mürbe machen und zu einer Kurzschlussreaktion verleiten.

Fakt war jedoch, dass man kein Diplom in Psychologie benötigte, um sich auf die Schnelle ein Bild von der Schauspielerin zu machen. Isalie Lindholm mochte alles haben, was ein Mensch sich im Laufe seines Lebens erträumte, dennoch war sie weit davon entfernt, glücklich zu sein. Wahrscheinlich litt sie unter mangelndem Selbstbewusstsein, brauchte die permanente Bestätigung von außen durch Liebhaber oder ihre Fans.

Menschen wie Isalie waren auf sich selbst fixiert, ihr Umfeld war ihnen weitestgehend egal.

Konnte man das schon als Narzissmus bezeichnen?

Henni würde behaupten, dass es so war, doch natürlich war sie, was die Psyche eines Menschen anging, nicht vom Fach.

Sie nahm sich vor, Stella demnächst danach zu fragen, doch wenn sie ehrlich war, war dies nur ein Vorwand, um sie baldmöglichst wiederzusehen.

»Du stehst auf die Psychotante, stimmts?«

Ramon sah sie von der Seite an, während er den Wagen auf den Parkplatz des Präsidiums Helsinki lenkte, schließlich anhielt. Als der Motor aus war, drehte er sich zu ihr, musterte sie. »Ich versteh dich ja, sie ist wunderschön, intelligent und hat etwas an sich, das sich nicht in Worte fassen lässt. Etwas Geheimnisvolles und Unnahbares. Trotzdem sage ich dir, dass Stella Mikkola irgendwas verheimlicht. Das spüre ich einfach. Diese Frau spielt nicht mit offenen Karten.«

Henni runzelte die Stirn. »Wie kommst du darauf?«

Ramon seufzte, hob die Schultern. »Das ist es ja gerade. Ich hab keine Ahnung, wenn ich ehrlich bin. Ist nur so ein Gefühl.«

Als sie ins Konferenzzimmer der Kollegen traten, lief Ramon schnurstracks auf einen von ihnen zu, begrüßte ihn mit Handschlag. Er winkte Henni heran, um sie einander vorzustellen. »Das ist meine Kollegin Henni aus Turku und das hier«, er schlug dem dunkelhaarigen Mann auf die Schulter und grinste breit. »Das ist Ahmed, mein alter Kumpel. Wir haben damals zusammen bei der Streife angefangen.«

Henni gab dem Mann die Hand, sah ihn an. »Ist es okay, dass wir hier sind? Ich meine, immerhin es das euer Fall.«

Ahmed verzog das Gesicht. »Ich hab mich übers Internet mal in den Vermisstenfall von Lindholm eingelesen und finde, dass es ganz gut ist, dass ihr hergekommen seid.«

Henni riss die Augen auf, starrte den Mann aufgeregt an. »Habt ihr was gefunden, das Isalie und den Toten zu hundert Prozent in Verbindung bringt? Ich meine zusätzlich zur Tatsache, dass beide ihren letzten Film zusammen gedreht haben?«

Der Mann grinste, zwinkerte erst Ramon und dann ihr zu. »Der Typ war offensichtlich pervers, wenn ich das mal so sagen darf.«

»Bitte schön?« Henni runzelte die Stirn.

»Er hatte eine Kamera in seinem Schlafzimmer installiert und die hat er bei allen seinen Dates mitlaufen lassen – wahrscheinlich in den allermeisten Fällen, ohne dass die armen Mädchen davon wussten.«

»Gibt es einen Film von Isalie?«

»Einen?« Ahmed stieß ein belustigtes Prusten aus. »Etliche. Und Lindholm war die Einzige, die von der Kamera gewusst zu haben schien.«

»Das allein macht den Toten aber noch nicht zu einem Perversen.«

»Seine Vorliebe im Schlafzimmer aber schon. Er stand drauf, sich schlagen und bis fast zur Bewusstlosigkeit würgen zu lassen, doch bei den meisten Frauen stieß er damit auf

Ablehnung. Nicht aber bei Isalie, die fand das alles auch ziemlich geil.«

Henni hob die Hand, schüttelte den Kopf. »Nur für mein Verständnis, Isalie hat Joko also auf seinen eigenen Wunsch hin gewürgt?«

Nicken.

»Dann kann es sein, dass das gar kein Mord war?«

»Das wiederum bezweifle ich. Immerhin wurde er hinterrücks niedergeschlagen und erst danach erstickt.«

»Aber es gibt Aufnahmen, die beweisen, dass Lindholm und Koski … nun ja … miteinander verkehrten … wortwörtlich genommen.«

Ahmed nickte.

»Und ich schätze, dass sie sich ziemlich oft getroffen haben, worauf die Anzahl der Aufnahmen hindeutet. Sie hatte auch ein paar Klamotten bei ihm.«

»Woher wissen Sie, dass es ihre sind?«

»Gucken Sie sich einfach die Filme an.«

Henni nickte, als sie begriff. »Später vielleicht.«

Sie sah kurz zu Ramon, dann wieder zu Ahmed. »Die Todesursache von Koski, steht die fest?«

»Er ist erstickt.«

»Und wurden irgendwelche Fasern gefunden?«

»Wir haben in seiner Wohnung unzählige Haare, Fasern und sonstiges Zeug sichergestellt, aber angesichts seines regen Sexuallebens muss nichts davon wirklich was bedeuten.«

»Und der Gegenstand, mit dem er niedergeschlagen wurde?«

»Das war eine Büste von irgendeinem Schriftsteller. Wir haben außer seinen eigenen nur noch Fingerabdrücke der Putzfrau darauf gefunden.«

»Habt ihr sie überprüft?«

Ahmed lachte. »Die Frau ist sechsundsechzig Jahre alt.«

Henni seufzte. »Und der genaue Todeszeitpunkt? Steht der schon fest?«

Ahmed nickte. »Joko Koski starb in der Nacht von letztem Sonntag auf Montag.«

Henni sah alarmiert zu Ramon. »Das war also, bevor Isalie Lindholm verschwunden ist.«

Ein Gedankenblitz durchfuhr sie. Konnte es tatsächlich so einfach sein? Steckte Isalie hinter all dem?

Hatte sie ihr Verschwinden mit Absicht so einfädelt, dass alles nach einer Entführung aussah?

Oder danach, als habe ihr Mann sie ermordet? Täuschte sie mit Absicht ein Verbrechen vor, um vom wahren Monster – sich selbst – abzulenken?

Henni erinnerte sich daran, was Stella erzählt hatte. Isalie wollte, dass sie mit ihr zusammen Cocktails trank, doch Stella hatte langsam gemacht, weil sie am nächsten Tag arbeiten musste. Doch um ihren Plan in die Tat umsetzen zu können, musste sie dafür sorgen, dass Stella sich nicht erinnerte, einen Filmriss durchlitt.

Isalie selbst hatte der Freundin also das Betäubungsmittel eingeflößt, um sich anschließend in Ruhe in Luft auflösen zu können.

Und letzte Nacht war sie in Stellas Haus eingedrungen, um ihre Tochter zu holen und endgültig verschwinden zu können.

Doch warum?

Die Erkenntnis traf Henni wie ein Fausthieb.

Weil sie Joko getötet hatte. Sie wusste, dass man ihn irgendwann finden und mit ihr in Verbindung bringen würde.

Aber wieso hatte sie die Aufnahmen nicht gelöscht?

Hatte sie die vergessen?

Henni schluckte, sah Ahmed an. »Wo waren die Filme, die Joko von seinen Aktivitäten gemacht hat?«

»In einem Safe in der Wand. Wir haben ihn von Spezialisten öffnen lassen müssen.«

»Und der aktuelle Film? Wer war darauf zu sehen?«

»Ein blutjunges Mädchen, wahrscheinlich eines seiner
Groupies.«

Das ergab Sinn, sinnierte Henni. Isalie tötete also Joko aus
welchem Grund auch immer, kontrollierte die Kamera,
stellte fest, dass sie nicht darauf war, und durchsuchte das
Haus nach seinen Aufnahmen, die sie nicht fand. Deswegen
ist sie also abgehauen.

Sie sah aufgeregt Ramon an. »Wir müssen eine dringende
Fahndung nach Isalie Lindholm rausgeben, Bahnhöfe und
Flughäfen informieren sowie Straßensperren errichten.
Diese Frau darf auf keinen Fall das Land verlassen.«

Ramon seufzte. »Du bist also tatsächlich überzeugt
davon, dass sie Joko Koski ermordet hat?«

Henni nickte. Dann zuckte sie zusammen, klatschte sich
stöhnend mit der Hand an die Stirn.

»Ich bin so … bescheuert«, schrie sie und sah Ramon an.
»Der tote Synchronsprecher … Torben Berger … sagte seine
Ex … diese Elsa nicht, dass die Frau, in die er sich bis über
beide Ohren verknallt hatte, verheiratet ist?«

Ramon sog die Luft scharf ein, wurde blass. »Du denkst
an Lindholm, nicht wahr?«

Er stöhnte, nickte schließlich. »Als Sprecher hat er ganz
sicher Isalie gekannt, also durchaus möglich, dass sie diejenige war, mit der er …« Er brach ab, sah Henni an. »Du
weißt, was das heißt?«

Sie schluckte. »Wir müssen den Fall Torben Berger noch
mal aufrollen und auf eine Verbindung zu Lindholm prüfen.
Und wenn wir damit fertig sind, gehen wir auch gleich die
Unfälle der anderen beiden jungen Männer noch mal durch.
Gut möglich, dass die auch mit ihr zu tun hatten.«

14

TURKU

MAI 2019

Es war früher Nachmittag, als Stella vollkommen erschöpft die Tür zu ihrem Haus aufschloss. Der Mann vom Schlüsseldienst hatte ihr die Rechnung samt den neuen Schlüsseln in die Klinik gebracht und nun hoffte sie, dass das Austauschen der Schlösser ihr das Gefühl von Sicherheit in ihren vier Wänden zurückgeben konnte. Zur Verwunderung ihres Chefs hatte sie vorhin alle restlichen Termine des heutigen Tages auf die folgende Woche verlegt, sich den Rest des Nachmittags freigenommen. Sie brauchte dringend etwas Ruhe und vor allem Schlaf, doch zuerst musste sie versuchen, Harri zu erreichen. Sie hatte es bereits am Vormittag mehrmals bei ihm versucht, doch er war weder im Büro rangegangen, noch hatte er auf ihre Anrufe und Nachrichten auf seine Handynummer reagiert. Für Stella war diese Seite an Harri neu. Zwar war ihre Beziehung bis dato nicht gerade durch sehr viel Nähe geprägt gewesen, doch hatte er zumindest immer zurückgerufen oder sich auf ihre Nachrichten gemeldet und auch sich von selbst hin und wieder bei ihr gemeldet, um sich nach ihrem Befinden zu erkundigen. Stella kam nicht umhin, sich zu fragen, ob sie ihn irgendwie verärgert hatte, doch so sehr sie auch darüber nachdachte, ihr fiel einfach nichts ein, das seine merkwürdige Ignoranz ihr gegenüber erklären würde.

Sie fragte sich, ob es an dem Drama um Isas Verschwinden lag, dass er kaum noch Zeit für sie fand, sie regelrecht vergessen zu haben schien.

Egal, dachte Stella, und warf ihre Handtasche auf die Anrichte in der Küche, machte sich auf den Weg ins Schlafzimmer. Kurz überlegte sie, eine warme Dusche zu nehmen, doch dann beschloss sie, sich gleich mit Klamotten ins Bett zu legen.

»Nur eine Stunde ausruhen«, murmelte sie – kickte ihre Schuhe von den Füßen und schlüpfte unter die Decke. Sie gähnte herzhaft, genoss das kuschelige Gefühl der Decke, die ihren Körper umgab, spürte das weiche Kissen am Hinterkopf und Nacken, spürte, wie eine bleierne Schwere von ihr Besitz ergriff.

Sie war fast eingeschlafen, als ihr die Fußspuren wieder einfielen. Die zweifelnden Blicke der Polizisten, die wohl dachten, sie hätten es mit einer Irren zu tun.

Augenblicklich war sie hellwach.

Sie seufzte verhalten, als sie spürte, dass auch ihr Herzschlag wieder raste, sie weit davon entfernt war, auch nur ein klein wenig Schlaf zu finden.

Sie sah auf die Uhr, stellte fest, dass es fast drei Uhr war. Sie hatte Jenni angerufen und sie gebeten, Luna aus der Kita mitzunehmen, ihr versprochen, dass sie sie spätestens um fünf abholen würde. Zeit, etwas auszuruhen, war noch genug, die Frage war also, wieso ihr das einfach nicht gelingen wollte.

Stella schloss die Augen, stellte sich in Gedanken einen friedlichen Ort vor – ihren Lieblingsstrand bei den Aland-Inseln, doch auch das hatte heute nicht den gewünschten Erfolg.

Schließlich gab sie auf, schlug die Decke zurück, erhob sich.

In ihrem Kopf drehten sich die Gedanken. Da war zum einen die Frage, ob es tatsächlich Isa gewesen war, die sich in der letzten Nacht Zutritt zu ihrem Haus verschafft hatte.

Und falls ja, wieso die Freundin zu solchen Mitteln griff.

War es möglich, dass Isalie eine eiskalte Killerin war?

Dass sie ihren Lover … diesen Joko wirklich umgebracht hatte?

Zumindest würde dies ihr merkwürdiges Verhalten und ihren heimlichem Abgang erklären.

Doch so sehr Stella auch darüber nachdachte, konnte sie sich Isa einfach nicht als eine Mörderin vorstellen.

Oder als Frau, die ihre Freundin betäubt, ging es Stella durch den Kopf.

Also blieb im Grunde noch Janni, doch Stella mochte auch ihn, schätzte ihn ganz und gar nicht als einen Irren ein.

Was also übersah sie in dieser Geschichte?

Eine Welle der Übelkeit überkam sie, wie immer, wenn sie sich mit diesem unangenehmen Thema auseinandersetzte.

Es war wie eine unheilvolle Düsternis, die Besitz von ihrem Innern ergriff, sie so fest umschlang, dass sie zuweilen das Gefühl hatte, nicht mehr richtig atmen zu können. Es war, als wäre die Antwort auf all ihre Fragen tief in ihr selbst verborgen und sie nur zu blind, diese zu erkennen.

Stella schleppte sich in die Küche, schaltete die Kaffeemaschine ein, setzte sich an den Tisch. Sie griff nach ihrem Handy, warf einen Blick aufs Display, suchte Harris Kontakt, drückte auf wählen.

Sie ließ es etliche Male klingeln, ehe sie schließlich aufgab.

Was war da los?, fragte sie sich im Stillen.

Was hatte der Kerl für ein Problem?

Nicht, dass sie Harri unbedingt in ihrem Leben brauchen würde, doch gerade jetzt, in diesem Augenblick, sehnte sie sich danach, ihm anvertrauen zu können, was letzte Nacht geschehen war.

Sie wollte sich die Sache mit dem »Einbruch« von der Seele reden, ihm sagen, dass sie sich diese Fußspuren nicht eingebildet hatte, und sie erhoffte sich von ihm eine Reaktion, die ihr zeigte, dass zumindest er ihr glaubte.

Stella fragte sich, ob diese Polizistin ihm vielleicht sogar schon von dem Vorfall letzte Nacht berichtet hatte, doch falls ja, ergäbe sein Schweigen umso weniger Sinn.

Kurz entschlossen wählte sie die Nummer der Polizistin, wartete gespannt.

Als diese Henni ranging, hatte Stella den Eindruck, als freue sie sich über ihren Anruf.

Irgendwie fühlte sich dieser Gedanke für sie einschüchternd und beruhigend zugleich an.

»Ich wollte Sie nicht stören«, begann Stella, doch Henni lachte abmildernd. »Wenn es mir nicht passen würde, wäre ich nicht rangegangen, also keine Sorge …« Sie hörte, wie die Polizistin Luft holte, danach ertönte ein Räuspern. »War der Typ vom Schlüsseldienst da?«

»Er hat ganze Arbeit geleistet«, gab Stella zurück.

»Das freut mich, zu hören. Was kann ich für Sie tun?«

»Der Grund meines Anrufs ist Harri, mein Freund. Ich erreiche ihn momentan nicht und wollte Sie bitten, ihm etwas auszurichten.«

»Klar«, gab Henni zurück, »sobald ich ihn sehe.«

»Das heißt, er ist auch nicht im Büro?«

»Ich hab ihn nach meiner Rückkehr aus Helsinki ganz kurz gesehen, da musste er dringend etwas erledigen. Ich dachte, er wollte zu Ihnen, wegen des Einbruchs.«

»Er weiß es noch gar nicht«, erklärte Stella. »Ich hab ihn diesbezüglich noch nicht an die Strippe bekommen.«

»Ich hab es ihm erzählt«, sagte Henni. »Er war total durch den Wind deswegen, ich dachte, er wollte zu Ihnen.«

Stella seufzte. Die Tatsache, dass Harri längst von dem

Einbruch wusste und sich trotzdem nicht bei ihr meldete, war mehr als seltsam.

»Darf ich Sie etwas Persönliches fragen?«, bat sie die Polizistin.

»Okay …«, kam es von Henni, die auf einmal misstrauisch klang.

»Es geht um Harri, kommt er Ihnen seit Isas Verschwinden auch irgendwie komisch vor?«

»Na ja, er kennt die Frau seit vielen Jahren, da ist es nicht verwunderlich, dass ihn das mitnimmt.«

»Aber er mag Isa nicht mal sonderlich, findet, dass sie zickig ist und die Menschen um sich herum manipuliert.«

»Hmh«, kam es von Henni, »ich hatte eher den Eindruck, er würde sie viel mehr mögen, als er zugeben möchte.«

Bei den letzten Worten der Polizistin spürte Stella einen scharfen Schmerz in ihrem Innern.

»Aber vielleicht irre ich mich ja«, beschwichtigte Henni, der wohl aufgefallen war, wie ihre Antwort bei Stella wirken musste.

»Wann kann ich eigentlich mit Janni sprechen?«, wechselte Stella unbehaglich das Thema.

»Von mir aus kommen Sie gleich«, gab Henni zurück. »Ich rede inzwischen mit Janni, sage ihm, dass Sie auf dem Weg zu ihm sind. Wenn Sie Glück haben, hat sich Harri, bis Sie hier sind, auch wieder bei uns eingefunden.«

Als Stella mit dem Aufzug nach oben fuhr, wurde sie bereits von der Polizistin erwartet. »Harri ist zwar nicht da, aber ich hab ihm auf die Mailbox gesprochen, dass er sich baldmöglichst mal bei mir melden soll.«

Stella lächelte dankbar, reichte Henni die Hand. »Wie geht es Janni heute? Ist es okay, dass ich zu ihm kann?«

»Er hat nicht viel gesagt«, gab Henni bedauernd zurück.

»Also keinen Schimmer, ob er sich heute kooperativer zeigt.«

Stella nickte, sah Henni lächelnd an. »Darf ich heute allein zu ihm rein?«

Henni grinste. »Ich hatte gehofft, dass Sie das fragen.«

Gemeinsam machten sie sich auf den Weg ins Nachbargebäude, wo sich die Zellen der Untersuchungshaft befanden, und meldeten sich an.

Als Stella keine zehn Minuten später zu Janni ins Zimmer trat, klopfte ihr das Herz bis zum Hals. Kurz erwog sie, ihn zu fragen, wie es ihm ginge und ob man ihn anständig behandelte, doch dann kam ihr diese Frage zu lapidar vor, um sie überhaupt zu stellen. »Luna ist okay«, sagte sie stattdessen und versuchte, sich nicht anmerken zu lassen, wie erschöpft und ausgelaugt sie sich fühlte. Dieser Mann befand sich seit Tagen im Ungewissen, was das Schicksal seiner Frau anging, und hatte außerdem seine Freiheit vorübergehend eingebüßt. Sie musste also um jeden Preis verhindern, dass er sich noch furchtbarer fühlte.

Entgegen Hennis Warnung, sich dem Mann zu nähern, ging sie zu ihm, setzte sich ihm gegenüber an den Tisch, griff nach seiner Hand, drückte sie. »Ich glaube dir, hörst du? Ich glaube dir, dass du Isalie kein Haar gekrümmt hast, dass du nichts mit ihrem Verschwinden zu tun hast!«

Sie ließ ihre Worte wirken, registrierte, dass wieder Leben in den Mann kam. Er setzte sich auf, hob langsam den Kopf. »Wirklich?«, kam es leise und brüchig über seine Lippen.

Sie nickte heftig.

»Aber wieso? Warum glaubst du mir auf einmal? Als wir uns das letzte Mal gesehen haben, konnte ich Zweifel in deinen Augen sehen.«

»Isa und du, ihr habt so oft gestritten in letzter Zeit, das hat mir auch Jenni bestätigt. Ihr hattet also Eheprobleme, dann der Abend, an dem sie bei mir war, nachdem du …« Stella brach peinlich berührt ab.

»Nachdem ich sie geschlagen habe, du kannst es ruhig aussprechen.«

Stella seufzte. »Jedenfalls war gestern Nacht jemand in meinem Haus. Und Luna hat auch schon jemanden an ihrem Bettchen stehen sehen.«

Janni riss die Augen auf. »Jemand ist bei dir eingebrochen? Ist Luna etwa in Gefahr?«

Schnell schüttelte Stella den Kopf. »Beruhige dich! Ich habe den Schlüsseldienst beauftragt, alle Türen und Fenster zu sichern, deine Tochter ist also sicher bei mir.«

Janni nickte. Er sah panisch aus. »Dann ist derjenige, der Isalie hat, nun hinter meiner Kleinen her? Und vielleicht auch hinter dir?«

Stella schluckte hart. »Ich will, dass du mir jetzt gut zuhörst, okay?«

Nicken.

»Und ruhig bleibst!«

Wieder nickte Janni.

»Es geht um Isa, deine Frau. Was meinst du, wäre es nicht möglich, dass sie selbst hinter allem steckt?«

»Was soll das bedeuten?« Janni sah ratlos aus.»Denkst du, sie lebt noch?«

Stella riss die Augen auf. »Du etwa nicht?«

Er senkte den Blick. »Keine Ahnung«, kam es irgendwann leise von ihm. »Je länger sie weg ist, desto mehr verliere ich den Glauben, sie jemals wiederzusehen.«

»Ich habe Fußspuren in meinem Haus gesehen. Und als die Polizei kam, waren sie weg. So als wollte jemand, dass ich vor ihnen als unglaubwürdig dastehe.«

Janni sah sie verängstigt an. »Das klingst schrecklich. Und du glaubst wirklich, dass diesen Jemand deine neuen Schlösser interessieren?«

Stella nickte. »Sie sind absolut einbruchsicher.«

»Dann hat jemand deine Türen aufgebrochen, als er ins Haus kam?«

»Nein. Die Türen waren unversehrt. Aber dennoch ist es ein gutes Gefühl, zu wissen, dass es ab sofort aussichtslos ist, in mein Haus zu kommen.«

»Deine Frage wegen Isa, wie kommst du darauf?«

Stella hob die Schultern. »Weil ich sie kenne. Ich schätze, dass ich es ihr zutraue, ihr Umfeld derart zu täuschen. Vielleicht will sie sich ja an dir rächen.«

»Weil ich sie geschlagen habe?«

»Könnte doch sein. Und jetzt versteckt sie sich irgendwo und sieht zu, wie du leidest.«

»Ich denke, sie wollte mich sowieso verlassen. Warum also dieses Versteckspiel.«

»Du hast von dem toten Schauspieler gehört?«

Nicken.

»Kanntest du ihn?«

»Durch Isa, ja.«

»Ich denke, dass sie was mit ihm hatte.«

Er nickte traurig.

»Du wusstest es?«

»Ich hab es geahnt. Auch, dass es nicht das erste Verhältnis meiner Frau war.«

Stella stieß die Luft aus, sah ihn an.

»Trotzdem hab ich ihn nicht umgebracht, okay!«

Stella nickte langsam.

»Und auch nicht meine Frau. Ich liebe sie, würde ihr nie etwas antun.«

»Und wenn sie es selbst war?«, kam es Stella über die Lippen, ehe sie sich bremsen konnte.

»Du meinst, sie könnte den Typen …«

»Möglich wärs«, wandte Stella ein. »Und anschließend ist sie geflohen und letzte Nacht wollte sie Luna holen, um sich für immer vom Acker zu machen.«

»Das würde bedeuten, dass sie bewusst in Kauf nimmt, dass man mich hier einsperrt.«

Stella verkniff sich eine Antwort.

Janni seufzte. »Das glaube ich einfach nicht!«

»Ach nein? Wirklich nicht?«

»Ich will es nicht glauben …«

Als Stella wenige Minuten später zu Henni in den Korridor trat, ging es ihr deutlich besser als noch vor wenigen Minuten. Die Tatsache, dass selbst der Ehemann ihrer Freundin es nicht gänzlich abwegig fand, dass Isalie selbst alles inszenierte, beruhigte sie ein bisschen.

»Was hat er gesagt?«, wollte Henni von ihr wissen. »Ich hab zwar das meiste mitgehört, war aber zwischendurch ganz kurz abgelenkt.«

Stella sah die Polizistin an. »Er kannte Joko durch Isa, allerdings nur flüchtig«, erklärte sie. »Aber er schwört, dass er ihn nicht umgebracht hat. Genauso wenig, wie er Isa was zuleide tun würde.«

»Wusste er, dass beide ein Verhältnis hatten?«

»Er ahnte es wohl. Auch, dass es nicht ihr einziges gewesen ist.«

»Und trotzdem behauptet er, dass er Isa nichts getan hat?«

Stella schüttelte langsam den Kopf.

»Glauben Sie ihm?«

Stella überlegte einen Moment, nickte schließlich. »Er sah absolut aufrichtig aus.«

»Das tun sie alle«, gab Henni zu bedenken.

»Ich denke eher, dass Isalie selbst ein falsches Spiel spielt.«

Henni stieß die Luft aus. »Der Fall geht mir echt auf die Nerven, muss ich zugeben.« Sie sah Stella an. »Wie geht es der Kleinen Ihrer Freundin?«

»Na ja, sie sehnt sich nach ihrer Mutter und ich hab die Pflicht, dafür zu sorgen, dass Luna nicht vor Angst durchdreht. Ist wirklich nicht leicht, mir vor ihr nicht anmerken zu lassen, dass ich selbst fast irre vor Angst werde.«

»Vor was genau haben Sie Angst? Vor Ihrer Freundin?«

»Wenn sie wirklich den Typen umgebracht hat, ist sie gefährlich.«

»Und wenn nicht?«

»Dann ist sie selbst diejenige, die in Gefahr ist oder war – das macht mir auch Angst.«

Henni nickte nachdenklich, sah Stella aufmunternd an. »Harri hat sich gerade via Whatsapp bei mir gemeldet. Er ist wegen eines Patienten in Helsinki unterwegs, konnte mir nicht sagen, ob er es heute noch zurück schafft.«

Stella seufzte erleichtert, bedankte sich bei Henni. »Ich muss jetzt los, Luna abholen.«

Als sie auf dem Weg in Richtung Parkplatz war, warf sie einen Blick auf ihre Uhr. Es war kurz nach vier und somit noch ein wenig zu früh, bis sie das kleine Mädchen abholen musste. Das Vibrieren ihres Telefons ließ sie zusammenzucken. Sie zog es aus der Tasche ihrer Jeans, warf einen Blick darauf, spürte, wie ihr Herz einen Satz machte, weil es Harri war, der anrief.

Sie ging dran, konnte aber nicht verhindern, dass ihre Stimme leicht ärgerlich und vorwurfsvoll klang.

»Hör zu, ich hab nicht lange Zeit«, kam er sofort auf den Punkt, ohne auf ihren gereizten Unterton einzugehen. »Ich sitze noch immer im Büro fest, schaffe es heute nicht zu dir. Du kommst doch klar oder?«

»Ja, schon, aber …«

»Ich bin da an einer Sache dran«, unterbrach er sie. »Es geht um Isa und Janni, deswegen hab ich auch nicht zurückgerufen. Ich muss mir erst ganz sicher sein, hörst du?«

»Dann bist du im Präsidium?«, fragte Stella, nur um

sicherzugehen, und achtete darauf, nicht allzu lauernd zu klingen.

»Genau und ich hab Arbeit bis unters Dach. Bist du auch noch im Büro?«

»Ja, noch eine knappe Stunde«, log Stella. »Dann muss ich Luna bei Isas Nachbarn holen.«

»Also wie gesagt, sei nicht böse, dass ich so kurz angebunden bin und keine für dich Zeit habe. Sobald es mir möglich ist, sehen wir uns wieder, alles klar?«

Nachdem auch Stella bekräftigt hatte, dass alles in bester Ordnung sei, war sie kurzzeitig versucht, das Handy voller Wut einfach auf die Straße zu schmeißen.

Was bildete dieser Idiot sich eigentlich ein?

Nicht nur, dass er sie anlog und behauptete, er sei im Präsidium, schien er sich auch keinen Deut dafür zu interessieren, dass letzte Nacht jemand in ihr Haus eingedrungen war. Was für ein Freund verhielt sich derart desinteressiert?

Wieso fragte er sie nicht zumindest danach? Warum wollte er nicht wissen, ob alles okay mit ihr war?

Weil diese Polizistin ihm schon alles Wichtige darüber erzählt hat, beruhigte die Stimme in ihrem Kopf sie.

Das mag ja sein, dachte Stella, doch er könnte zumindest der Höflichkeit halber von selbst noch mal auf dieses schreckliche Thema zu sprechen kommen. Er musste doch wissen, wie sehr sie das mitnehmen würde.

Sie stieß die Luft aus, seufzte.

Es sei denn …

Stella versteifte sich schockiert. Der Gedanke war einfach in ihrem Kopf aufgetaucht, ohne dass sie sich dagegen wehren konnte.

Was, wenn er in dieser Sache mit drin steckte? Und zwar auf eine Weise, über die sie, Stella, bisher nicht nachgedacht hatte? Über die höchstwahrscheinlich noch niemand nachgedacht hatte…

Niemals!, beruhigte Stella sich selbst. Was für einen Sinn ergäbe das denn? Harri kannte Isa seit Langem und er kannte auch Janni und Luna, wieso sollte er ihnen schaden? Er mochte die drei.

Gut, Isa ertrug er nur mehr oder weniger, doch Stella wusste, dass so mancher Augendreher über die Eskapaden der Freundin in der Vergangenheit eher lustig als ernst gemeint war.

Doch wieso, um alles in der Welt, behauptete er dann, er befände sich im Gebäude hinter ihr, wenn er doch stattdessen in Helsinki unterwegs war?

Wieso behandelt er dich, als wärst du nicht seine Freundin?

Und warum lügt er dich an?

Steckt er am Ende mit Isalie unter einer Decke?

Sie sog die Luft ein, dachte einen Moment darüber nach. Bildete sie es sich nur ein oder hatte seine Stimme tatsächlich erleichtert geklungen, als sie sagte, dass sie nach der Arbeit Luna holen musste?

Wieso schien er keinerlei Wert mehr darauf zu legen, mit ihr allein zu sein, mied sie sogar?

Ein Lichtblitz ging durch ihren Körper, dann erzitterte sie.

Hatte Isalie am Ende auch ein Verhältnis mit Harri gehabt?

Und steckte er hinter dem Mord an diesem Schauspieler und nicht Isa selbst? Oder am Ende sogar beide?

Sie sah auf die Uhr, begriff, dass sie noch knappe vierzig Minuten Zeit hatte, bis sie Luna holen musste, und die würde sie sinnvoll nutzen und nach Antworten suchen.

Als sie ihren Wagen vor dem Haus parkte, in dem sich Harris Appartement befand, holte sie tief Luft. Sie blieb sitzen, während sie sich umsah und die Umgebung abcheckte. Als sie sicher sein konnte, dass Harris Wagen nicht da war, stieg sie aus. Schnell machte sie sich auf den Weg zur Haustür, drückte ein paar der Klingeln, bis der Türöffner ging. Bei dem Haus handelte es sich um eine Anlage von Eigentumswohnungen für besonders betuchte Leute. Jede der Wohnungen verfügte über deckenhohe Fensterfronten sowie komplett verglaste Veranden mit Blick über die Bucht, und Stella schätzte, dass Harri einen ziemlichen Batzen Geld für sein Heim bezahlt hatte.

Als der Aufzug vor seinem Appartement hielt, stieg sie aus und steuerte schnurstracks auf die Blumentöpfe zu, die er vermeintlich zur Zierde da deponiert hatte, doch Stella wusste, dass unter einem von ihnen der Schlüssel für die Putzfee versteckt war. Sie hob den Topf an, nahm den Schlüssel, sperrte auf.

Im Innern der Wohnung war es angenehm kühl und es roch nach Ingwer und Zitrone, ein besonderer Raumduft, den Harri schätzte, weil er, wie er sagte, so klärend für den Geist wirke. Sie sah auf die Uhr und seufzte, als ihr klar wurde, dass sie ihr Versprechen, Luna um Punkt fünf abzuholen, würde brechen müssen. Ohne groß darüber nachzudenken, legte sie los. Sie inspizierte zuerst die Küche, einen seelenlosen Raum, der mit Sicherheit nur äußerst selten dazu benutzt wurde, wofür er bestimmt war. Harri kochte sehr ungern, neigte dazu, viel lieber Essen aus dem Feinkostladen mitzubringen oder sich vom Lieferdienst versorgen zu lassen.

Auch das Badezimmer wirkte extrem minimalistisch. Gerade einmal eine Flasche Duschgel stand in der Kabine herum, alle anderen Hygieneutensilien bewahrte Harri in den dafür vorgesehenen Schränken auf. Im Grunde wirkte die Wohnung steril, genau wie Harri selbst, musste insgeheim Stella zugeben.

War es das, was sie bisher davon abgehalten hatte, diesem Mann wirklich näher zu kommen?

Sie ging weiter ins Wohnzimmer, sah sich um. An der Wand gegenüber dem schwarzen Ledersofa hing der übergroße Fernseher, von dem Stella wusste, dass Harri ihn so gut wie nie nutzte, außer sie war bei ihm oder er musste sich das Video eines Patienten ansehen, weil er sich mal wieder Arbeit mit nach Hause gebracht hatte.

Nirgendwo standen irgendwelche Dekoartikel herum, geschweige denn lagen Harris Klamotten achtlos über Sessellehnen oder dergleichen. Im Großen und Ganzen wirkte diese Wohnung wie ein Vorzeigeobjekt für Immobilienmakler.

Sie ging ins Schlafzimmer, wunderte sich nicht, dass Harris Bett fein säuberlich gemacht worden war, die Tagesdecke nicht die kleinste Falte aufwies. Auch in diesem Raum wirkte alles akkurat und mehr als sauber. Sie ging zum Nachtkästchen, zog die Schublade auf, sah einige Fachzeitschriften zum Thema Psychologie darin, schob sie wieder zu.

Nichts in dieser Wohnung wirkte, als lebte hier Harri, der Mensch, und nicht nur Harri, der Polizeipsychologe.

Es kam Stella vor, als hielte es Harri hier bewusst trist und trostlos, damit es ihm nicht so schwerfiel, seine Zeit vor allem in der Arbeit zu verbringen. Ihr wurde klar, dass sie so gut wie nichts über den Mann wusste, mit dem sie inzwischen seit einigen Monaten ausging.

Sie seufzte, ging in sein Arbeitszimmer.

Selbstverständlich herrschte auch dort Sauberkeit und Ordnung, sein Schreibtisch glänzte, nichts lag einfach so herum.

Sie setzte sich auf seinen Stuhl, fing an, eine Schublade nach der anderen zu öffnen und den Inhalt zu durchsuchen, doch außer einigen Steuerunterlagen war nichts Interessantes dabei. Sie wollte gerade aufgeben, als sie unter einem Berg Aktenordner etwas hervorspitzen sah.

Es handelte sich um einen Packen alter Fotos, die eigentlich in ein Album gehörten. Sie lehnte sich zurück, sah sich die Bilder an, schmunzelte, als sie begriff, dass es sich um Fotos aus Harris Zeit an der Uni handelte. Sie grinste, als ihr klar wurde, dass der akkurate Harri früher seine Haare lang und zum Zopf gebunden getragen hatte. Auf einigen Bildern sah er aus, als sei er irgendwie stoned, denn dieses unbeschwerte Grinsen hatte sie noch nie bei ihm gesehen. Auf einem der Fotos hatte er eine rappeldürre Blondine im Arm und grinste verliebt wie ein Honigkuchenpferd in die Kamera. Man erkannte nur den Rücken und die langen Haare des Mädchens, doch irgendwas an dessen Statur kam Stella trotzdem bekannt vor. Sie blätterte weiter, hoffend, dass man die junge Frau auf einem der Fotos von vorne sehen würde, und tatsächlich zuckte sie kurz darauf schockiert zurück.

Fassungslos starrte sie auf das Foto, auf dem Harri die blutjunge Isalie im Arm hielt. Es bestand absolut kein Zweifel daran, dass beide zum Zeitpunkt des Entstehens des Fotos ein Paar gewesen waren. Sie blätterte weiter, spürte, wie sie zu zittern begann. Auf fast allen weiteren Bildern waren Harri mit Isa an der Hand, im Arm oder auf dem Schoß abgebildet. Wenn man der unterschiedlichen Garderobe der beiden und dem wechselnden Wetter auf den Fotos Beachtung schenkte, waren sie auch nicht am selben Tag, ja noch nicht mal im selben Monat aufgenommen worden. Sie legte die Fotos an ihren Platz zurück, schnappte nach Luft. Wieso hatten weder Isalie noch Harri jemals erwähnt, dass sie eine gemeinsame Vergangenheit hatten?

Stella schluckte, als ihr bewusst wurde, dass ihr Isalies Schweigen diesbezüglich am meisten wehtat.

Sie wollte nicht, dass du es weißt, weil sie euch verkuppelt hat, sagte die Stimme in ihrem Kopf und Stella wurde klar, dass das durchaus Sinn ergab. Isalie musste geahnt haben, dass sie sich niemals auf Harri einlassen würde, wenn sie von der früheren Beziehung beider gewusst hätte.

Aber warum hatte Harri ihr nichts davon erzählt?

Weil dich seine Vergangenheit nicht das Geringste angeht, flüsterte die Stimme in ihrem Kopf und kurz war sie geneigt, ihr auch nachzugeben.

Doch gerade als sie sich selbst beruhigen wollte, dass sie zu viel in diese Geschichte hineininterpretierte, ging ein Stromschlag durch ihr Innerstes.

Es war wie ein Kribbeln im Bauch, das ihr sagte, dass sie der Lösung von Isalies Verschwinden ein Stück näher käme, wenn sie nur richtig hinsähe.

Stella atmete tief durch, runzelte die Stirn. Harris merkwürdiges Verhalten ihr gegenüber, die Tatsache, dass er ihr seine Beziehung mit Isalie überhaupt verschwiegen hatte …

Plötzlich kamen ihr seine abfälligen Kommentare der Freundin gegenüber, das ständige Augenrollen und Seufzen, wann immer Isa etwas Blödes gemacht oder gesagt hatte, total unaufrichtig vor. Hatte er ihr wirklich die ganze Zeit über etwas vorgemacht?

Ihr gegenüber nur geschauspielert, dass sie ihm wichtig wäre, obwohl er in Wahrheit noch immer verrückt nach Isalie war und nur sie im Kopf hatte?

War es am Ende nicht Isa selbst, sondern Harri, der ein falsches Spiel spielte?

15

TURKU

MAI 2019

»Hast du noch mal mit Elsa gesprochen?«, fragte Henni und sah Ramon gespannt an.

Der nickte bedächtig. »Und sie ist nach wie vor überzeugt davon, dass Torbens Flamme damals eine verheiratete Frau gewesen ist.«

»Hast du gefragt, ob es sein kann, dass er sie im Job kennenlernte?«

»Ich hab alles gefragt, was du mir aufgetragen hast«, gab Ramon ein wenig genervt zurück. »Aber sie wusste es nicht. Torben hat nicht viel über die Frau rausgelassen. Elsa dachte, es läge daran, dass sie verheiratet ist, aber im Grunde könnte auch die Bekanntheit seiner Geliebten etwas damit zu tun gehabt haben. Die Sache ist eben nur, dass wir es nicht genau wissen.«

»Er hat Elsa gegenüber also nie etwas darüber gesagt, dass sie berühmt ist? Oder ein Filmstar?«

»Leider nein.«

Henni seufzte. »Während der Befragungen seiner Kumpels bin ich auch nicht viel weitergekommen«, erklärte sie. »Danach bin ich zu seinem ehemaligen Agenten gefahren, hab mir eine Liste seiner letzten Auftraggeber geben lassen. Ich bin gerade dabei, alles durchzugehen, hab bislang aber keine Verbindung zu Isalie Lindholm gefunden.«

Ramon sah Henni zweifelnd an. »Das muss nichts heißen. In dieser Branche läuft viel über mündliche Empfehlung, über Treffen auf Preisverleihungen und sonstigen Partys. Berger kann Lindholm überall über den Weg gelaufen sein.«

Henni sah Ramon düster an. »Schon klar, das macht es aber nicht einfacher für uns.«

Ein heftiges Klopfen an der Tür zu Hennis Büro ließ sie zusammenfahren. »Einfach reinkommen«, rief sie gereizt und verdrehte die Augen.

Onni trat ins Zimmer, sah sie zerknirscht an. »Wegen der Recherche zu den Unfallopfern«, begann er, »wir haben in Lindholms Wohnung einen Flyer von Giovannis Pizza & Pasta gefunden, der Lieferservice für den Tjark Hakala gearbeitet hat. Das kann Zufall sein, viele Leute in Turku bestellen dort, aber ich dachte, vielleicht ist es ja doch wichtig.« Er hielt inne, räusperte sich. »Und was den Fahrradunfall angeht, hab ich in der Bar nachgefragt, in der Julius gearbeitet hat, dort will man sich angeblich nicht erinnern, ob Lindholm jemals da gewesen ist.«

»Ist ja immerhin schon eine Weile her«, gab Henni zu bedenken, sah Onni dankbar an. »Trotzdem gute Arbeit«, sagte sie und runzelte die Stirn. »Vielleicht reden Sie trotzdem noch mal mit damaligen Bekannten beider Unfallopfer, mit deren Familien und Kollegen, fragen gezielt nach Affären der beiden jungen Männer und ob sie sich ihren Kumpels gegenüber mal über eine von denen besonders ausgelassen haben. Junge Kerle neigen dazu, mit ihren Aktionen anzugeben, vielleicht hilft uns das irgendwie weiter. Wir brauchen dringend eine Verbindung zu Lindholm, denn falls wir sie wirklich erwischen, hetzt die uns mit Sicherheit ihre gesamte Anwaltsschar auf den Hals.«

»Du bist also fest davon überzeugt, dass Isalie Lindholm selbst die Irre ist, die alles inszeniert hat, weil sie eine

Mörderin ist?«, fragte Ramon, als sie wieder allein in Hennis Büro waren.

Sie seufzte. »So einfach ist das nicht zu erklären«, gab sie schließlich zu. »Stella war es, die mich auf diese Option brachte, und sie ergibt durchaus Sinn.«

»Ich will ja nicht unken, aber meiner Meinung nach hat dir diese Frau gehörig den Kopf verdreht.«

»Das hat damit gar nichts zu tun«, herrschte Henni ihn an. »Die Frage ist eher, wieso du sie ständig so hinstellst, als sei in Wahrheit sie diejenige, die falsch spielt.«

Er seufzte. »Sie hat etwas an sich, das mir sagt, dass sie es am liebsten hätte, wenn Isalie gar nicht mehr auftauchen würde. Sicher, nach außen hin versucht sie, als besorgte Freundin rüberzukommen, macht sich Sorgen, will nur das Beste für Isalie, doch achte mal auf ihre Körpersprache. Wann immer sie über Isalie spricht, wird sie stocksteif, ihre Augen verdüstern sich, als sei da etwas zwischen ihnen vorgefallen, als sie sich das letzte Mal gesehen haben.«

Henni schüttelte zweifelnd den Kopf. »Also ich hab so etwas in der Art bei Stella nicht wahrgenommen.«

Ramon grinste. »Weil du, was Frauen angeht, manchmal deine Vagina das Denken übernehmen lässt. Und es tut mir wirklich leid, dass ich dir das sagen muss.«

Henni überlegte einen Augenblick, sah Ramon schließlich an. »Du hast recht, im Grunde kommen beide als Täter infrage. Janni und Isalie. Der Ehemann könnte in einem Anfall rasender Eifersucht die Lover seiner Frau getötet haben und als er merkte, dass sie einfach nicht aufhören kann, ihn zu bescheißen, brachte er auch sie um. Und was Isalie angeht, habe ich momentan noch keine Ahnung, welches Motiv sie haben könnte, ihren Joko und vielleicht sogar die anderen beiden Jungen getötet zu haben.« Sie hielt inne, seufzte.

»Ich bin mir nur in einer Sache ziemlich sicher, nämlich,

dass Stella damit nichts zu tun hat. Was sie angeht, irrst du dich.«

Ramon hob die Schultern. »Das wird sich zeigen«, sagte er schließlich und machte sich auf den Weg zur Tür. Er wollte gerade die Klinke hinunterdrücken, als es klopfte. Er sah Henni an.

»Schon okay …«

Er öffnete die Tür, grinste. »Wenn man vom Teufel spricht.« Er trat beiseite, ließ Stella ins Zimmer treten.

Henni bemerkte, dass die Frau grauenhaft aussah. Blass und müde und auf seltsame Weise verstört, ja verängstigt sogar.

»Kann ich Sie kurz sprechen?«, fragte Stella mit zitternder Stimme. »Es ist nur so, ich hab es eilig, müsste Luna längst abgeholt haben.«

»Klar«, Henni nickte und sah Ramon auffordernd an. Der verstand und schloss die Tür hinter sich. Als sie allein waren, sah sie Stella freundlich an. Die kramte in ihrer Handtasche, zog etwas daraus hervor, das wie ein Foto aussah, reichte es ihr.

Verwirrt starrte Henni darauf, stellte dann fest, dass es sich bei dem jungen Pärchen auf dem Bild um Harri und … Isalie Lindholm handelte.

»Wussten Sie, dass Harri und Isa früher ein Paar waren?«

Henni schüttelte den Kopf.

»Sehen Sie, ich nämlich auch nicht. Weder Isa selbst noch Harri haben mir davon erzählt.« Die Worte aus Stellas Mund klangen vorwurfsvoll und Henni konnte das sogar nachvollziehen.

»Vielleicht war es keine große Sache«, gab sie zu bedenken. »Vielleicht ging das Ganze nur ein paar Tage, war also nichts Festes, deswegen dachten beide, ist es das nicht wert, Sie damit misstrauisch zu machen.«

»Das hab ich auch zuerst gedacht«, gab Stella zurück. »Fakt ist aber, dass es einen ganzen Packen ähnlicher Fotos gibt, die besagen, dass diese Beziehung länger ging als nur ein paar Tage oder Wochen. Und außerdem ist Harri seit Isalies Verschwinden total abwesend, fast schon merkwürdig kalt zu mir, so als wäre ich ihm egal und Isalie eben nicht.«

Henni runzelte die Stirn. »Beide waren ein Paar, wie wir jetzt wissen, und nach wie vor befreundet, da ist es vollkommen normal, dass er sich Sorgen macht.«

Stella schüttelte heftig den Kopf. »In Isalies Gegenwart und wenn ich von ihr erzählte, hat Harri immer den Anschein erweckt, als könne er sie nicht mehr ausstehen, verachte sie sogar. Diese merkwürdige Reaktion passt gar nicht zu ihm.«

Henni blickte erneut auf das Bild, danach zu Stella. »Kann ich das behalten?«

Die Frau nickte. »Wären Sie so trotzdem bereit, mal mit Harri zu reden?«

»Was ist wirklich los?«, fragte Henni, weil ihr klar wurde, dass das nicht alles war, das Stella beunruhigte.

»Er hat gelogen«, gab sie schließlich leise zu. »Er hat sich endlich gemeldet und behauptet, er sei im Präsidium, obwohl er Ihnen erzählt hat, sich in Helsinki aufzuhalten. Wieso also lügt er?«

Henni sah Stella nachdenklich an. »Woher haben Sie das Foto?«, reagierte sie schließlich mit einer Gegenfrage und bemerkte, dass ihr Gegenüber tiefrot anlief.

»Mir hat das alles keine Ruhe gelassen, verstehen Sie? Deswegen bin ich zu ihm gefahren, war in seiner Wohnung.«

Henni musste sich mühevoll ein Grinsen verkneifen, sah Stella streng an. »Sie haben sich Zutritt zu seiner Wohnung verschafft?«

»Ich bin nicht bei ihm eingebrochen, hatte einen Schlüssel!«

»Hat er Ihnen den anvertraut?«

Kopfschütteln.

»Dann hat er den noch immer unter einem seiner Blumentöpfe liegen?«

Nicken.

»Okay«, erwiderte Henni, »selbst schuld würde ich sagen.«

Sie registrierte das scheue Lächeln auf Stellas Gesicht, grinste. »Aber noch mal werde ich das nicht billigen können, okay?«

Die Frau nickte schnell, legte den Kopf schief. »Reden Sie mit ihm?«

Henni seufzte. »Ich denk drüber nach, in Ordnung?«

Stella lächelte dankbar, wandte sich zum Gehen. Sie war schon fast zur Tür hinaus, als Henni ein Gedankenblitz durch den Kopf schoss. »Warten Sie!«

Stella drehte sich um, sah Henni fragend an.

»Um noch mal auf Harri zu kommen«, begann sie, »was genau geht Ihnen da im Kopf herum?«

»Gar nichts«, beteuerte Stella schnell.

Henni schüttelte streng den Kopf. »Also jetzt lügen Sie und das sogar ziemlich mies, muss ich sagen!«

Stella hob die Schultern. »Ich bin keine Polizistin, wie Sie wissen, ich darf es mir nicht erlauben, Leute zu beschuldigen. Was Isalie und Janni angeht, hab ich nur eins und eins zusammenzählen müssen, doch Harri ist eine andere Hausnummer.«

Henni wurde klar, worauf Stella hinauswollte, und lächelte abmildernd. »Ich kümmere mich drum, versprochen!«

Endlich allein im Büro fragte Henni sich, ob Stellas Reaktion auf das Bild von Harri und Isalie gerechtfertigt war. Gut, sie konnte ihre Enttäuschung über das Verschweigen der Tatsache, dass beide miteinander liiert waren, durchaus nachvollziehen.

Doch das, was Stella dazu veranlasst hatte, ihr das Foto zu zeigen, ging tiefer als Enttäuschung. Da war Misstrauen im Spiel, das hatte Henni in Stellas Augen erkennen können.

Gut, Harri hatte sie angelogen, was seinen Aufenthaltsort anging, doch war das allein Begründung genug, um ihm zu unterstellen, er könne ebenfalls zu den Verdächtigen gehören? Denn Fakt war, dass Stellas Besuch hier bei ihr genau das bezweckt hatte.

Henni dachte darüber nach, kam zu dem Schluss, dass dies eine ungeheuerliche und sehr schwerwiegende Anschuldigung war. So schwerwiegend, dass sie nicht einmal Ramon davon erzählen mochte, zumindest jetzt noch nicht. Sie wollte sich Stellas Worte erst noch einmal in Ruhe durch den Kopf gehen lassen, in Gedanken abwägen, ob es sich dabei um die Hirngespinste einer Frau handelte, der die Situation langsam über den Kopf wuchs, oder ob tatsächlich mehr dran sein könnte.

Sie seufzte, fragte sich, ob Ramon in einigen Punkten Stella betreffend recht haben könnte. Sie war eine Psychiaterin und zweifelsohne gut in ihrem Job, doch als Privatperson kam sie ihr eher vor wie eine zarte Blume, die bei jedem noch so schwachen Windhauch einfach umknicken konnte.

Labil – das war das Wort, das Henni als Erstes einfiel.

Doch wenn Stella tatsächlich über ein labiles Gemüt verfügte, musste sie sich fragen, ob sie sich die Sache mit den Fußspuren am Ende nicht doch nur eingebildet hatte.

Oder täuschte sich Ramon am Ende und Stella war die Einzige von ihnen allen, die berufsbedingt die Sache ganz klar auf der Hand liegen sah?

Das Telefon auf ihrem Schreibtisch klingelte. Sie blickte aufs Display, stellte fest, dass es die Zentrale war.

»Ahola«, meldete sie sich und sog die Luft scharf ein, als die Anruferin aufgeregt und ohne Umschweife auf den Punkt kam. Henni hörte schweigend zu, runzelte die Stirn, bedankte sich und legte auf. Nach einem Augenblick des Nachdenkens wählte sie die Nummer zu Ramons Apparat.

»Wir müssen los«, plärrte sie ungeduldig in den Hörer, als er endlich ranging. »Der Hund eines Spaziergängers hat gerade eben im Wald bei Huiskula draußen unter einem Berg Gehölz die Leiche einer Frau entdeckt.«

16

TURKU

MAI 2019

Als Stella ihren Wagen in die Einbahnstraße lenkte, die zu Isas Villa und der der Nachbarn führte, spürte sie ein ungutes Gefühl. Es war wie eine drohende Vorahnung, dass etwas Furchtbares passieren würde. Oder längst geschehen war.

Sie stellte das Auto am Straßenrand ab, machte sich auf den Weg zu Jenni. Sie war schon fast am Gartentor, als ihr die Frau aufgebracht entgegenkam. Sie sah aus, als sei sie eben erst aufgestanden, ihre Augen zuckten hektisch umher.

»Es tut mir so leid«, stammelte sie. »Ich hab mich nur kurz auf das Sofa gelegt, weil die Mädchen so schön gespielt haben.« Sie brach ab, fing an zu weinen.

Stella wurde übel, ihr Magen verkrampfte sich. »Was ist los?«

Jenni wich ihrem Blick aus, schien nach Worten zu suchen. »Ich war so müde und mein Mann auch, die letzte Nacht war ziemlich hektisch, wir hatten Aufträge bis unters Dach und …«

»Bitte«, unterbrach Stella sie, »nur das Wichtigste!«

Die Frau holte tief Luft. »Es geht um Luna. Sie ist verschwunden …«

Stella riss die Augen auf, spürte, wie sich die kleinen Härchen in ihrem Nacken aufrichteten.

»Was meinen Sie? Ich dachte, sie würde mit Ihrer Tochter spielen?«

»Das hat sie ja auch. Beide waren im Kinderzimmer, doch als ich aufgewacht bin, stand die Wohnungstür auf und meine Tochter saß heulend auf der Treppe.«

»Was ist passiert, Jenni?«

»Meine Kleine behauptet, es sei Lunas Idee gewesen, im Garten Verstecken zu spielen. Das muss eine ganze Weile gut gegangen sein, doch dann stellte sie fest, dass Luna verschwunden war.«

»Haben Sie überall nachgesehen?«

»Mein Mann hat das Haus auf den Kopf gestellt und ich hab hier draußen jeden Stein umgedreht – Luna ist definitiv nicht mehr hier.«

»Und Ihre Tochter? Hat sie was gesehen oder gehört? Ist ihr jemand aufgefallen? Vielleicht eine Frau oder ein Mann, die ums Grundstück geschlichen sind?«

Jenni starrte Stella misstrauisch an. »Was wollen Sie damit sagen? Dass jemand sie mitgenommen hat? Sie entführt wurde, wie vielleicht Isalie?«

Stella hob die Schultern, sah Jenni ratlos an.

»Wie lange genau ist die Kleine weg?«

Jenni sog die Unterlippe ein, blickte unbehaglich zu Boden. »Ungefähr eine Stunde«, gab sie schließlich zu.

Stella sah die Frau ungläubig an. »Die Tochter meiner besten Freundin ist seit einer Stunde verschwunden und Sie informieren mich nicht?«

»Das wollte ich zuerst auch, doch dann dachte ich mir, zuerst suche ich überall, falls sie sich doch nur einen Spaß erlaubt. Ich wollte nicht vor Ihnen als hysterisch dastehen.«

Stella nickte besänftigend. »Aber ich hoffe doch, dass die Polizei unterwegs ist?«

Nicken. »Mein Mann hat vorhin angerufen, sie müssten gleich da sein.«

Stella schluckte, sah Jenni an. »Ich sollte zu Janni fahren, ihm sagen, was los ist. Er hat ein Recht darauf, das zu erfahren.«

Jenni zuckte unter Stellas Worten zusammen, sah sie verschreckt an. »Bitte, warten Sie doch noch eine Weile, ich will nicht …«

»Ich muss«, unterbrach Stella sie unnachgiebig. »Er war es, der mir Luna anvertraute, ich kann ihm das nicht so einfach verschweigen.«

Sie zog ihr Smartphone aus der Tasche, wählte Hennis Nummer.

Es dauerte eine Weile, ehe die Polizistin ranging. »Hören Sie«, kam Stella ohne Umschweife auf den Punkt, »es geht um Luna, sie ist weg.«

Henni am anderen Ende der Leitung schwieg, dann ertönte ein leises Stöhnen. »Ich kann jetzt nicht«, sagte die Frau schließlich. »Bitte verstehen Sie das jetzt nicht falsch, Stella, aber es hat sich da etwas ergeben, das momentan meine gesamte Aufmerksamkeit erfordert. Das mit Luna müssen meine Kollegen übernehmen.«

Stella runzelte die Stirn, als ihr auffiel, dass Hennis Stimme merkwürdig gepresst klang, fast, als verschweige sie etwas vor ihr.

»Was ist passiert?«, stieß sie aus, ehe sie sich bremsen konnte.

»Das darf ich aktuell nicht sagen«, kam es von Henni und sie klang tatsächlich, als schien sie es zu bedauern.

»Hat es was mit Isa zu tun?«

»Auch darüber kann ich Ihnen nichts sagen.«

»Okay«, sagte Stella frustriert. »Dann warte ich hier, bis Ihre Kollegen da sind.« Sie holte tief Luft. »Ich muss es Janni sagen«, erklärte sie. »Können Sie organisieren, dass ich später ganz kurz zu ihm darf?«

Henni seufzte, dann erklang ein Räuspern. »Einverstanden, ich sage Onni Bescheid.«

Insgesamt dauerte es fast zwei Stunden, ehe die Polizisten, die Lunas Verschwinden aufgenommen hatten, sie gehen ließen. Sie hatte endlose Befragungen über sich ergehen lassen müssen, genau wie Jenni und ihr Mann. Außerdem hatten die Beamten jeden einzelnen Bewohner der Straße herausgeklingelt und auch deren Häuser samt Grundstücke auf den Kopf gestellt, die Leute ausgequetscht – leider ohne Erfolg.

Als Stella anmerkte, dass sie fest daran glaube, dass es Isalie selbst war, die ihr Kind geholt habe, war ihr aufgefallen, welch merkwürdige Blicke die Beamten miteinander gewechselt hatten.

Stella hoffte, dass sie nicht sie selbst verdächtigten, Luna entführt, ihr vielleicht sogar etwas angetan zu haben.

Jenni und ihr Mann waren nach den Befragungen mit den Nerven am Ende, schienen sich bittere Vorwürfe zu machen. Und obwohl Stella insgeheim nicht dagegen ankam, zu denken, dass das Kind noch da sein könnte, hätten beide nicht geschlafen, sondern aufgepasst, hatte sie es irgendwie fertig gebracht, die Leute zu beruhigen, ihnen zu sagen, dass alles gut würde.

Und das hoffte Stella tatsächlich. In ihr rumorte es, ihr Herz hämmerte wie verrückt und sie konnte an nichts anderes denken als an die kleine Luna.

Sie hoffte, dass wirklich Isalie dahintersteckte, denn die würde Luna nichts antun, ganz im Gegenteil. Doch ein Teil von ihr, Stella wusste nicht welcher, dachte unweigerlich an das Schlimmste. Dass Luna sich vielleicht doch nicht in Isalies Obhut befand, jemand anderer sie mitgenommen hatte. Jemand, der es mit ihr vielleicht nicht gut meinte, ihr etwas zuleide tun würde …

Sie schnappte nach Luft, trat aufs Gas. Die Polizisten vor Ort hatten ihr versichert, dass es in Ordnung sei, wenn sie jetzt zu Janni fuhr. Sie selbst würden als Nächstes ein Team zusammenstellen und eine groß angelegte Suche nach dem Kind organisieren, keinesfalls aufgeben, ehe sie das Mädchen gefunden hatten.

Beim Gedanken an das bevorstehende Gespräch mit dem Vater des Kindes wurde Stella übel. Sicher, sie konnte nichts dafür, Luna war schließlich in der Obhut der Nachbarn verschwunden, doch sie fragte sich, ob sie noch da wäre, wenn sie sich nicht verspätet hätte.

Der Parkplatz des Präsidiums war zu dieser späten Stunde noch ziemlich voll, trotzdem hatte Stella Glück, einen Platz in Eingangsnähe zu ergattern.

Sie stieg aus, machte sich auf den Weg in die Lobby, wo Onni bereits auf sie wartete.

Er reichte ihr die Hand, sah sie mit einer Mischung aus Besorgnis und Optimismus an. »Sie taucht wieder auf, Stella, keine Sorge.«

Sie seufzte, hob die Schultern. »Ich kann bald nicht mehr, Onni. Das wird mir alles zu viel. Erst Isalie, jetzt Luna.« Stella fiel auf, dass Onni beim Erwähnen von Isas Namen beinahe unmerklich zusammengezuckt war. Sie runzelte die Stirn. »Alles klar bei dir? Du siehst aus, als hättest du einen Geist gesehen.«

»Lass uns einfach zu Janni gehen, bevor uns keiner mehr zu ihm lassen will.« Er tippte auf seine Uhr, sah Stella düster an. »Besuchszeit ist schon lange vorbei.« Er grinste, doch Stella sah, dass das Grinsen seine Augen nicht erreichte.

Irgendwas ist passiert, dachte sie, verkniff sich aber weitere Fragen.

Als sie in der Abteilung angekommen waren, in der sich die Räume der Untersuchungshäftlinge befanden, atmete Stella tief durch.

Als sie vor der Tür stand, in der Janni auf sie wartete, warf sie Onni einen unsicheren Blick zu.

»Soll ich mit reinkommen?«

Sie schüttelte den Kopf.

»Da ist doch eh ein Kollege dabei, der alles überwacht?«

Onni nickte.

Stella stieß die Luft aus, griff nach der Klinke, trat in den Raum.

Janni schien ihr auf Anhieb anzusehen, dass etwas passiert sein musste.

»Was ist los?«, rief er und Stella bemerkte, dass er panisch war. »Wurde Isa gefunden? Geht es ihr gut?« Er fing an zu weinen. »Bestimmt ist sie längst tot, ich spüre es. Ich weiß das einfach …«

»Es geht um Luna, Janni«, brachte Stella mühsam hervor, sah ihn an. »Sie ist weg.«

Janni riss den Kopf hoch, starrte sie verwirrt an. »Was soll das heißen?«

Stella wich seinem Blick aus, seufzte leise. »Sie war bei Jenni, hat mit deren Tochter gespielt. Sie und ihr Mann sind eingepennt und als sie wieder wach wurden, war Luna verschwunden.«

Janni verzog das Gesicht, raufte sich die Haare. »Und die Polizei? Suchen die nach ihr?«

Stella nickte. »Sie haben die komplette Umgebung nach ihr abgesucht, alle Leute befragt, doch niemand hat was gesehen.«

»Das alles ist ein einziger Albtraum«, stieß Janni hervor, sah Stella anklagend an.

»Ich kann nichts dafür«, wehrte sie sich. »Jenni und ihr Mann hatten die Aufsichtspflicht für dein Kind. Und sie sind eingeschlafen. Wenn du also jemanden dafür verantwortlich machen willst, dann sie.«

Er sah Stella unschlüssig an, schwieg.

»Danke, dass du hergekommen bist, um es mir zu sagen. Das war sicher nicht einfach für dich.«

Stella schüttelte den Kopf, spürte, wie sich ihr der Hals verengte.

»Darf ich dich etwas fragen«, flüsterte sie schließlich und hoffte, dass Onni draußen und der Kollege im Raum nichts mitbekamen. Janni beugte sich über den Tisch zu ihr hinüber, sah sie an.

»Es geht um Harri. Wusstest du, dass er und Isa ...« Sie brach ab, schluckte. »Es ist zwar lange her, aber trotzdem ...«

Janni nickte langsam. »Sie waren fast drei Jahre lang ein Paar.« Er lachte verbittert, schüttelte den Kopf. »Sie hat ihn damals meinetwegen verlassen, wusstest DU DAS?«

Stella klappte der Mund auf.

»Und trotzdem wart ihr Freunde?«

»Es war so lange her, so viel ist zwischenzeitlich passiert, Isa wurde berühmt ... na ja, Wunden verblassen eben und scheinbar ist Harri nicht besonders nachtragend ... wobei ...« Er lachte wieder, sah Stella düster an.

»Was?«

Janni seufzte. »Vielleicht hab ich all das ja auch verdient, verstehst du? Vielleicht ist das alles hier meine Strafe dafür, dass damals ich derjenige war, der eine große Liebe einfach zerstörte.«

Auf dem Weg nach Hause fühlte sich Stella aufgekratzt und hilflos. Sie wusste nicht, was sie hinsichtlich Lunas Verschwinden tun sollte. Vielleicht wäre es eine gute Idee, den Beamten anzubieten, mitzusuchen?

Sie stieß die Luft aus, war kurz versucht, umzudrehen, doch irgendwas in ihrem Innern sagte ihr, dass es besser sei, nach Hause zu fahren. Zur Ablenkung schaltete sie das Radio an, ließ bei einem Song der Band Nightwish ihre Gedanken schweifen, summte mit. Als wenige Minuten später die

Nachrichten anfingen, wollte Stella schon den Ausknopf betätigen, hielt jedoch inne, als der Sprecher verkündete, dass heute eine weibliche Leiche im Wald gefunden worden war und man sich nun fragen müsse, ob es sich dabei um die seit Tagen vermisste Isalie Lindholm handelte.

Stellas Innerstes zog sich zusammen und ihr wurde schwindelig. Sie schaffte es gerade noch, den Wagen rechts ranzufahren, ehe sie den Kopf aufs Lenkrad sinken ließ und zu weinen begann.

Sie hörte dem Polizisten zu, der gerade erklärte, wie es zu dem Leichenfund gekommen war und was nun die nächsten Schritte seines Teams seien, um festzustellen, wer die Tote war.

Stella hob den Kopf, wischte sich die Tränen ab. Ihr wurde klar, dass die Leiche entstellt aussehen musste, wenn nicht auf Anhieb feststand, ob es Isa war oder nicht.

Ihr fielen Jannis Worte ein.

Ich spüre einfach, dass sie tot ist, hatte er gesagt und genau jetzt, in diesem Augenblick musste Stella zugeben, dass er recht haben könnte.

Sie atmete ein paar Mal tief durch, rang mit sich, ob sie Henni anrufen und sie danach fragen sollte. Erst jetzt wurde ihr bewusst, dass deren seltsame Reaktion und die von Onni wahrscheinlich mit dem Fund der Leiche zu tun gehabt hatten.

Sie startete den Wagen, fuhr weiter, in ihrem Kopf drehte sich alles. Als sie endlich ihre Auffahrt hinauffuhr, ging ein Stromstoß durch ihr Innerstes. Sie runzelte die Stirn, fragte sich, was das zu bedeuten hatte. Normalerweise fühlte sie so etwas, wenn sich etwas Schlimmes anbahnte, ihr eine Hiobsbotschaft bevorstand oder sich sonstiges Pech anbahnte. Sie stieg aus, ging auf die Haustür zu, sperrte auf. Im Innern der Wohnung empfing sie eine Leere, die sie zu erdrücken schien.

War es möglich, dass sie sich bereits an Luna gewöhnt hatte?

Wieder spürte sie einen scharfen Stich im Innern, es war wie ein brennendes Kribbeln im Magen, das immer stärker wurde.

Sie unterließ es vorerst, Licht zu machen, steuerte beinahe automatisch die Küche an, zog die Besteckschublade auf, entnahm vorsichtig und darauf bedacht, keinen Lärm zu machen, eine Schere, steckte sie sich in ihren Hosenbund.

Leise schlich sie wieder in den Gang hinaus und horchte. Es war still im Haus und stockfinster, was an den Bäumen lag, die das Haus umgaben und jegliches Licht schluckten, sogar tagsüber. Sie tastete sich zum Lichtschalter, legte ihn um, atmete auf, als es endlich hell wurde. Alles schien normal, trotzdem spürte Stella, dass etwas nicht in Ordnung war.

Sie hätte sich eigentlich sicher fühlen sollen, angesichts der neuen Schlösser, doch das tat sie nicht und sie fragte sich unweigerlich, wieso?

Zögernd ging sie weiter, achtete darauf, gleichmäßig zu atmen, doch die Anspannung machte ihr es schwer.

Im Wohnzimmer sah sie es schließlich.

Jemand war hier gewesen.

Hatte in ihren Schränken nach etwas gesucht.

Sie erkannte es an der kleinen Dekofigur, die nicht wie üblich an ihrem Platz stand.

Und auch die Schüssel oberhalb der Schubladen war bewegt worden.

Sie schluckte, trat den Rückzug an.

Im Schlafzimmer dasselbe. Ihre Schubladen standen offen, die Sachen darin waren durcheinandergebracht worden.

Und dann roch sie es.

Oder vielmehr ihn!

Den Duft nach Zitrone und etwas anderem, etwas Herberem.

Ingwer!

Harri!

Sie wirbelte herum, doch hinter ihr war niemand.

Dennoch wusste sie, dass er noch im Haus war.

Irgendwo.

Stella fragte sich, wie er in ihr Haus gekommen war.

Ihr fiel ein, dass er ja mehr oder weniger ebenfalls Polizist war und somit sicherlich Zugang zu irgendwelchem Spezialwerkzeug hatte.

Doch was sollte er von ihr wollen?

Wonach konnte er gesucht haben?

Sie schluckte, ging weiter, sah im Bad nach, hinter dem Vorhang – nichts.

Kurz war sie versucht, ihn einfach zu rufen, ihn wissen zu lassen, dass sie wusste, dass er hier war, doch dann verwarf sie den Gedanken.

Stattdessen beschloss sie, das Überraschungsmoment zu nutzen, falls er es wagen sollte, sich ihrer bemächtigen zu wollen.

In ihrem Kopf überschlugen sich die Gedanken.

Was genau bedeutete es, dass Harri hier bei ihr war?

Woher wusste er überhaupt, dass sie ihm bezüglich Isalie auf die Schliche gekommen war?

Der Schlüssel, erinnerte sie die Stimme in ihrem Kopf und Stella stöhnte frustriert auf. Sie war so eine Idiotin. Statt ihn wieder zurück an seinen Platz unter dem Blumentopf zu legen, befand er sich nach wie vor in ihrer Jackentasche, fiel ihr ein. Sie hatte schlicht und ergreifend nicht mehr daran gedacht, ihn zurückzulegen.

Danach war alles drunter und drüber gegangen.

Luna war verschwunden, die Polizei hatte sie ewig lang bei Jenni befragt.

Er musste gemerkt haben, dass jemand bei ihm gewesen

war, hatte genauer nachgesehen.

Das Bild!

Sie schloss die Augen.

Sie hatte es mitgenommen, es Henni gegeben.

Natürlich hatte er bemerkt, dass es fehlte.

Und selbstverständlich war ihm klar, wer genau dahintersteckte.

Was es bedeutete …

Sie schnappte nach Luft.

Der Leichenfund.

Luna, die vermisst war.

Wie hatte sie sich nur so täuschen können?

Es war nie Isalie gewesen.

Oder Janni.

Natürlich nicht!

Harri.

Er war es, der hinter allem steckte.

Weil er sich rächen wollte.

Er hatte all die Jahre genau darauf gewartet.

Janni zu zeigen, wie sich Schmerz anfühlte.

Es ihm zurückzugeben.

Hatte er geplant, Isalie zu töten?

Wahrscheinlich nicht.

Bestimmt hatte er sie überzeugen wollen, dass er die richtige Wahl war, doch Isalie …

Sie musste den Ernst der Lage, Harris Besessenheit vollkommen übersehen haben und dann war es zu spät gewesen.

Er hatte Joko getötet, es Janni in die Schuhe geschoben.

Sich dann Isalie geholt.

Und jetzt … jetzt auch noch Luna.

Er wollte Janni am Boden sehen.

Ihn für seine Verbrechen bezahlen lassen.

Doch wie sollte Harri das mit Luna erklären?

Das ergab keinen Sinn.

Irrsinn hat in diesem Fall keine Bedeutung, sagte die Stimme in ihrem Kopf und verursachte Stella eine Gänsehaut.

Stimmte das?

War Harri durchgeknallt?

Aus Liebe verrückt geworden?

Sie hatte solche Patienten durchaus schon gehabt, doch bei Harri wäre sie niemals darauf gekommen.

Er hatte sich immer so … so distanziert Isalie gegenüber verhalten.

Pure Berechnung!, mahnte die Stimme in ihrem Kopf. *Das hat er geplant.*

Stella fragte sich, ob er während der Schäferstündchen mit ihr an Isalie gedacht hatte, und wunderte sich, dass sie weder Demütigung noch Wut empfand, stattdessen überschäumenden Ekel.

Ihr wurde klar, dass es zu seinem Plan gehört haben musste, sich von Isalie mit ihr verkuppeln zu lassen, weil er ihr so immer noch nahe sein, Stella als Sprachrohr und Informationsquelle benutzen konnte.

Stella holte tief Luft, fragte sich, wo er sich versteckt haben könnte.

In Schlafzimmer und Wohnzimmer war er nicht gewesen, im Bad auch nicht.

Im Büro!

Leise schlich sie in den Korridor, um von da aus einen Teil des Raums einsehen zu können, als sie hinter sich einen Lufthauch spürte.

Er war wie ein sanftes Streicheln auf ihrer Haut und kaum wahrnehmbar, aber dennoch so real, dass sie instinktiv wusste, dass sie es sich nicht einbildete.

Harri …

Er stand hinter ihr!

17

TURKU

MAI 2019

»He, Onni, warten Sie doch mal!«, rief Henni und rannte ihrem Kollegen hinterher. »Es ist wegen der Kleinen, weiß man da schon was?«

Ihr Kollege sah sie düster an, schüttelte den Kopf. »Die Jungs von uns, die bei der Suche dabei sind, stehen in Kontakt zu mir und bis jetzt …«

Er brach ab.

»Okay«, seufzte Henni, sah den Mann an.

»Sie haben das mit der Leiche mitbekommen?«

Onni nickte betreten. »Ist es Isa?«

Henni senkte den Blick, stöhnte leise.

Als sie wieder aufsah, musterte sie Onni. »Das Gesicht und der Kopf waren vollkommen entstellt, deswegen kann ich es nicht sagen.

Jemand hat ziemlich heftig auf die Frau eingedroschen.«

»Und was denken Sie anhand der Statur? Was ist mit der Haarfarbe?«

»Stimmt alles überein.«

Onni schluckte schwer. »Also ist es im Grunde fast sicher? Ich meine, das kann doch kein Zufall sein.«

»Ich fürchte nicht, nein.«

»Und die Pathologie? Haben die sich schon gemeldet?«

»Die haben das Gebiss untersucht und festgestellt, dass es fast vollkommen intakt ist – glücklicherweise. So können wir auf den Zahnstatus zurückgreifen, müssen nicht unbedingt auf die DNA-Analyse warten, um die Angehörigen zu informieren.«

»Und die Todesursache?«

»Die Frau starb definitiv an den Kopfverletzungen.«

»Und wann?«

»Sie starb an dem Abend, an dem Isalie Lindholm verschwand.«

»Scheiße«, stieß Onni aus. »Wie soll ich das denn Janni verklickern? Er dreht vollkommen durch. Isalie war seine große Liebe, er hat sie vergöttert.«

»Dann denken Sie auch nicht mehr, dass er es gewesen sein könnte?«

»Das hab ich nie. Ich hab nur eins und eins zusammengezählt. Die Leichen der Männer, Isas Verhältnis mit einem von ihnen. Der Streit zwischen Janni und ihr. Es könnte sein, dass er es war, aber es würde mich zutiefst verwundern.«

Henni nickte. »Ich muss weiter, halten Sie mich über alles auf dem Laufenden, was die Kleine angeht?«

Er nickte.

Als Henni zurück in ihr Büro ging, klingelte das Handy in ihrer Tasche.

Sie zog es hervor, sah aufs Display.

Die Chefetage.

Henni seufzte, wappnete sich für den bevorstehenden Frontalangriff.

Schließlich ging sie dran, ließ die Schimpftirade des Bosses über sich ergehen. »Ich weiß auch nicht, woher die Idioten das schon wieder wissen«, verteidigte sie sich, als der Mann am anderen Ende der Leitung endlich fertig war. »Ich kann Ihnen aber versichern, dass von meinem Team keiner gequatscht hat. Jeder Einzelne meiner Kollegen weiß, dass er der Presse gegenüber die Schnauze zu halten hat.«

Nachdem sie das Gespräch mit dem Chef beendet hatte und wieder hinter ihrem Schreibtisch saß, schloss sie für einen Moment lang die Augen.

Augenblicklich hatte sie wieder das Bild der Leiche aus dem Wald im Kopf.

Wer auch immer dafür verantwortlich war, musste in einem wahren Zornesrausch gewesen sein, als er die Tat verübt hatte.

Er hatte wieder und wieder auf Gesicht und Kopf der Frau eingeschlagen, bis von der linken, oberen Gesichtshälfte nicht mehr viel übrig geblieben war.

Anschließend hatte er sie entkleidet und ihren nackten Körper im Dickicht versteckt.

Im Grunde musste Henni Onni recht geben.

Es lag trotz des teils entstellten Gesichts der Leiche beinahe zweifelsfrei auf der Hand, dass es sich bei der Toten um Isalie Lindholm handelte.

Was eine Beteiligung der Frau sowohl an dem Einbruch bei Stella als auch an der Kindesentführung absolut unmöglich machte.

Genau dasselbe traf auf Janni Lindholm zu.

Er saß seit Tagen in Untersuchungshaft und konnte damit nichts zu tun haben.

Allerdings kam er, im Falle der Bestätigung, dass es Isalies Leiche war, nach wie vor als Mörder infrage, da sie gestorben war, bevor er inhaftiert worden war.

Genau wie die toten jungen Männer.

Doch wenn Janni für die Morde verantwortlich war, wer steckte hinter der Entführung seines Kindes?

Eventuell käme einer der Angehörigen der männlichen Opfer infrage, falls dieser die Verbindung zu Janni gezogen haben sollte.

Henni schüttelte den Kopf.

Ihr Bauchgefühl sagte etwas anderes.

Harri fiel ihr ein.

Stellas Bedenken hinsichtlich seiner Person.

Er war früher mit Isalie liiert gewesen.

Doch wieso sollte er erst jetzt, Jahrzehnte später, durchdrehen? Das ergab auch keinen Sinn. Wieder klingelte ihr Handy und beim Blick aufs Display machte ihr Herz einen Satz.

Die Pathologin war dran.

»Ist es Lindholm?«, kam Henni sofort auf den Punkt und hielt instinktiv die Luft an.

»Laut Zahnstatus besteht kein Zweifel«, gab die Frau zurück. »Wollen Sie trotzdem die Analyse abwarten?«

Henni überlegte kurz, verneinte schließlich. »Der Status reicht mir fürs Erste. Die Sache ist die, der Ehemann ist in U-Haft und sein Kind wird aktuell vermisst. Wer immer also Isalie getötet hat, könnte jetzt das Kind in seiner Gewalt haben. Abwarten kann ich mir also nicht leisten.«

»Okay«, stieß die Frau aus, »da ist nämlich noch etwas.« Sie hielt inne, seufzte.

»Was?«, fragte Henni und spürte, wie sich ihr Innerstes verkrampfte.

»Bei der Obduktion hat sich herausgestellt, dass das Opfer nur wenige Tage vor der Ermordung eine Unterleibsausschabung hat vornehmen lassen.«

»Das heißt, sie könnte schwanger gewesen sein?«

»Das oder sie hatte ein Myom oder Ähnliches.«

»Dann lasse ich den Gynäkologen ausfindig machen, bei dem sie war.«

»Der Ehemann sollte wissen, wohin sie gegangen ist.«

»In dem Fall sicher nicht, denn sie hatte eine Affäre. Wenn das Kind also von dem anderen war und der Ehemann das nicht wissen durfte, hat sie für diese Sache bestimmt einen fremden Arzt konsultiert.«

Nach Beendigung des Gesprächs mit der Pathologie

wählte Henni Ramons Nummer. Sie hatte ihn gebeten, gemeinsam mit ihr heute Nacht im Dienst zu bleiben, und er hatte, ohne zu zögern, zugestimmt. »Es hat sich was ergeben«, erklärte sie ihm und erläuterte ihm in wenigen Sätzen, was die Pathologin ihr eben erzählt hatte.

»Das heißt, ich soll rausfinden, bei welchem Arzt sie war.«

Henni räusperte sich. »Die Sache ist die ... solche Operationen werden nicht ambulant durchgeführt, sondern in fast hundert Prozent aller Fälle von Ärzten im Krankenhaus. Du müsstest also versuchen, einen Richter wach zu bekommen, damit der dir einen Eilbeschluss ausstellt, mit dem du anschließend alle Krankenhäuser in Turku und Umgebung abklapperst, bis wir das richtige gefunden haben.«

»Okay«, sagte Ramon, ohne weitere Fragen zu stellen. »Dir ist aber schon klar, dass das eine Weile dauern könnte?«

»Du hast zwei Stunden«, gab Henni zurück. »Es geht um die Kleine Lindholm. Wer auch immer sie entführt hat, könnte wirklich gefährlich sein.«

Als sie aufgelegt hatte, kam ihr Stella in den Sinn.

Henni verzog das Gesicht, als ihr der letzte Anruf der Frau einfiel. Stella hatte sie auf dem falschen Fuß erwischt, mitten in einer stressigen Situation und jetzt wünschte Henni, nicht so abweisend gewesen zu sein. Stella hatte verwirrt geklungen, als Henni sie mehr oder weniger abgewimmelt und vertröstet hatte, sicherlich gingen ihr seither die schrecklichsten Dinge im Kopf herum.

Kurz erwog sie, die Frau anzurufen, entschied sich dann aber dagegen. Stella war sicher außer sich vor Sorge um Luna, da würde ein nächtlicher Anruf der Polizei sicherlich das Schlimmste vermuten lassen.

Aber war sie es ihr nicht schuldig, ihr wenigstens zu sagen, dass Isalie gefunden worden war?

Henni sah unschlüssig auf das Handy in ihrer Hand,

steckte es schließlich ein. Das musste einfach bis morgen warten, jetzt gab es Wichtigeres zu tun.

Als sie zu Janni in die Zelle trat, sah sie, dass der Mann aussah, als hätte er seit seiner Inhaftierung kein Auge zugemacht. Sollte er wirklich unschuldig sein, vermochte sie, sich nicht einmal im Ansatz auszumalen, was der Ärmste gerade durchmachte.

»Haben Sie Luna gefunden?«

»Leider noch nicht, aber ein Team ist dran, wird die ganze Nacht nach ihr suchen.«

»Was wollen Sie dann von mir?«

Sie holte tief Luft, sah ihn an.

»Ich muss mit Ihnen über Isalie reden«, erklärte sie.

Er nickte, starrte wie durch sie hindurch. »Ich weiß, dass Sie sie endlich gefunden haben.«

Henni runzelte die Stirn. War Onni bei ihm gewesen? Oder war das Getratsche der Presse bis hierher gedrungen?

»Woher?«, fragte sie misstrauisch.

»Ist so ein Gefühl. Ich wusste von Anfang an, dass sie fort ist, ich sie nie wiedersehe.«

»Es tut mir wirklich leid«, brachte Henni mühsam hervor, sah den Mann mitfühlend an.

Der Blick des Mannes klärte sich und plötzlich sah er Henni durchdringend an. »Dann stimmt es? Sie ist tot?«

»Leider ja«, sagte Henni. »Ihre Leiche wurde heute am frühen Abend im Wald gefunden.«

Er senkte den Blick, starrte eine Weile auf den Boden. Als er wieder aufsah, blitzte Zorn in seinen Augen auf. »Wenn ich den Scheißkerl in die Finger bekomme, der das getan hat, bringe ich ihn um!« Er lachte verbittert, als er Hennis Gesicht sah. »Aber lassen Sie mich raten, Sie denken immer noch, dass ich es war?«

Henni seufzte, wusste nicht, was sie darauf erwidern sollte.

»Es gibt Menschen in Ihrem Umfeld, die überzeugt davon sind, dass Sie es nicht waren.«

»Und was denken Sie?«

»Ich kenne Sie nicht.«

»Das war keine Antwort.«

Henni nickte.

»Okay. Sie wollen, dass ich ehrlich bin, bitte sehr.« Sie hielt inne, wägte ihre nächsten Worte sorgfältig ab. »Ich denke, Sie könnten es gewesen sein, denn Sie hätten ein Motiv gehabt. Isalie hatte eine Affäre und ich vermute, dass es nicht ihre erste war. Sie wussten davon, waren sehr verletzt deswegen – und schon würde alles einen Sinn ergeben, vor allem, wenn man bedenkt, dass auch Joko Koski tot ist, der Mann, mit dem Isalie Sie zuletzt betrogen hat.« Sie seufzte, sah Janni an. »Das sind die Fakten … Und jetzt dazu, was ich denke …« Sie hielt erneut inne, sah ihn unschlüssig an, lächelte. »Ich denke nicht, dass Sie es waren, denn dann würde die Entführung Ihrer Tochter keinen Sinn ergeben. Zuerst dachte ich, vielleicht war es jemand, der Sie für den Tod an Joko verantwortlich hält, aber ehrlich gesagt gibt es keinerlei Beweise dafür und mein Bauchgefühl sagt auch etwas anderes.«

»Was genau denken Sie?«, wollte Janni wissen.

»Ich denke, dass der wahre Mörder da draußen noch frei herumläuft und Ihr Kind in seiner Gewalt hat. Es muss irgendwas mit Ihnen UND ISALIE zu tun haben, mit Ihrer Vergangenheit, damit, dass jemand Sie für etwas bezahlen lassen und sich an Ihnen rächen will.«

Janni sah Henni an, legte den Kopf schief.

»An wen genau denken Sie? Etwa an Harri?«

Henni sagte nichts, durchbohrte Janni mit ihrem Blick.

»Stella hat so was in der Art gesagt. Und dass sie nichts davon wusste, weder von Isa noch von Harri selbst.«

»Finden Sie das nicht auch seltsam?«

»Keine Ahnung«, gab Janni zurück. »Isalie war vor mir mit ihm zusammen, trennte sich meinetwegen damals von Harri. Sie ging offen damit um, von Anfang an und schließlich wurden wir drei sogar so etwas wie Freunde. Ich denke nicht, dass sie noch etwas für ihn empfunden hat, anderenfalls hätte sie ihn sicher nicht mit Stella verkuppelt, doch was Harris Gefühle angeht, weiß ich natürlich nicht Bescheid.«

»Wissen Sie etwas von einer kürzlichen Unterleibsoperation Ihrer Frau?«

Janni riss die Augen auf, sah Henni verwirrt an.

»Nein, sie war nicht krank.« Er stockte, schloss die Augen für den Bruchteil einer Sekunde. »An einem Tag ist sie ziemlich früh abgehauen und meinte, sie habe einen Besprechungstermin in der Schönheitsklinik, weil sie sich ein paar Fältchen unterspritzen lassen wolle. Ich sagte zu ihr, dass sie so etwas gar nicht nötig habe, aber sie bestand darauf, behauptete, es würde ihr bei künftigen Castings sicher von Nutzen sein.«

»Sie könnte Sie also angelogen und in Wahrheit einen Termin im Krankenhaus wahrgenommen haben?«

»Um was für eine OP handelt es sich?«

»Sie hat eine Ausschabung vornehmen lassen.«

Janni nickte. »Das macht Sinn.«

»Wieso?«

»Weil sie sich weigerte, mit mir zu schlafen, behauptete, ihre Periode zu haben.«

Henni stieß die Luft aus. »Haben Sie eine Vermutung, wieso sie diese OP hat vernehmen lassen? Litt sie unter Geschwulsten in der Gebärmutter?«

»Nicht, dass ich wüsste.«

»Und sonstigen Erkrankungen wie Endometriose?«

Kopfschütteln. »Isa war kerngesund.«

»Könnte sie schwanger gewesen sein?«

Janni riss die Augen auf, starrte einen Augenblick starr ins Nichts, dann seufzte er.

»Sie wusste, dass ich mir ein weiteres Kind wünschte, doch Isa hatte nur ihre Karriere im Kopf. Hinzu kam, dass sie mich betrogen hat, vielleicht war sie also nicht sicher, von wem das Kind ist, und hat deshalb …« Er brach ab, räusperte sich.

»Zutrauen würde ich es ihr zumindest. Ich hab sie zwar sehr geliebt, aber trotzdem muss ich sagen, dass sie kein besonders netter Mensch gewesen ist.«

Henni sah den Mann an, lächelte mitfühlend.

»Um noch mal auf Harri zurückzukommen …« Sie brach ab, überlegte kurz, legte den Kopf schräg. »Mögen Sie ihn?«

Janni hob die Schultern. »Nicht sonderlich, wenn ich ehrlich bin, und das wird auf Gegenseitigkeit beruhen. Wir mussten uns miteinander arrangieren, weil Stella ihn gedatet hat.«

Henni nickte. »Und würden Sie ihm zutrauen, dass er sich jetzt bei Ihnen dafür rächen will, dass Sie ihm damals die Freundin ausgespannt haben?«

Janni überlegte eine Weile, seufzte dann. »Ich hab meiner Frau auch nicht zugetraut, dass sie unsere Ehe aufs Spiel setzt, und dennoch tat sie es – unzählige Male. Allein deswegen würde ich für keinen Menschen meine Hand mehr ins Feuer legen.« Er seufzte, sah Henni bedeutungsvoll an. »Die Antwort auf Ihre Frage ist also Ja! Ja, ich traue es Harri zu, dass er hinter allem steckt.«

18

TURKU
MAI 2019

»Ich weiß, dass du es bist, Harri«, flüsterte Stella mit brüchiger Stimme, ohne sich umzudrehen.

»Und?«, fragte er. »Hast du Angst?«

Stella fand, dass seine Stimme verschlagen und höhnisch klang, was sie noch mehr verängstigte.

»Ja«, gab sie schließlich zu. »Ich habe Angst.« Sie schluckte, drehte sich langsam um, sah Harri ins Gesicht. »Was willst du von mir?«

Er verzog das Gesicht, sah sie verblüfft an. »Das solltest gerade du am besten wissen.«

»Es geht um die Fotos, nicht wahr? Du weißt, dass ich sie gefunden habe, dass ich in deiner Wohnung war.«

Er legte den Kopf schräg. »Ich war dir anfangs auch ziemlich böse deswegen, aber im Nachhinein betrachtet … hätte ich es wissen müssen.«

Stella sah ihn verwirrt an. »Was meinst du?«

Er sah sie an. »Dass du es wie immer machen würdest. Die Schuld bei anderen suchen.«

Stella klappte der Mund auf. »Bist du verrückt, sag mal? Von was redest du da?« Sie keuchte auf, spürte, dass ihre Furcht in Zorn umschlug. »Du und Isa, ihr wart ein Paar.

Und beide habt ihr es nicht für nötig empfunden, mir davon zu erzählen.«

Harri nickte, verzog das Gesicht. »Was Isalies Beweggründe dafür waren, weiß ich nicht, aber ich persönlich fand, dass es dich einen Scheißdreck angeht, was sich zwischen Isa und mir vor deiner Zeit abgespielt hat.«

»Du hättest es mir sagen müssen«, beharrte Stella, »dann wäre ich niemals mit dir ausgegangen.«

»Das hätte auch keinen Unterschied gemacht.«

»Wie bitte?« Sie sah ihn perplex an. »Wenn du mich gar nicht mochtest, wieso hast du Isalies Wunsch entsprochen und dich mit mir getroffen? Wieso wolltest du mich kennenlernen?«

»Das wollte ich gar nicht, Isa hat mich dazu gedrängt. Sie hatte diese romantische Vorstellung von einer perfekten Vierergemeinschaft, verstehst du? Sie hatte nicht viele Menschen, denen sie vertraute, tat sich schwer, Freundschaft zu schließen, und nachdem du nach all den Jahren wieder hierher zogst und Isa und du sofort wieder ein Herz und eine Seele wart, wollte sie dich eben mit einem ihrer Kumpels von früher verkuppeln. Mit mir, um genau zu sein, um Leute um sich herum zu haben, denen sie vertrauen konnte.«

»Dann bist du also nur mit mir ausgegangen, damit Isa dich endlich in Ruhe lässt?«

»Ganz genau«, erklärte er. »Sie hat mir mal erzählt, dass es ihr leidtat, dass sie mir früher so wehgetan hat und sie deswegen das Gefühl hatte, es wiedergutmachen zu müssen. Das war ein weiterer Grund für ihre Versuche, mich an irgendwelche Frauen aus ihrem Umfeld zu bringen.«

»Sie hat öfters versucht, dich zu verkuppeln?«

»Zweimal, um genau zu sein. Doch beide Male waren nicht von Erfolg gekrönt, bis du kamst. Wie gesagt, mochte ich dich zu Anfang nicht kennenlernen, doch als wir essen waren und ich feststellte, dass es so viele Gemeinsamkeiten zwischen uns gab, wir uns gut verstanden, war ich gar nicht mehr abgeneigt. Zumindest nicht, bis mir klar wurde, dass sich hinter deiner Fassade der Normalität eine Irre versteckt.«

Stella sah ihn an, konnte nicht verhindern, dass sie sich verletzt fühlte.

»Was soll das bedeuten, sag mal?«

Er sah Stella nachdenklich an. »Damit will ich sagen, dass du zwar eine brillante Psychiaterin bist, aber eine miserable Freundin.«

»Sag mal, spinnst du?«, herrschte Stella ihn an. »Isalie und ich sind uns so nah, wie zwei Frauen sich nur nah sein können. Ich hätte alles für sie getan, war immer für sie da.«

»Warum ist sie dann fort?«

»Fort? Das ist eine schöne Umschreibung dafür, dass du sie getötet hast.«

Harri stieß die Luft aus. »Mir war klar, dass du es wieder tun würdest. Das hast du bisher immer gemacht. Wenn es brenzlig wird, machst du dicht und legst dir deine eigene Wahrheit zurecht.«

Ein Gedankenblitz schoss durch Stellas Kopf, rüttelte an ihren Erinnerungen. Sie sah Isa vor sich, wie sie ihr Handy hervorzog, aufs Display sah, es mit sorgenvoller Miene wieder einsteckte.

»Das ist jetzt das fünfte Mal«, glaubte Stella sich zu erinnern, gesagt zu haben. *»Was ist los?«*

»Da gibt es jemanden«, hatte Isa geantwortet. *»Jemanden, den ich sehr mag und von dem ich dachte, dass es ihm genauso geht, doch jetzt meldet er sich plötzlich nicht mehr.«*

Ihr wurde schlecht. »Ich hab in den Nachrichten gehört, dass eine Leiche im Wald gefunden wurde. Mir war sofort klar, dass es Isalie ist.«

Harri sah zu Boden. Als er wieder aufblickte, wirkte er traurig, so als würde er tatsächlich bedauern, was er getan hatte.

»Du liebtest sie noch immer, so war es doch oder nicht?

196

Deswegen hast du zuerst diesen Kollegen von ihr, mit dem sie was hatte, ermordet und dann sie.«

Sie schnappte nach Luft, als ihr klar wurde, dass nun die Katze aus dem Sack war und es um alles ginge. »Wo hast du Luna hingebracht?«, fragte sie und hoffte, dass ihre Stimme nicht verriet, dass sie noch immer große Angst vor ihm hatte.

»Sie ist in Sicherheit.«

»In Sicherheit? Vor wem?«

»Selbstverständlich vor dir«, erklärte er und sah sie mit einem Blick an, von dem Stella klar war, dass er ansonsten seinen Patienten vorbehalten war.

»Ich liebe Luna, würde ihr niemals etwas zuleide tun.« Sie stockte, riss die Augen auf. »Du warst das alles, nicht wahr? Du bist eines Nachts zu ihr ins Gästezimmer, standest an ihrem Bett. Und als sie zu weinen anfing, bist du schnell abgehauen und in der Nacht, als es regnete, wiedergekommen. Das waren deine Fußabdrücke, die ich gesehen habe. Du hast sie entfernt, während ich total verängstigt im Bad festsaß.«

Harri sagte nichts, starrte sie nur weiter stumm an.

»Wieso hast du sie damals nicht einfach mitgenommen?« Sie musterte ihn, dann folgte die Erkenntnis wie ein Faustschlag in ihre Magengrube. »Weil das zu deinem Plan gehört! Zuerst wolltest du alles Janni in die Schuhe schieben, aus Rache für damals und weil er ein Motiv hatte. Er wurde von Isalie betrogen, genau wie du. Und das nicht nur einmal. Es hatte Streit zwischen beiden gegeben. Und dafür gab es sogar Zeugen. Alles lag so klar auf der Hand. Und so hätte es sein können – das Janni zuerst den Geliebten seiner Frau und dann sie umgebracht hat. Doch dann wurde dir klar, dass das noch lange nicht genug ist. Du willst Janni am Boden sehen, so wie du damals am Boden warst, als Isa dich verlassen hat. Du willst ihm wirklich alles nehmen und sein Leiden anschließend live und in Farbe miterleben, für den Rest eures Lebens. Deswegen hast du dir etwas anderes ausgedacht, nachdem ich schließlich ins Spiel kam. Du willst auch Luna töten und anschließend mir die Morde in die Schuhe schieben. Deswegen hast du die Kleine damals nicht mitgenommen. Du hast an jenem Abend den Grundstein für meine Unglaubwürdigkeit gelegt. Damit später alles zusammenpasst. Dass die Polizei dir abnimmt, dass ich die Verrückte war.«

Stella sah ihn an, erkannte an seinen Augen, dass sie ins Schwarze getroffen hatte. Doch da war auch noch etwas anderes … etwas, das an Mitleid erinnerte.

Augenblicklich schlug ihre Panik wieder in abgrundtiefen Zorn um. Sie wich vor ihm zurück, sah ihn herausfordernd an. »Was willst du jetzt machen? Mich einfach umbringen, damit ich mich später nicht mehr gegen deine Anschuldigungen wehren kann?«

Jetzt war es an Harri, sie verwirrt anzusehen. »Ich will dir nichts tun, das wollte ich nie. Von uns beiden bin nicht ich der Irre.« Er schüttelte den Kopf, sah sie mit gespielter Sorge an. »Und ich werde auch Luna nichts zuleide tun, was denkst du denn von mir, verdammt? Das Kind ist in meiner Wohnung und es geht ihm gut.«

»Und warum bist du bei mir eingedrungen? Was willst du?«

Harri seufzte. »Ich bin wegen dir hier. Weil ich verhindern will, dass noch mehr Menschen wegen dir zu Schaden kommen.«

»Wie bitte?«

»Du weißt genau, was ich meine, Stella, jetzt tu nicht so. Glaubst du tatsächlich, dass ich nicht weiß, wer du wirklich bist?« Er sah sie an, stieß die Luft aus. »Diese Lüge wegen deines Ex-Freundes, dass du seinetwegen keine Nähe aufbauen kannst – das ist Quatsch, stimmt doch? Du tatst dir schon immer schwer damit, schon lange, bevor Männer in deinem Leben überhaupt eine Rolle spielten. Und er war auch nicht der erste Mensch, den du umbrachtest, nicht wahr?«

Stella schluckte. »Ich weiß nicht, was du dir da zusammenreimst, aber Fakt ist, dass du Hilfe brauchst.« Sie brach ab, holte tief Luft. »Du bist total durchgeknallt, reimst dir irgendwelche wirren Thesen zusammen, das muss aufhören. Sofort!«

Er lächelte sie milde an. »Es ist genau, wie ich es vorhin gesagt habe. Und du tust es schon wieder. Zimmerst dir deine eigene Realität zusammen. So wie der Mord an deinem Ex, den du als Suizid darstelltest und auch noch selber daran glaubtest. Und deine angeblich so gute Beziehung zu deiner Mutter. Du lebst eine falsche Wahrheit, nur um nicht sehen zu müssen, wer DU wirklich bist. Das ist auch der Grund, warum du nie über deine Vergangenheit sprechen mochtest. Weil du Angst hattest, dass jemand erkennt, dass alles ein einziges Lügenkarussell ist. Und dann ist da noch deine Beziehung zu Isalie. Du behauptest, ihr so nahe gewesen zu sein, doch auch das ist nur eine Lüge, die du nicht imstande bist, zu erkennen. Isalie war niemals deine Freundin, du hast dir nur eingeredet, dass ihr beide euch so nahe steht, doch in Wahrheit wart ihr allenfalls wie engere Bekannte, weil Isalie gar nicht in der Lage ist, für jemanden echte Gefühle zu empfinden, und das weißt du auch. Die Frage ist nur, ob du sie deswegen getötet hast oder weil sie etwas von dir wusste, was sie niemals hätte erfahren dürfen!« Er kam näher, erschreckte Stella bis ins Mark. »Bleib weg von mir!«, kreischte sie mit schriller Stimme und überlegte blitzschnell, was sie tun konnte.

Er behauptete zwar das Gegenteil, doch Stella wusste, dass er gefährlich war und ihr wehtun würde, bekäme er die Gelegenheit dazu.

Sie wich weiter zurück, nutzte einen Augenblick seiner Unaufmerksamkeit, um nach der Schere hinten in ihrem

Hosenbund zu greifen. Sie spürte instinktiv, dass er nicht mehr lange zögern und einen Angriff wagen würde.

Und dann war es schließlich so weit. Er sah sie an, holte tief Luft und war mit wenigen Schritten bei ihr, packte sie halb an der Schulter, halb am Hals, drückte sie grob an die Wand.

Als er mit seinem Gesicht nur noch wenige Zentimeter von ihrem entfernt war, riss sie die Schere hervor und stach mit voller Wucht zu.

Plötzlich fühlte sich die Welt um sie herum wie ein Film in Zeitlupe an.

Ein feiner Nebel aus Blut spritzte ihr entgegen, beschmutzte ihr Gesicht, dann sackte Harri stöhnend zusammen.

Stella schluchzte erleichtert auf.

Es war vorbei.

Das war es doch, oder?

19

TURKU

MAI 2019

Auf dem Weg zu Ramons Büro hatte Henni Mühe, ihre wild durcheinanderwirbelnden Gedanken zu sortieren. Sie mochte Harri und die Tatsache, dass auch er als Verdächtiger im Mordfall Lindholm sowie in Hinsicht auf den Tod der vier jungen Männer infrage kam, machte ihr schwer zu schaffen. Sie klopfte an die Tür ihres Kollegen, wartete. Als nichts geschah, drückte sie ungeduldig die Klinke hinunter, trat ins Zimmer.

Das Büro war leer. Henni seufzte, sah auf die Uhr. Wo zum Teufel steckte der Kerl?

»Ramon ist kurz raus, er wollte sich was zu essen besorgen«, erklärte Onni, der plötzlich hinter ihr aufgetaucht war.

»Du bist auch noch da?«, stieß Henni erschrocken aus, sah ihren Kollegen an. »Ich meine Sie ... sorry fürs Duzen.«

»Kein Problem«, gab er zurück. »Ist einfacher so.«

»Warum gehst du nicht ein paar Stunden pennen?«

»Nach Hause zu gehen, kam mir irgendwie falsch vor«, erklärte Onni und sah Henni betreten an. »Immerhin ist ... war Isalie eine gute Freundin von mir, wie könnte ich jetzt schlafen, solange ihr Mörder nicht gefasst und ihre Tochter wohlbehalten zurück ist?«

Henni nickte verständnisvoll, dann fiel ihr etwas ein. »Du hattest doch regelmäßig Kontakt zu Isalies Ehemann Janni, nicht wahr?«

Onni nickte stumm. »Und wie steht es mit Harri? Er und die Lindholms sind eng befreundet, außerdem ist er mit Stella Mikkola liiert. Stehst du Harri nahe?«

Onni hob die Schultern, räusperte sich. »Isalie und Janni haben mich zu Geburtstagen immer eingeladen und meistens war Harri auch da. Wir quatschen gelegentlich, aber als Freundschaft würde ich es jetzt nicht gerade bezeichnen wollen.«

Henni seufzte.

»Was ist los?«

Sie schüttelte den Kopf.

»Kannst du was für dich behalten? Ich meine wirklich für dich, es ist wichtig …«

Er kratzte sich verlegen am Kopf, nickte schließlich.

»Es geht um Harri. Du weißt bestimmt, dass er früher mal mit Isalie Lindholm liiert war?«

»Puhh«, stieß Onni aus. »Ehrlich gesagt wusste ich das nicht.«

Henni nickte bedächtig. »Es stimmt aber. Ist ziemlich lange her.« Sie brach ab, sah Onni an. »Und damals hat Isalie Harri wegen eines anderen verlassen … wegen Janni.«

Onni machte große Augen. »Das ist ein Ding …« Er sah aus, als müsse er das erst verarbeiten, dann sah er Henni an.

»Was genau willst du von mir wissen?« An seinem Blick erkannte Henni, dass er längst zu ahnen schien, worauf sie hinauswollte.

»Wenn Janni seine Frau nicht getötet hat und auch Joko und die anderen Männer nicht, muss wohl oder übel jemand anderes dahinterstecken.« Sie brach ab, suchte nach Worten. »Wenn also jemand sich an Janni rächen wollte, sagen wir einfach mal, weil er ihm vor Jahren das Liebste nahm, was läge da näher, als dafür zu sorgen, dass Janni für etwas in

Haft sitzt, was er gar nicht getan hat? Was, wenn das alles hier Teil eines ausgeklügelten Rachefeldzuges ist?«

Onni starrte Henni perplex an. »Du denkst, dass Harri das getan hat?«

Henni hob beschwichtigend die Hände. »Im Augenblick ist es nur ein Gedankenspiel, okay? Wir gehen das gemeinsam mal durch.«

Onni sah zu Boden, nickte.

»Also angenommen, Harri hat nie aufgehört, sich für Isalie Lindholm zu interessieren, dann hat er zweifelsohne auch mitbekommen, dass sie ihren Mann mit jungen Typen bescheißt – so weit so gut ...«

Onni sah auf, nickte zweifelnd.

»Und mal weiter angenommen, er wäre nach wie vor verrückt nach ihr gewesen, so verrückt, dass er bereit war, dafür über Leichen zu gehen, würden die jungen toten Männer durchaus Sinn ergeben oder nicht?«

»Unter diesen Umständen hätten wir es mit einem Irren zu tun.«

Henni sah Onni durchdringend an. »Er wäre nicht der erste Mann, der aus Liebe durchgedreht ist ...«

Onni atmete tief durch. »Stimmt auch wieder und nun?«

»Na ja«, fuhr Henni fort, »Fakt ist, dass Harri ein Motiv hätte, weil Janni ihm damals die Frau wegnahm. Also könnte er es sich theoretisch zum Ziel gesetzt haben, Janni fertigzumachen.«

Onni sog die Luft ein, starrte Henni betreten an. »Aber angenommen, es stimmt, dass er nach wie vor in Isa verliebt war, wieso sollte er sie dann umbringen?«

»Weil er sie nicht haben kann. So einfach ist das. Er hat begriffen, dass sie tatsächlich nichts mehr für ihn empfindet, und das war es dann.«

Onni schüttelte den Kopf, dann seufzte er. »Was genau willst du von mir wissen?«

Henni legte den Kopf schräg, sah Onni neugierig an. »Ich

will wissen, ob du es für möglich hältst, dass Harri derjenige ist, den wir suchen.«

»Wenn ich die Fakten gegeneinander abwäge, dann ja, aber …« Er hielt inne, wich verlegen Hennis Blick aus.

»Was?«, fragte sie und spürte instinktiv, dass etwas im Busch war, Onni eine Information vor ihr zurückhielt und das nicht erst seit gerade eben.

»Es ist nur … Harri … er ist, seit Isa vermisst wird, an einer Sache dran, die mich an deiner Vermutung zweifeln lässt.«

»An was für einer Sache?«

Onni hob die Schultern. »Na an dem Fall um Isalie. Er war wie besessen davon, herauszufinden, was passiert ist.«

»Harri war im Alleingang unterwegs? Er ist Psychologe und kein Ermittler!«

»Was soll ich sagen«, entgegnete Onni. »Es ging um Isalie, weil er sich wirklich Sorgen um sie machte, insofern hast du schon recht, dass sie ihm noch was bedeutete, doch wieso sollte er sie suchen, wenn es doch er selbst war, der sie verschwinden ließ.«

Henni seufzte.

»An was genau war er dran?«

»Harri hat mit niemandem darüber gesprochen, weil es wohl ziemlich heikel ist.«

»Und du willst mir sagen, dass du nichts mitbekommen hast?«

Onni sah sie unschlüssig an und verzog das Gesicht. »Ich hab ein paarmal mitbekommen, dass er mit Leuten aus dem Ausland telefoniert hat. Da könnte jemand von der Polizei dabei gewesen sein. Sie haben sich auf Englisch unterhalten und irgendwie kam es mir vor, als ginge es dabei um seine Freundin.«

Henni sah Onni verwirrt an. »Also um Stella?«

Er nickte.

Henni dachte einen Augenblick darüber nach, dann

begriff sie. »Stella ist in Finnland geboren und hat bis zu ihrem vierten Lebensjahr auch hier in Turku gelebt. Diese Leute, mit denen Harri gesprochen hat … woher waren die?«

Onni sah Henni betreten an. »Aus Deutschland.«

»Harri hat also mit Leuten aus Deutschland über Stella geredet?«

»So hab ich es einmal mitbekommen, ja.«

»Du sagtest, er hat mit Leuten gesprochen, also Mehrzahl, woher weißt du das?«

Onni zog unbehaglich die Schultern hoch, sah Henni entschuldigend an.

»Er hat mich gebeten, im Falle einer Sitzung, bei der er nicht gestört werden darf, seine Anrufe via Umleitung anzunehmen und den Leuten zu sagen, dass er zurückruft. Er hat mich quasi angefleht, ihm behilflich zu sein, meinte, es wäre für eine gute Sache und er würde mir bald erklären, um was genau es ginge. Und er hat verlangt, dass ich dir und Ramon nichts davon sage. Zumindest nicht, ehe er sich zu hundert Prozent sicher ist.«

»Und das ist alles, was du weißt?«

Onni nickte.

»Und dieser Anrufer … erinnerst du dich an die Namen?«

»Ich weiß nur, dass es eine Polizistin aus Deutschland war und eine Frau, von der ich nicht weiß, was genau sie von Harri wollte.«

»Und diese Anrufe, erinnerst du dich noch, wann genau die bei dir reinkamen?«

Onni sah Henni an, nickte schließlich. »Du willst die Nummern?«

Nicken.

»Dann lass uns gleich mal loslegen.«

Während Onni sich an die Rückverfolgung der Anrufe der letzten Tage machte, nutzte Henni die Zeit, das Internet nach Stella Mikkola zu durchsuchen. Sie stieß auf etliche

Fachbeiträge, auf Online-Bewertungen und einige Berichte auf der klinikinternen Seite.

Henni wollte schon aufgeben, als ihr etwas einfiel. »Weißt du, aus welcher Stadt in Deutschland die Anrufe reingekommen sind?«

»Leider nicht.«

Henni seufzte. Dann musste es eben so gehen.

Sie suchte nach Stella Mikkola auf deutschen Seiten.

Und tatsächlich spuckte das Internet endlich ein paar ältere Berichte aus, die Hennis mangels Deutschkenntnisse übersetzen ließ.

Einer der Berichte war der Nachruf einer Unizeitung der LMU München, welcher dem Tod eines Studenten gewidmet war. Es handelte sich dabei um einen Medizinstudenten aus dem 6. Semester, der tragischerweise Suizid begangen hatte. In dem Bericht kam auch seine Ex-Freundin, eine Stella Mikkola, zu Wort, die beteuerte, dass sie untröstlich sei und absolut nicht begreife, wieso sie nichts von seinen Absichten bemerkt hatte.

Henni schloss die Augen, dachte darüber nach. Stella Mikkola war kein besonders häufig vorkommender Name, vor allem nicht im Ausland, also konnte es sich dabei nicht um einen Zufall handeln.

Sie kopierte den Bericht, schickte ihn sich selbst als SMS. Schließlich scrollte sie weiter, las sich knappe zehn Minuten lang durch uninteressante und veraltete Mitteilungen über eine Tanzgruppe und deren Pokalsiege, bis sie am Ende auf etwas wirklich Interessantes stieß.

Henni beugte sich vor, fing an, den Bericht über ein vor mehr als zwei Jahrzehnten getötetes Mädchen zu lesen, dessen Mörder niemals gefasst worden war. Danach las sie einen weiteren Bericht zu diesem Thema, den ein Reporter zum 10. Todestag des Mädchens – einer Carlotta aus Augsburg – verfasst hatte. Als am Ende des Berichtes die damalige beste Freundin des toten Mädchens zitiert wurde, sog Henni vor Entsetzen die Luft scharf ein. »Das darf nicht wahr sein!«, rief sie und sah alarmiert zu Onni, der noch immer dabei war, die Anruferliste auszuwerten.

»Was ist los?«, fragte er und sah sie erstaunt an.

»Diese Stella … jetzt weiß ich, was Harri über sie herausgefunden hat.«

20

———

TURKU

MAI 2019

*E**r ist tot!***
Die Stimme in ihrem Kopf klang schrill, ließ ihre Panik ins Unermessliche wachsen.

Du hast ihn getötet ... Du hast einen Polizisten auf den Gewissen! Weißt du überhaupt, wie man vor Gericht mit Polizistenmördern umgeht?

Stella stieß ein Wimmern aus, ging vor Harri auf die Knie.

Ich hatte Angst, verteidigte sie sich im Stillen. *Ich konnte doch nicht zulassen, dass er mir etwas antut ...*

Sie atmete gegen den Kloß in ihrem Hals an, dann holte sie tief Luft, zwang sich, ihre wild durcheinanderwirbelnden Gedanken zu ignorieren und sich zu beruhigen.

Sie sah Harri an, seine Wunde, die Blutlache, die sich neben seinem Körper gebildet hatte. Sein Kopf hing schlaff zur Seite und eigentlich wirkte es, als sei er lediglich bewusstlos.

Hatte sie da gerade einen Atemzug wahrgenommen? Sie streckte die Hand aus, berührte seinen Hals, suchte nach einem Puls. Als sie wenig später tatsächlich ein zögerliches und rhythmisches Klopfen spürte, atmete sie erleichtert auf. Sie beugte sich vor, inspizierte die Stichwunde zwischen

Hals und Schulter. Wenn sie Glück hatte … oder er – wie man es eben sah –, waren keine wichtigen Organe oder Gefäße verletzt. Sie schluckte, rückte ein Stück weit weg von ihm, überlegte, was sie tun sollte.

Natürlich musst du die Polizei anrufen, mahnte die Stimme in ihrem Kopf. *Du musst ihnen erklären, was vorgefallen ist, der Rest wird sich finden.*

Stellas Knie fühlten sich wie Wackelpudding an, als sie aufstand und in die Küche wankte, wo ihr Handy liegen musste. Sie wollte gerade danach greifen, als ein lauter Knall die Stille der Nacht durchbrach und wenig später ein Schrei durchs Haus gellte.

Stella wirbelte herum, rannte in den Gang zurück, wo sie auf Henni traf. Verwirrt runzelte sie die Stirn. Sie hatte doch noch gar nicht angerufen, woher also wusste die Frau …

Dann ging ihr ein Licht auf.

Die Polizistin hatte also ebenfalls herausgefunden, dass Harri hinter allem steckte. »Er ist dahinten«, erklärte sie und zeigte auf den Teil des Korridors, wo dieser in einer Linkskurve zu den anderen Räumlichkeiten führte.

Henni sah Stella mit stahlhartem Blick an. »Lebt er?«

Stella nickte, sah zu Boden. »Ich hatte keine Wahl, verstehen Sie? Er wollte auf mich losgehen, da musste ich mich doch wehren.«

Henni zog ihr Handy aus der Tasche, wählte. Dann gab sie einen Code durch, der wohl dafür stand, dass sie Hilfe für den Verletzten benötigte. Schließlich wandte sie sich wieder Stella zu.

»Was haben Sie mit ihm gemacht?«

Stella riss die Augen auf. »Ich hatte eine Schere. Und als er auf mich zukam, hab ich eben rot gesehen.«

Henni nickte, machte sich auf den Weg zu Harri. Stella lief ihr nach, beobachtete Henni, wie sie neben ihrem Kollegen in die Knie ging, genau wie sie selbst gerade eben seinen Puls befühlte. Sie hörte, wie Henni erleichtert die Luft ausstieß, zu ihr aufsah. »Er lebt.«

»Hab ich doch gesagt«, gab Stella gereizt zurück und fragte sich, wieso die Polizistin sie so merkwürdig ansah.

Bisher hatte sie bei Henni stets das Gefühl gehabt, dass sie ihr freundlich gesinnt war, doch jetzt fühlte sie sich in ihrer Gegenwart ziemlich unwohl.

Als sie irgendwann Sirenengeräusch näher kommen hörte, bemerkte sie, dass Hennis gesamter Körper seltsam angespannt wirkte.

»Alles okay bei Ihnen?«, fragte sie, doch Henni antwortete ihr nicht, hielt ihren Blick weiterhin auf den bewusstlosen Harri gerichtet. Als keine zwei Minuten später weitere Polizeibeamte und ein Notfallmediziner zu ihnen stießen und sich um Harri kümmerten, bemerkte Stella, dass Henni langsam aufstand und etwas Metallenes aus ihrem Hosenbund zog.

Waren das Handschellen?

Sie sah zu Harri, der noch immer bewusstlos war.

»Der läuft Ihnen bestimmt nicht weg.«

Henni reagierte nicht auf ihren Scherz, kam stattdessen auf sie zu.

Was war hier los?

Instinktiv wich Stella zurück, bis sie mit dem Rücken gegen die Wand stieß.

»Was geht hier vor?«, kam es gepresst aus ihrem Mund, doch dann verzog sich Hennis Mund zu einem beruhigenden Lächeln und Stella atmete erleichtert auf.

Die Polizistin hatte einen verletzten Kollegen, der unter Mordverdacht stand, was erwartete sie denn von ihr?

Sie sah Henni an, erwiderte deren Lächeln. »Was passiert jetzt?«

»Ich muss Sie bitten, mich aufs Revier zu begleiten, Stella! Dort erzählen Sie mir in aller Ruhe, was genau hier losgewesen ist!«

· · ·

Inzwischen wartete Stella seit Stunden in diesem kargen und weiß gestrichenen Raum darauf, dass Henni endlich wie versprochen zu ihr kam, um mit ihr über Harri zu reden. Doch anstelle von Henni waren immer wieder andere Beamte zu ihr gekommen, hatten sie freundlich gefragt, ob sie etwas essen oder trinken wolle. Stella war es zeitweise so vorgekommen, als wäre sie die Verbrecherin, die überwacht werden musste. Inzwischen war es nach acht Uhr und Stella wurde langsam unruhig, weil sie in spätestens einer Stunde in der Klinik sein sollte.

Außerdem war sie müde und erschöpft, sehnte sich nach einer heißen Dusche vor ihrem ersten Termin.

Ein Klopfen ließ sie zusammenzucken. Henni trat in Begleitung eines Kollegen ins Zimmer. Stella erinnerte sich, dass sein Name Ramon lautete. Er sah sie finster an und augenblicklich wurde ihr übel.

»Was ist los?«, fragte sie. »Warum haben Sie mich so lange warten lassen? Ich hatte Ihnen doch erklärt, dass ich heute arbeiten muss.«

Henni sah sie an, legte den Kopf schräg. »Daraus wird nichts, so viel sei schon mal verraten.« Sie hielt inne, musterte Stella. »Harri ist übrigens wohlauf. Die Ärzte haben ihn zusammengeflickt und er wird wieder – Gott sei Dank.«

»Haben Sie ihn verhört?«, schoss es aus Stella heraus, ohne dass sie sich bremsen konnte. »Hat er zugegeben, dass er Isa getötet hat?«

Sie beobachtete, dass Henni Ramon einen ratlosen Blick zuwarf, sie dann auf seltsame Art und Weise musterte.

»Und was ist mit Luna? Wurde sie gefunden?«

Ein zögerliches Lächeln huschte über Hennis Gesicht. »Die Kleine ist okay«, erklärte sie ihr. »Harri hatte sie in seiner Obhut, hat seine Putzfrau gebeten, sie zu beaufsichtigen.«

»Also stimmt es, was ich vermutet habe. Er hat sie von Jennis Grundstück entführt.«

»In Anbetracht seiner Hintergründe würde ich nicht gerade von einer Entführung sprechen«, knurrte Hennis Kollege. »Sie in Obhut genommen, trifft es wohl eher.«

Stella runzelte die Stirn, sah Henni verunsichert an. »Was soll das heißen? Was genau ist hier los?«

Sie beobachtete argwöhnisch, wie Henni sich auf einen der Stühle ihr gegenüber setzte, in ihrer Mappe blätterte, sie schließlich ansah.

»Erzählen Sie mir doch bitte von Carlotta«, begann die Polizistin schließlich und fixierte sie mit stahlhartem Blick.

Stella schüttelte den Kopf, wich zurück.

»Da gibt es nicht viel zu erzählen. Sie war meine Freundin. Und sie wurde von einem Monster getötet. Von einem verurteilten Vergewaltiger, der während seines Hafturlaubs geflohen ist.«

Henni nickte. »So zumindest lautete damals Ihr Teil der Geschichte.«

»Was wollen Sie damit andeuten?«

»Ich? Gar nichts.« Henni seufzte. »Sagt Ihnen der Name Sandra Seliger etwas?«

Stella verneinte.

»Das sollte er eigentlich, denn Sandra war die ermittelnde Beamtin in dem Vermisstenfall eines Mädchens, das wenig später ermordet im Wald gefunden wurde – Ihrer Freundin Carlotta. Sie haben damals ausgesagt, dass Carlotta und Sie gemeinsam in den Wald gelaufen sind, um Verstecken zu spielen, das stimmt doch oder?«

Stella nickte.

»Doch an jenem Tag kamen weder Sie noch Carlotta nach Hause zurück. Ein Spaziergänger griff Sie am nächsten Tag vollkommen verstört am Waldrand auf, blutverschmiert von oben bis unten. Sie behaupteten, jemand habe Carlotta und Sie überfallen und mit sich geschleppt, sich anschließend an

Ihnen beiden vergangen. Angeblich sei es Ihnen gelungen, zu fliehen, doch was mit Carlotta sei, konnten Sie damals nicht beantworten. Die Polizei hat anschließend das komplette Waldgebiet durchsucht und sie drei Tage später gefunden. Jemand hatte ihr den Schädel eingeschlagen und sie in der alten Jägerhütte einfach liegen lassen. Natürlich glaubte Ihnen die Polizei, Sie waren ja noch ein Kind, doch seltsamerweise wurde der Mörder nie gefasst.«

Stella schüttelte den Kopf. »Natürlich hat man ihn gefunden. Er konnte nur nicht mehr zugeben, was er getan hatte.«

»Der Mann hieß Peter Schuler. Er hat zu Lebzeiten sieben Frauen vergewaltigt, von denen sich zwei wegen des Traumas der Vergewaltigung das Leben nahmen. Er ist tatsächlich während eines Hafturlaubs geflohen, aber nicht, um zwei Mädchen zu töten, sondern um Buße zu tun. Er hatte im Knast zu Gott gefunden, wollte sich bei den Angehörigen seiner verstorbenen Opfer und bei den noch lebenden entschuldigen. Man fand ihn erhängt in einem Motelzimmer, nachdem er kurz zuvor der letzten Frau einen Brief hat zukommen lassen.«

Stella versteifte sich, sah Henni herausfordernd an. »Was er Carly und mir angetan hat, war vor seinem Suizid. Er war es, da bin ich absolut sicher, denn ich konnte sein Gesicht sehen, hab ihn später identifiziert.«

Henni nickte lächelnd. »Das haben Sie, ich weiß. Allerdings ist genau am Tag vor Carlys Verschwinden ein Bericht im Fernsehen ausgestrahlt worden, in dem die Polizei die Bevölkerung um Vorsicht vor dem geflohenen Peter Schuler bat.«

Stella starrte Henni entsetzt an. »Wollen Sie damit sagen, dass ich dieses … dieses Schwein gar nicht wirklich gesehen habe, sondern mir nur eingebildet habe, dass er uns das angetan hat? Dass ich ihn zuvor im Fernsehen gesehen habe und ihn deswegen als Täter auserkoren habe?«

Henni seufzte. »Ich denke, was diesen Fall angeht, gar

nichts. Aber Sandra Seliger war bereits damals überzeugt davon, dass Sie lügen, was die wahren Umstände des Todes Ihrer Freundin anging. Sie konnte es nur nicht beweisen, eben weil Schulers Flucht genau in den Zeitrahmen von Carlys Tod passte und er nicht mehr am Leben war. Sandra hat immer wieder versucht, Sie dazu zu bewegen, die Wahrheit zu sagen, doch schließlich wurde ihr der Fall entzogen, weil Ihre Mutter rechtlich gegen sie vorging. Sandra ist noch heute überzeugt, dass es nicht Schuler war, der Carlotta tötete, weil das einfach keinen Sinn ergab. Er hatte sich zuvor nur an erwachsenen Frauen vergangen, dass er sich plötzlich Kindern zugewandt fühlte, wäre zwar möglich gewesen, aber Sandra glaubte nicht daran. Sie hat damals mit Mithäftlingen von Schuler gesprochen, mit etlichen von denen und alle waren sich zu hundert Prozent sicher, dass Schuler seine Taten bereute – so sehr, dass er deswegen an seinem Dasein zweifelte und sich selbst hasste. Er war ein depressiver Mann, ein Sünder – so sah er sich, niemals hätte er in diesem Zustand ein Kind töten können, davon ist Sandra überzeugt. Und sie ist sich ziemlich sicher, dass auch der angebliche Suizid Ihres Ex-Freundes damals in Wahrheit ein kaltblütiger Mord gewesen ist.«

Stella schluckte gegen den Kloß in ihrem Hals an, spürte, wie in ihrem Kopf ein Schmerz zu explodieren drohte.

»Wollen Sie damit sagen, dass ich es war? Dass ich Carly und Jahre später meine große Liebe umgebracht habe?«

Henni hob die Schultern, sah sie neugierig an. »Ich will gar nichts sagen, Stella, weil ich damals nicht dabei war. Aber Sie waren es, sogar beide Male, sowohl bei Carlottas als auch bei Jans Tod, nicht wahr? Wenn mir also jemand sagen kann, was damals passiert ist, dann Sie!«

Stella senkte den Blick, schüttelte den Kopf. Sie würde gar nichts mehr sagen, keinen einzigen Ton. Was bildete sich diese ... diese Schlampe überhaupt ein? Sie derart zu beschuldigen ... Als ob sie, Stella, es fertig brächte, einen

Menschen zu ermorden … Sie sah auf, stellte fest, dass Henni sie nach wie vor musterte und spürte, wie Zorn in ihr aufstieg. Am liebsten würde sie die Kaffeetasse nehmen, die vor ihr stand, und sie so lange auf den Schädel der Frau schlagen, bis sie zerbrach. Erschrocken sog sie die Luft ein.

Hatte sie das tatsächlich gerade gedacht?

Ihr wurde kalt.

»Wirklich, Sie irren sich, alle irren sich, ich könnte doch nie …« Stella verstummte.

»Da war ein Mann. Und der hat Carly wieder und wieder auf den Kopf geschlagen, bis sie sich nicht mehr bewegt hat. Und Jan … ich wusste nicht, dass er was eingenommen hat. Hätte ich es gewusst, hätte ich selbstverständlich Hilfe gerufen!«

Sie sog die Luft scharf ein, sah Henni flehend an.

Die schüttelte unnachgiebig den Kopf.

»Laut Sandra Seliger gelang Ihnen damals die Flucht, als es stockdunkel war und Sie das Gefühl hatten, allein zu sein. Angeblich sei der Täter bereits weg gewesen und Ihre Freundin längst tot. Sie bekamen einen Schock, liefen weg, bis Sie am nächsten Morgen von diesem Spaziergänger aufgegriffen wurden. Die Polizei hat Sie mehrfach befragt, ob Sie wirklich gesehen haben, wie der Mann auf Carly losging und sie tötete, doch sie sagten Nein. Sie wüssten nur noch, dass er sie beide mit sich zerrte, in diese Jägerhütte hinein, wo er Sie bewusstlos schlug. Und in Ihrer nächsten Erinnerung war es stockdunkel draußen und Carly lag tot am Boden der Hütte. Wie kann es also sein, dass Sie auf einmal behaupten, Carly sei von diesem Mann auf den Kopf geschlagen worden?«

Stella schluckte, rutschte unruhig auf ihrem Stuhl hin und her. »Ich hab mich eben gerade erinnert«, stieß sie schließlich aus, »das ist ja kein Verbrechen.«

»Und der Vorfall mit Jan?«

»Der ist genauso passiert, wie ich es unzählige Male

ausgesagt habe. Er hat sich von mir getrennt, das war zwei Wochen, bevor er starb. Ich wusste, dass es nichts Persönliches war, dass er Probleme hatte, nicht wusste, ob er sein Medizinstudium schaffen würde. Er hatte deswegen angefangen, Drogen zu nehmen, hat viel getrunken und ich vermutete damals schon, dass er an einer Depression oder schlimmer noch an einem Burn-out-Syndrom litt. Viele Studenten leiden darunter, das ist keine Seltenheit. Ich hab ihn nach unserer Trennung eine Zeit lang in Ruhe gelassen, doch irgendwann rief ich ihn an, stellte fest, dass er vollkommen verzweifelt klang, als sei er total am Ende, deswegen bin ich an jenem Abend zu ihm gefahren. Sein Mitbewohner hat mir aufgemacht und ist dann abgehauen. Ich bin zu Jan ins Zimmer, hab gesehen, dass er pennt und nachdem ich ihn nicht wach gekriegt hab, bin ich wieder gegangen.« Stella räusperte sich, sah Henni an. »Das ist die Wahrheit und die hab ich der Polizei damals auch ganz genauso erzählt.«

»Ich weiß«, warf Ramon ein. »Aber jemand glaubte Ihnen nicht. Ein Glück, dass Sandra Seliger in Augsburg die Sache von dem Suizid des Studenten mitbekam und sich mit den Münchner Kollegen zusammenschloss. Gemeinsam haben sie versucht, die Wahrheit aus Ihnen herauszubekommen, leider ohne Erfolg.«

Wieder schoss heißer Zorn in Stella hoch und diesmal sah sie sogar ein Bild vor Augen, das sie zutiefst erschreckte. Ein Bild von Hennis Kollegen, diesem miesen Arschloch, dem sie mit der Kaffeetasse das Gesicht zertrümmert hatte. Sie zwang sich, ruhig zu bleiben, erwiderte den Blick des Mannes. »Weil ich ihnen die Wahrheit längst gesagt hatte. Ich hatte nichts mit Jans Tod zu tun!«

»Ich glaube Ihnen, dass Sie davon überzeugt sind, dass es so gewesen ist! Doch in Wahrheit hat Sandra Seliger recht, nicht wahr? Sie haben es Jan übel genommen, dass er Sie verlassen und schon zwei Tage später durch eine andere ersetzt hat. Seine Kumpels sagten aus, dass Sie zu klettenhaft gewesen seien und Jan sich eingeengt gefühlt habe. Von einer angeblichen Depression hat keiner von denen was gewusst. Sie hatten damals nur das Glück, dass einer seiner Professoren Ihre Geschichte mit den Zweifeln an seinem Studium und dem Drogenmissbrauch bestätigte, was eine Depression am Ende doch nicht mehr ganz abwegig erscheinen ließ. Das war Ihre Rettung, nicht wahr? So ist Ihr Plan, davonzukommen, schließlich doch noch aufgegangen. Genau wie bei Carlotta damals und diesem zufällig entflohenen Häftling. In Wahrheit ist es damals im Wald zwischen Carlotta und Ihnen zum Streit gekommen, stimmt es nicht? Vielleicht weil sie Ihnen gesagt hat, dass sie nicht mehr mit Ihnen befreundet sein möchte? Deswegen sind Sie und nicht Peter Schuler auf sie losgegangen! Sandra Seliger hat nämlich auch mit Carlottas Mutter gesprochen und die hat bestätigt, dass ihre Tochter schon einmal Andeutungen gemacht habe, dass etwas mit Stella nicht stimme, sie zu besitzergreifend sei. Allerdings wäre Carlys Mutter niemals auf die Idee gekommen, Sie zu verdächtigen. Die Arme hatte viel zu viel Mitleid mit Ihnen, weil Ihre Mutter sich seit der Trennung kaum noch um jemand anderes kümmerte außer um sich selbst.«

Stella schnappte nach Luft, sah von Ramon zu Henni, schaffte es nur unter allergrößter Kraftanstrengung, nicht die Kontrolle zu verlieren. »Bitte ... bitte sagen Sie ihm, dass er endlich aufhören soll, sonst ...« Sie brach ab, keuchte.

»Sonst was?«, schoss Ramon ihr provokant entgegen und sah sie überheblich an. »Was wollen Sie sonst tun? Mich auch töten, so wie Sie es mit Ihrer Freundin getan haben ... mit Ihren beiden Freundinnen?«

21

TURKU

MAI 2019

»**W**as machst du denn hier«, rief Henni, als sie aus dem Besprechungszimmer kam und auf Harri traf. Er trug eine Schulter-Arm-Manschette und sah aus, als sei er frisch durch den Fleischwolf gedreht worden.

»Was denkst du denn? Isalie und ich waren zwar nicht mehr zusammen, trotzdem respektierten und mochten wir einander noch – als Freunde. Ich muss einfach wissen, was ihr zugestoßen ist!«

Henni schüttelte den Kopf. »Der Arzt meinte aber, dass du dich ausruhen sollst.«

»Und das werde ich, sobald das hier vorbei ist.« Er sah sie unnachgiebig an, bis Henni schließlich nachgab. »Okay, was hast du vor?«

»Mit ihr reden. So als wäre Sie nicht meine Freundin, sondern meine Patientin. Ich will, dass du mir die Erlaubnis erteilst, sie offiziell in die Mangel zu nehmen.«

Henni winkte ab. »Sie redet nicht, hat komplett dichtgemacht, als Ramon wegen Jan und Carlotta auf sie losgegangen ist.«

»Dichtgemacht? So nennst du das?«, rief Ramon frustriert und sah Henni böse an. »Ich hatte sie fast so weit. Die stand

kurz davor, die Kontrolle zu verlieren und auf mich loszuge-
hen. Hast du gesehen, wie ihr Blick immer wieder zwischen
der Tasse auf dem Tisch und meinem Gesicht hin und her
zuckte? Ich wette, noch wenige Sekunden und sie hätte
damit auf mich eingedroschen.«

Henni seufzte verhalten. »Selbst das wäre aber noch kein
Beweis dafür, dass es wirklich so passiert ist, wie Seliger
behauptet. Immerhin wurde Stella nie dafür belangt, man
konnte ihr nichts dergleichen nachweisen.«

»Das bedeutet aber nicht, dass sie unschuldig ist«,
beharrte Ramon. »Ich hab auf Anhieb erkannt, dass mit der
etwas nicht stimmt. Sie hat auf alle Fälle ein Aggressionspotenzial, das beängstigend ist.«

Harri nickte bestätigend. »Ich habe mit Isalies Mutter
telefoniert und die erinnert sich auch noch gut an Stella. Sie
erzählte mir, dass sie nicht wollte, dass Isalie mit ihr
befreundet ist, weil sie einem Mädchen im Kindergarten die
Hand gebrochen habe, nachdem sie sich zwischen Isa und sie
drängen wollte. Angeblich sei es ein Unfall gewesen, aber
Isas Mutter sagt, das Mädchen sei ihr von Anfang an
unheimlich gewesen, weil sie wie von ihrer Tochter besessen
gewesen sei.«

»Und das soll Grund dafür sein, dass sie Isalie jetzt umgebracht hat? Warum sollte sie das getan haben, wenn sie doch
so besessen von ihr war?«

»Weil sie sie nicht teilen wollte. Deswegen hat sie auch
Joko umgebracht, weil der Isalie etwas bedeutete. Janni hat
doch gesagt, dass er ahnte, dass Isa ihn verlassen wollte. Was
also, wenn es stimmte? Was, wenn Isalie Stella davon erzählt
hat? Dass sie beabsichtigte, nach Helsinki zu ziehen, zu Joko?
Vielleicht hat sie deswegen auch das Kind abgetrieben, eben
weil sie nicht wusste, ob es von Joko oder Janni war. Und
deswegen brachte Stella zuerst Joko um und dann eben auch
Isalie.«

»Wieso hat sie nicht auch Janni getötet? Oder Luna?«

»Weil sie wusste, dass Isa Janni sowieso bereits abgeschrieben hatte. Und Luna hat sie vielleicht noch nicht als Konkurrentin gesehen? Immerhin ist sie noch klein.«

»Und die anderen Opfer? Wieso die?«

»Stella hat sich immer nur für Isa interessiert, ihre Gedanken kreisten permanent um sie. Vielleicht hat sie wie früher niemanden neben sich geduldet?« Er hob die Schultern, stöhnte vor Schmerz auf.

»Und das Mittel in Stellas Blut? Wer hat ihr das in den Drink getan?«

»Das kann Isalie selbst gewesen sein. Vielleicht weil sie wollte, dass Stella mal runterkommt. Sie konnte ja nicht ahnen, mit wem sie sich einlässt. Isalie war ziemlich unberechenbar, hat sich immer blöde Sachen ausgedacht, um ihr Umfeld aus der Reserve zu locken.«

Henni sah Harri nachdenklich an. »Wie bist du eigentlich auf diese Polizistin gekommen? Ich meine damit, wann hast du angefangen, Stella zu misstrauen?«

Harri verzog das Gesicht, senkte den Blick. »Im Grunde seit Isalie verschwunden ist. Ich hatte Stella zuvor schon gegoogelt, weil ich wissen wollte, auf wen ich mich einlasse. Dann hab ich diese Berichte über ihre Vergangenheit in Deutschland gefunden. Das mit Jan wusste ich ja schon, aber ich wunderte mich, wieso sie mir nie etwas von Carlotta erzählt hat. Als schließlich Isalie vermisst wurde, keimte mein Misstrauen ihr gegenüber auf, deswegen hab ich bei der Polizei in Augsburg angerufen und hatte Glück, dass die Polizistin, die den Fall damals bearbeitet hat, so nett war, mich zurückzurufen und mir alles zu erzählen, was sie wusste. Im Gegenzug habe ich sie über den Verlauf des Falles hier auf dem Laufenden gehalten und als diese weibliche Leiche gestern gefunden wurde, war uns beiden alles klar. Im Grunde hab ich schon vor euch gewusst, dass es Isalie ist. Es war einfach so ein Bauchgefühl.«

»Und wieso ist Stella überzeugt davon, dass du es warst? Wieso hält sie dich für Isalies Mörder?«

»Weil es Teil ihrer Krankheit ist, sich eine falsche Realität zu bauen. Eine Realität, in der sie keine Mörderin ist.«

»Dann ist sie psychisch krank?«

Harri sah Henni betrübt an. »Meiner Ansicht nach, ja. Ich bin absolut überzeugt davon, dass sie an einer wahnhaften Störung leidet, die durch ein unbehandeltes Trauma ausgelöst wurde – die Trennung ihrer Eltern und dass sie deswegen ihre beste Freundin, ihr Zuhause und ihre Eltern verloren hat.«

»Ich dachte, sie ist mit der Mutter nach Deutschland gegangen?«

»Aber wie ich bereits erwähnte, hat die sich kaum um ihre Tochter gekümmert. Stella war sich die meiste Zeit über selbst überlassen, hatte nur Carlotta und später Jan.«

»Okay, um es auf den Punkt zu bringen: Du bist überzeugt, dass Stella schon als Kind besitzergreifend war und ein beeindruckendes Aggressionspotenzial in sich trug. Vielleicht weil sie damals schon unter der missglückten Ehe der Eltern litt, bis diese sich doch scheiden ließen. Deswegen hat sie damals im Streit einem Kind den Arm gebrochen. Und wegen des Traumas der Trennung ihrer Eltern hat sich diese Aggressivität verstärkt, sodass es zur Katastrophe kam und sie im Streit ihre Freundin tötete und später ihren Ex, sich beide Male eine Geschichte zusammenfantasierte, an die sie bis heute selbst glaubt, ja nahezu überzeugt davon ist, dass es genauso war.«

»Ich hätte es nicht besser zusammenfassen können«, bestätigte Harri. »Sie ist eine sehr kranke Frau und gehört weggesperrt, damit sie niemandem mehr etwas antun kann.«

»Dann hast du Luna aus reiner Vorsicht zu dir geholt?«

Er nickte betreten. »Und ich war tatsächlich zweimal in Stellas Haus, weil ich sichergehen wollte, dass alles okay ist mit der Kleinen. Mir kam das alles komisch vor. Die tote

Freundin damals, der tote Ex und dann Isa und der tote Lover, die potenziellen anderen. Und seltsamerweise sind diese jungen Männer alle erst gestorben, seit Stella wieder hier in Finnland lebt.« Er verstummte, sah Henni fest an, verzog das Gesicht. »Eins und eins ergibt nun mal zwei …«

»Dann bist du absolut überzeugt davon, dass sie es gewesen ist?«

Er nickte betreten.

»Und du weißt, dass wir sie nicht ewig hier festhalten können, weil wir rein gar nichts in der Hand haben und auf ein Geständnis angewiesen sind?«

Er nickte ungeduldig. »Deswegen will ich ja zu ihr. Sie ist überzeugt davon, dass ich der wahre Täter bin, weil sie mich zum Teil ihrer Fantasie gemacht hat. Wenn ich es also schaffe, diese Geschichte irgendwie zum Wanken zu bringen, könnte Stellas Fassade bröckeln und genau das ist unsere Chance … All diese offenen Fragen wird uns nämlich nur sie selbst beantworten können. Außerdem schätze ich, dass es in unser aller Interesse liegt, wenn sie baldmöglichst die Behandlung bekommt, die sie seit Langem so dringend braucht.«

22

TURKU
MAI 2019

S tella zuckte zusammen, als die Tür aufging und Harri eintrat.

»Was willst du denn hier«, zischte sie und wollte vom Stuhl aufspringen, als sie bemerkte, dass er einen Teaser in der Hand hielt.

»Den werde ich benutzen müssen, wenn du nicht ruhig bleibst«, erklärte er ihr und klang dabei, als würde er mit einem ungezogenen Kleinkind sprechen.

Sie setzte sich wieder, verschränkte die Arme vor der Brust. »Was willst du?«

»Ich möchte mit dir über Carlotta reden«, sagte er und sah sie an. »Ist das okay für dich?«

»Was hat das damit zu tun, was du getan hast?«

»Vielleicht mehr, als du denkst«, erwiderte er.

Stella runzelte die Stirn. »Dann gibst du es also zu?«

Er schwieg, sah sie nur an.

»Carlotta war meine beste Freundin. Aber das wusstest du ja bereits.«

»Und was ist ihr zugestoßen?«

»Auch das weißt du – jemand hat sie mir weggenommen.«

»Und dieser Jemand, was weißt du über ihn?«

»Dass er ein gesuchter Verbrecher war, der damals wegen sehr guter Führung auf Hafturlaub war und nicht in den Knast zurückkehrte.«

»Und was hat er deiner Freundin angetan?«

»Er hat sie totgeschlagen.«

»Daran erinnerst du dich?«

Stella nickte.

»Und du bist sicher, dass es so passiert ist?«

»Natürlich bin ich sicher!«

»Ich meine ja nur, weil du nicht die kleinste Verletzung hattest. Du warst über und über mit Carlottas Blut besudelt, hattest aber selbst keine Schramme. Und das, obwohl du behauptet hast, der Mann hätte euch mit Gewalt in diese Hütte gezerrt.«

Stellas Blick glitt ins Leere. Dann wurde sie von einer Welle der Übelkeit erfasst.

»Sie lag am Boden und da war überall Blut um sie herum. Ich hab versucht, sie zum Aufstehen zu bewegen, aber sie war so … so kalt.«

»Deswegen bist du weggelaufen, nicht wahr? Du bist davongerannt, als dir klar wurde, was passiert ist, nachdem du die Kontrolle verloren hast.«

Der Schmerz in ihrem Kopf wurde stärker, dann formierte sich ein Bild vor ihrem inneren Auge. Carly und sie im Wald. Das Versteckspiel. Carlys Wut, als sie begriff, dass sie das Spiel verloren hatte, ihre Worte, die so sehr wehtaten.

Du bist blöd, Stella. Und total unfair. Ich hasse dich!

Stella schüttelte den Kopf, fing an zu weinen. »Ich hab ihr kein Haar gekrümmt, das schwöre ich!«

»Und ich versichere dir, dass ich verstehe, wieso du das glaubst. Doch das, was du dir in deinem Kopf zurechtgelegt hast, ist nicht dasselbe, was tatsächlich vorgefallen ist, nicht wahr?«

Stella spürte, wie alle Kraft aus ihren Gliedern wich, ihr schwindelig wurde.

Ich hasse dich, Stella, du bist nicht mehr meine Freundin!

Sie keuchte, als sie Carly in ihrem Kopf auf sich zu gerannt kommen sah, förmlich spüren konnte, wie die Freundin sie wütend beiseite schubste, um aus der Hütte zu kommen, in der sie sie nach über einer Stunde endlich gefunden hatte.

»Ich bin ihr nachgelaufen«, flüsterte Stella, »hab sie an der Tür erwischt, sie am Arm festgehalten, doch sie hat sich losgerissen, ist die Treppe runtergestürzt und mit dem Kopf auf eine Kante geknallt. Sie blutete so stark und rührte sich nicht mehr, da hab ich Angst bekommen, weil alles meine Idee gewesen ist. Ich hab sie überredet, mit in den Wald zu kommen, es war wirklich alles meine Schuld. Nur deswegen hab ich sie zurück in diese Hütte geschleppt und … und …« Sie brach ab, schluchzte.

»Was war dann, Stella?«, drang Harris unnachgiebige Stimme in ihr Bewusstsein. »Was hast du mit ihr gemacht?«

»Ich hab gewartet, ob sie aufwacht, aber das tat sie nicht. Deswegen hab ich überlegt, was ich tun könnte. Ich hatte solche Angst und dann ist mir der Mann aus den Nachrichten eingefallen.«

»Der, der all diese Frauen vergewaltigt hatte und nun auf der Flucht war?«

»Ja.«

»Du hast dir überlegt, was wäre, wenn er euren Weg gekreuzt hätte?«

Stella nickte.

»Und dann hast du das Gesicht deiner Freundin zerschmettert, damit man dir diese Geschichte auch glaubt? Was genau hast du damals eigentlich benutzt?«

»Ich hab einen Ast gesucht. Einen ziemlich dicken Ast. Und ich hab das nur gemacht, weil ich wusste, dass Carly

bereits tot war. Ich hätte ihr niemals wehgetan, das musst du
mir glauben. Sie hat nichts mehr gespürt.«

Stella sah Harri an, studierte seinen Gesichtsausdruck.
Und obwohl sie wusste, was er mit Isalie gemacht hatte, trös-
tete es sie, dass er ihr in Bezug auf Carly zu glauben schien.

»Wieso hast du den Polizisten nicht irgendwann die
Wahrheit gesagt?«

Stella holte tief Luft, sah wie durch Harri hindurch. »Weil
ich es nicht konnte. Es ging einfach nicht. Und irgendwann
war ich selbst überzeugt davon, dass es diesen Mann wirklich gegeben hat, dass er Carly das angetan hat. Ich hab es
tatsächlich selbst geglaubt, bis vorhin, als du mir all diese
Fragen stelltest.«

»Und was ist mit Jan?«, bohrte Harri weiter. »War sein
Tod auch nur ein bedauerlicher Unfall, in den du quasi
unfreiwillig hineingezogen wurdest?«

Stella schluckte. »Ich hab ihm dieses Zeug jedenfalls nicht
gegeben, falls das deine Frage ist. Er hat das damals schon
selbst genommen. Als ich zu ihm ins Zimmer kam, war er
allerdings noch wach. Er stammelte irgendwelchen wirren
Mist, dass er keine Lust mehr auf die ganze Scheiße habe und
ich ihn alleine lassen soll. Ich glaube, zu dem Zeitpunkt
wusste er gar nicht, dass ich es war, die an seinem Bett saß.
Er sagte, er habe irgendwelches Zeug genommen, einen
Drogen-Tabletten-Cocktail, in der Hoffnung, endlich mal
wieder klarer zu sehen und zur Ruhe zu kommen. Als er
mich schließlich erkannte, hat er mich beschimpft und mir
an den Kopf geworfen, dass ich schuld an unserer Trennung
bin, dass es kein Zurück mehr für uns gibt und ich mich
verpissen soll.« Stella brach ab, holte Luft. »Ich war so
wütend auf ihn, dass ich einfach gegangen bin und ihn alleine
ließ, obwohl ich wusste, dass er viel zu viel genommen hat
und eigentlich Hilfe gebraucht hätte.« Sie hob die Schultern,
sah Harri an. »Vielleicht bin ich ja schuld, dass er gestorben

ist, aber getötet habe ich ihn nicht, genauso wenig wie Carly.«

Harri nickte lächelnd, sah sie warmherzig an. »Und fühlt es sich nicht gut an, der Wahrheit endlich ins Gesicht zu sehen?«

Stella nickte, dann brach sie in Tränen aus.

»Erklärst du mir jetzt, was das mit dem zu tun hat, was du Isa angetan hast?«

Harri seufzte. »Ich dachte eigentlich, dass du mir das sagen könntest. Isalie und du, ihr beide wart zusammen, kurz bevor sie verschwunden ist. Genau wie damals Carly. Das kann doch kein Zufall sein oder?«

Stella zuckte zurück, starrte Harri entsetzt an. »Soll das heißen, ich habe etwas mit ihrem Tod zu tun? Willst du mir in die Schuhe schieben, was in Wahrheit du getan hast?«

»Diese Sache mit der Wahrheit hatten wir ja eben schon«, wandte Harri ein. »Und dass du dazu neigst, dir diese so zurechtzulegen, wie du sie gerne hättest. Fakt ist aber, du warst als Letzte mit ihr zusammen, genau wie damals mit Carly. Vielleicht hattest du mit ihr auch einen Streit. Hat sie dir gesagt, dass sie schwanger war und abgetrieben hat? Dass sie plante, Janni, Turku und somit auch dich zu verlassen? Bist du deswegen wütend geworden? So wütend, dass du zuerst den Typen und dann Isa umgebracht hast? Oder waren das am Ende auch wieder nur Unfälle?«

Stella sah Harri sprachlos an, dann spürte sie, wie in ihr etwas zu bröckeln begann.

Sie hörte Isas Kichern im Kopf, nachdem diese ihr gestanden hatte, ihr etwas ins Wasser getan zu haben, kurz bevor sie das Morning Star verlassen hatten. »Isa … sie hat mir dieses Zeug gegeben!«

Harri nickte. »Das dachte ich mir schon. Bist du deswegen wütend geworden?«

Stella dachte einen Moment nach, schüttelte den Kopf.

*Komm, lass uns spielen. Mein Geheimnis, dein Geheimnis –
das wird lustig.*

Stella riss den Kopf hoch, starrte Harri an. »Ich wusste bis
zu diesem Abend nicht, dass sie schwanger war und Janni
verlassen wollte, aber dann hat sie plötzlich dieses blöde
Spiel vorgeschlagen – mein Geheimnis, dein Geheimnis. Sie
hat mir alles erzählt, dass sie es hasste, Mutter zu sein, dass
sie Janni und Luna verlassen und zu Joko wollte, dass sie
immer nur eines wollte, eine berühmte Schauspielerin sein.
Ich war so fassungslos wegen ihres Geständnisses, das muss
sie mir angemerkt haben. Sie zwang mich, ihr auch etwas
wirklich Böses aus meinem Leben zu erzählen, quasi als
Sicherheit, dass ich sie niemals verrate, und wegen dieses
Mittels in meinem Blut hab ich ihr tatsächlich von Carly und
Jan erzählt.« Sie brach ab, keuchte, als sie sich erinnerte, was
dann passiert ist.

»Isa ist ausgeflippt, hat mich angeschrien, dass ich eine
Irre bin und zwei Menschenleben auf dem Gewissen habe.
Sie war so außer sich, so vollkommen weggetreten, hat
getobt und mich beleidigt, dass ich sie schließlich geschlagen
habe. Ich hab auf sie eingeprügelt, bis sie am Boden lag, dann
bin ich weggelaufen und erst wieder zu mir gekommen, als
Janni mich wach klingelte.«

»Dann hast du sie also doch ermordet?«

»Nein!« Stella schüttelte den Kopf. »Als ich sie zuletzt
gesehen habe, war sie noch am Leben. Sie hat aus der Nase
geblutet und hatte ein Veilchen, aber sie lebte, das schwöre
ich!«

»Und Joko? Hast du ihn getötet, weil du Isalie nicht an
ihn verlieren wolltest?«

»Ich kenne diesen Mann gar nicht!«

»Und doch wusstest du, wo er wohnt, Stella. Ich habe
vorhin von Onni erfahren, dass in deinem Haus einige Zettel
mit verschiedenen Adressen und Uhrzeiten gefunden
worden sind. Eine der Adressen stellte sich als seine

Stammbar heraus, die er täglich besuchte. Du musstest ihm also nur noch folgen. Genau wie damals Torben und den anderen Männern, die du auf dem Gewissen hast.«

Stella schüttelte hilflos den Kopf.

Harri log, da war sie ganz sicher! Er wollte ihr das alles anhängen, wollte, dass sie für seine Verbrechen bestraft wurde. Doch dann fiel ihr ein, dass sie sich auch in Hinsicht auf Carly so lange getäuscht hatte. Und bei Jan. Sie war so überzeugt davon gewesen, dass dieser böse Mann existierte und dass Jan geschlafen hatte, als sie zu ihm gekommen war, dass es sich fast schon beängstigend anfühlte. Und dann der Streit mit Isa, wie hatte sie den einfach vergessen können? Und dass sie ihr von Carly und Jan erzählt hatte.

Plötzlich ergab das alles einen Sinn.

Klang absolut logisch und nachvollziehbar.

Sagte Harri doch die Wahrheit?

War sie diejenige, die langsam den Verstand verlor?

War sie, Stella, eine landesweit bekannte Psychiaterin, selbst psychisch krank?

Und wenn dem so war, stimmte es, dass Isalie ihretwegen gestorben war?

Weil sie sie zu Tode geprügelt hatte?

Und diese Männer, von denen Harri gesprochen hatte? Gingen die auch auf sie?

Hatte sie all das einfach nur verdrängt?

»Bitte hilf mir«, flüsterte sie mit brüchiger Stimme und spürte, wie sich der Raum um sie herum langsam im Nichts auflöste.

»Du weißt, dass du krank bist, oder Stella?«

Sie sah ihn an und nickte, bemerkte, dass sie seine Umrisse nur noch verschwommen wahrnahm.

Dann wurde es schwarz um sie.

Versunken betrachtete Harri ein Foto von Stella und sich. Das Foto hatte Isalie während eines gemeinsamen Abendessens an Ostern dieses Jahres gemacht, es anschließend an Harri mit der Bemerkung geschickt, wie gut sie beide doch zueinanderpassen würden und dass sie von Anfang an gespürt habe, dass sie füreinander bestimmt seien.

Er lachte.

Wie leicht Isalie sich hatte täuschen lassen.

Stella hatte ihn nicht die Bohne interessiert. Dass sie im Gegenzug ebenfalls kaum Interesse an ihm gezeigt hatte, war ihm mehr als recht gewesen.

Er hatte sich sowieso nur auf sie eingelassen, um Isa nahe zu sein, um weiterhin an ihrem Leben teilhaben zu können.

All die Jahre hatte er sich nach dieser Frau verzehrt und war der Verzweiflung nahe gewesen, als sie diesen Loser geheiratet, ein Kind von ihm bekommen hatte. Doch dann war Isalie in ihr altes Muster zurückgefallen. Eine Affäre war der nächsten gefolgt und irgendwann war sie doch wieder in seinen Armen gelandet.

Er hatte sich so sehr gewünscht, dass es diesmal für immer wäre, doch schließlich hatte sie ihn wieder enttäuscht, ihm gesagt, dass sie ihren Mann niemals verlassen würde, allein wegen des Geldes, das sie ihm dann geben müsse, nicht. Sie war weiterzogen, hatte sich weiter in unzählige Affären gestürzt und es hatte ihn fertiggemacht, sich vorzustellen, wie sie in den Armen all dieser Versager lag. Irgendwann hatte er sich dabei ertappt, wie er einem von ihnen folgte. Es war so schnell gegangen. Er hatte aufs Gas getreten und dann war es auch schon passiert. Und es hatte sich gut angefühlt. So gut, dass er es wieder getan hatte. Und wieder. Und dann noch mal, selbst als Stella bereits Teil seines Lebens war.

Oder auch nicht … das war Ansichtssache, fand er.

Er seufzte.

Eigentlich hatte er nach Torben damit aufhören wollen, doch dann hatte er Isa mit diesem Schauspieler gesehen und gespürt, dass es diesmal etwas Ernstes war. Dass der Typ derjenige sein könnte, den sie wirklich von Herzen liebte. So sehr, dass sie sogar auf ihr Geld schiss und Janni tatsächlich verlassen würde.

Das hatte er einfach nicht hinnehmen können …

Und dann war da dieser Abend gewesen. Stella hatte ihm erzählt, dass sie sich mit Isa im Morning Star treffen wollte. Er hatte beide von draußen beobachtet und an Isalies Gesicht gesehen, dass sie sich Sorgen um diesen Loser machte, der zu diesem Zeitpunkt schon längst tot in seiner Bude lag.

Vielleicht dachte sie auch, dass es diesmal andersrum war? Dass diesmal sie sich Hals über Kopf verliebt hatte und er nicht das Geringste für sie empfand? Es hatte sich so befriedigend angefühlt, zu wissen, dass endlich sie diejenige war, die litt. Genau wie bei Torben damals, als die Polizei nach jener geheimnisvollen Frau gesucht hatte und Isalie wochenlang total nervös war, weil sie Angst davor hatte, dass die Polizei sie finden könne und plötzlich vor ihrer Tür stünde.

Er lächelte, klappte das Handy zu.

Arme Stella, dachte er und grinste.

Es war so einfach gewesen. Fast schon zu einfach.

Eigentlich hatte er geplant, die Morde an den Männern Janni in die Schuhe zu schieben. Der arme Kerl hatte einfach das beste Motiv hergegeben – rasende Eifersucht. Und er hatte Isalie geschlagen!

Er hatte sich alles in den schönsten Farben ausgemalt. Irgendwann wären seine Kollegen drauf gekommen, dass alle Männer etwas mit Isa gehabt hatten, und dann wäre es nur noch eine Frage der Zeit gewesen, bis Janni hinter Gittern gesessen hätte. Für Isa und ihn wäre das der lang herbeigesehnte Neuanfang gewesen.

Wenn sie ihm an diesem Abend doch nicht all diese Dinge an den Kopf geworfen hätte …

Es war nach dem Morning Star gewesen.

Er hatte Isa blutend am Straßenrand aufgegabelt. Sie war vollkommen fertig gewesen, hatte ihm erzählt, dass Stella auf sie losgegangen sei und weshalb. Zu wissen, dass sie ihre einzige Freundin verlieren würde, weil diese zwei Menschen getötet hatte, war mehr, als Isalie ertragen konnte.

Natürlich hatte er sie getröstet, ihr Halt gegeben, sie geküsst und gesagt, dass alles gut würde, er für immer an ihrer Seite wäre, doch anstelle von Dankbarkeit war da nur Abscheu in ihren Augen gewesen. Sie wollte ihn nicht, das hatte er in diesem Augenblick endlich begriffen. Sie hatte ihn nie wirklich gewollt.

Er war so wütend auf sie gewesen. Noch viel wütender als auf diese Schlappschwänze, die er ihretwegen töten musste.

Und dann hatte er rot gesehen.

Die Kontrolle verloren.

Stella hatte es ihm schließlich so einfach gemacht.

Ihr Geständnis Isalie gegenüber hatte alles verändert.

Stella eine Mörderin?

Und noch dazu eine, der man niemals dahintergekommen war ... Das war einfach zu perfekt, um es nicht auszunutzen.

Er hatte nur noch nach Stella googeln müssen, um etwas zu finden, das erklären würde, wieso er gezwungen war, die Behörden in Deutschland zu informieren. Selbst die Entführung des kleinen Mädchens spielte am Ende perfekt in seinen Plan hinein, weil alle glaubten, dass er sie lediglich vor Stella beschützen wollte.

Harri lächelte, als er sich daran erinnerte, wie er es geschafft hatte, Stella in die Enge zu treiben und ihr schließlich das Geständnis zu entlocken. Die Tatsache, dass sie all die Jahre tatsächlich verdrängt hatte, was mit Carly und Jan passiert war, und dass ihre Erinnerungen nur durch Isas Drogencocktail wieder hochgekommen waren, hatte sie letztendlich wohl auch an ihrer Unschuld hinsichtlich Isas Tod zweifeln lassen.

Zumal sie sie tatsächlich geschlagen hatte ...

Harri grinste.

Stella würde für eine lange Zeit in Sicherheitsverwahrung bleiben, so viel stand fest. Die Psychiaterin, eine ehemalige Kollegin von Stella, hatte erst kürzlich die Diagnose – wahnhafte Störung – der gerichtspsychiatrischen Gutachterin bestätigt und Harri fand, dass es das ziemlich genau traf. Für ihn bedeutete sie außerdem, dass er aus dem Schneider war, und zwar ein für alle Mal.

»Arme, arme Stella«, murmelte Harri belustigt und schüttelte in gespieltem Bedauern den Kopf. Eigentlich tat sie ihm sogar leid. Inzwischen war sie davon überzeugt, wirklich psychisch krank zu sein und Hilfe nötig zu haben, wusste oft selbst nicht, ob sie sich noch trauen konnte.

Als er sie neulich besucht hatte, war sie nicht einmal sicher gewesen, sie selbst zu sein, was natürlich auch an den Medikamenten liegen konnte, die man ihr in der Klinik verabreichte, weil es in den letzten Wochen immer wieder zu aggressiven Ausbrüchen ihrerseits gekommen war.

Um es kurz zu machen: Die Welt hatte einen Schuldigen gebraucht und den hatte er ihr geliefert.

Harri grinste zufrieden, als er das Bild auf der Anrichte betrachtete, dass Isa und ihn vor ungefähr fünfundzwanzig Jahren zeigte. Sie beide sahen so glücklich miteinander aus und Harri fand, dass Isa einfach dumm gewesen war, weil sie das nicht auch gesehen hatte. Er nahm das Bild in die Hand, strich sanft über das verblichene Glas, wunderte sich, dass er noch immer nicht bereute, sie umgebracht zu haben. Vielleicht lag es ja daran, dass sie ihm jetzt keiner mehr wegnehmen konnte? Dass dieser … ihr allerletzter Moment auf Erden sie beide für immer miteinander verband?

Er lächelte versonnen, während er das Bild zurück auf seinen Platz stellte. »Hab ich nicht gesagt, dass alles wieder gut wird? Ich wusste damals nur nicht für wen.«

ENDE

DANKSAGUNGEN

Liebe Leserin, lieber Leser, dieses Buch entstand – zumindest teilweise - in einer außergewöhnlichen Situation.

Covid-19 hält die Welt in Atem und seit Ende Februar auch Europa, seit Anfang März leider auch Deutschland. Und selbstverständlich geht dies an kaum einem von uns spurlos vorbei. Wir haben Angst, sind unsicher, müssen uns die Frage stellen, ob die Welt jemals wieder so sein wird, wie zuvor. Auch mich beunruhigt das alles sehr. Umso demütiger bin ich aber gerade in Zeiten wie diesen, dass ich DANK Ihnen liebe Leserin und lieber Leser den schönsten Beruf der Welt ausüben darf. Nicht, weil er mir in diesen unsicheren Zeiten ermöglicht, zuhause zu bleiben – das ist nicht der Grund – sondern, weil mein Beruf vor allem eines mit sich bringt – ABLENKUNG. Während des Schreibens darf ich in eine andere Welt flüchten. In eine Welt, in der einfach kein Platz für Sorgen oder Ängste ist. Ich hoffe sehr, dass meine Geschichte um Stella in Finnland auch bei Ihnen für etwas Ablenkung von all dem Grauen da draußen gesorgt hat.

Jetzt zu den üblichen Danksagungen:

Ich danke meiner Coveragentur Zero, insbesondere Kristin Pang, für über 20 tolle Cover!

Ich danke meiner Lektorin Claudia Heinen für ihre tolle Arbeit und das offene Ohr, das sie stets für mich hat.

Ich danke all jenen Lesern und Kollegen, die mich bei der Titel und Coverauswahl unterstützt haben.

Ich danke euch Bloggern da draußen, für all das, was ihr für uns Autoren macht. Eure Arbeit und Mühe ist so wertvoll – danke sehr!

Ich danke meinen Kollegen für das offene Ohr in Hinsicht auf Klappentext-Bastelarbeiten (das ist wirklich keine meiner Stärken).

Besonders danke ich Susanne, Nicole und Emilia für eure Unterstützung in Fragen rund ums neue Buch :-)

Ich danke meiner Familie, die immer für mich da ist.

Meinem Schatz – dem besten Ehemann der Welt!

Meinem Sohn.

Meinen Freunden, die mich aufbauen, wenn ich am Boden bin.

Eventuelle Fehler bei der Ermittlung meiner Protagonisten gehen einzig und allein auf meine Kappe oder sind meiner Fantasie geschuldet. Im Übrigen habe ich mir auch in diesem Roman wieder einige künstlerische Freiheiten genommen – welche selbstverständlich nicht verraten werden :-)

Über Mails mit Anregungen und Kritik freue ich mich unter: autorin@daniela-arnold.com.

Wenn Sie sich für Gewinnspiele und Neuigkeiten rund um meine Bücher begeistern können, würde ich mich freuen, wenn Sie sich in meinen Newsletter eintragen lassen. Dafür einfach eine kurze Nachricht an mich und fertig. :-)

Bitte bleiben oder werden Sie gesund!

Ihre Daniela Arnold

ÜBER DIE AUTORIN:

Daniela Arnold, Jahrgang 1974, lebt mit Mann, Sohn und Hund im schönen Bayern. Seit 2002 schreibt sie als freie Journalistin und Autorin für zahlreiche Frauenzeitschriften Reportagen und Kurzgeschichten. Seit November 2014 sind insgesamt 20 Thriller aus der Feder der Autorin erschienen. Jeder einzelne von ihnen schaffte es unter die Top 100 Bestseller bei Amazon.

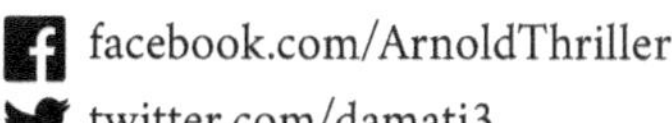

facebook.com/ArnoldThriller
twitter.com/damati3
instagram.com/autorin.daniela.arnold

LESEPROBE: DIE NACHT GEHÖRT DEN SCHATTEN

DANIELA ARNOLD

Über Nacht verwandelt sich Runas Leben in einen Albtraum. Ihr Ehemann steht unter dringendem Verdacht, nicht nur seine Eltern, sondern weitere Menschen grausam abgeschlachtet zu haben. Als er die Morde tatsächlich gesteht, beginnt für Runa ein Horrortrip. Als ehemalige Polizistin, die für ihr untrügliches Bauchgefühl landesweit bekannt war, ist sie überzeugt davon, dass etwas anderes hinter diesen Taten steckt. Ihre Suche bringt sie auf den lange zurückliegenden Fall einer Kindesentführung, der auf verhängnisvolle Weise mit dem Schicksal ihres Mannes verwoben scheint. Getrieben von der Suche nach Antworten, um ihren Mann zu entlasten, muss Runa schließlich feststellen, dass jeder Schritt, den sie des Rätsels Lösung näher kommt, nicht nur ihr Leben gefährdet, sondern auch das ihrer kleinen Tochter.

PROLOG
DAMALS

Vorsichtig drehte sie sich auf die andere Seite, darauf bedacht, Vilhelm nicht aufzuwecken. Fenna stöhnte, als ihr ein reißender Schmerz vom Hinterkopf über den Rücken hinab bis zu ihren Fußsohlen schoss.

In Gedanken sah sie ihren Mann vor sich, wie er, seine rechte Hand zur Faust geballt, drohend über ihr stand, sie aus hasserfüllten Augen anstarrte. Sie schluckte. Heute war es ein Abendessen gewesen, das sie seines Erachtens durch ein Gewürzexperiment verschandelt hatte, und vorgestern, ja, da hatte sie blöderweise ein Shirt der Kinder zu seinen Hemden gegeben, was diese in unansehnliches Hellblau verfärbte. Vilhelm war so wütend gewesen, dass er ihr mit nur einem Schlag das Nasenbein gebrochen hatte.

Zum Arzt zu gehen, um sich behandeln zu lassen, traute sie sich schon seit Längerem nicht mehr, weil sie die teils mitleidigen, teils angewiderten Blicke nicht ertrug. Sie wusste genau, was die Menschen über sie dachten. Dass sie schwach sei, unterwürfig und nutzlos, weil sie es weder fertigbrachte, für ihre eigenen Rechte einzustehen, noch für die ihrer Kinder. Bis jetzt hatte Vilhelm sich, was die beiden anging, zwar meist zurückgehalten, doch ab und zu war es vorgekommen, dass ihm bei Ante oder Anouk die Hand ausrutschte, er etwas fester zulangte, als nötig wäre. Sie stöhnte leise, als der Schmerz langsam abebbte, versuchte, auf der schmerzfreien Seite ihres Körpers liegen zu bleiben, bis sie sicher sein konnte, dass das Monster neben ihr tief und fest schlief.

Als Vilhelm und sie einander begegnet waren, hätte Fenna niemals für möglich gehalten, dass sich hinter der Fassade dieses großherzigen Mannes ein solches Tier verbergen würde. Er hatte sie auf Händen getragen, sie mit Geschenken überschüttet, ihr das Gefühl gegeben, eine Prinzessin zu sein. Oder nein, keine Prinzessin, sondern eine Königin. Seine Königin. Er hatte ihr ein Traumhaus gekauft, eine kleine, holzvertäfelte Villa mit hübschen blauen Fensterläden am Stadtrand von Oslo. Die Erinnerung trieb Fenna die Tränen in die Augen. Wie hatte es zwischen ihnen nur so weit kommen können?

Früher einmal war sie eine Frau gewesen, die zu ihren Prinzipien gestanden hatte, eine Frau, der ihr Beruf als Lehrerin alles bedeutete, eine Frau, die sich niemals aus Liebe hätte zu Boden treten lassen. Was also war geschehen?

Rückblickend betrachtet, war es ein schleichender Prozess gewesen. Zuerst war hin und wieder ein böses Wort ihr gegenüber gefallen. Eine respektlose Bemerkung hier, ein herabwürdigender Kommentar dort. Das war nach der Hochzeit erstmals vorgekommen. Schließlich war Vilhelm eines Tages die Hand ausgerutscht, weil er, wie er später erklärte, nicht gut fand, dass sie eine Stunde später als vereinbart vom Einkaufen zurückgekommen war. Er hatte sich entschuldigt, hatte ihr gesagt, dass er sie nur geschlagen habe, weil er sich ihretwegen solche Sorgen machte. Und schließlich war sie es, die sich entschuldigt hatte. Das war, wenn sie es genau betrachtete, der Anfang vom Ende gewesen. Immer wieder hatte er zugeschlagen, ihr untersagt, sich mit ihren Freunden zu treffen, hatte darauf bestanden, dass sie ihren geliebten Job an den Nagel hängte. Dann war sie schwanger geworden. Vilhelm hatte sie die gesamte Schwangerschaft über nicht angerührt, sie wie am Anfang auf Händen getragen, doch danach war alles noch schlimmer geworden. Und heute – knappe fünf Jahre nach ihrer ersten Begegnung wünschte Fenna, diesem Mann niemals ins offene Messer gelaufen zu sein. Nach außen hin erweckte sie den Anschein, demütig und unterwürfig zu sein – gehorsam wie Vilhelm es amüsiert nannte –, doch in ihrem Innern träumte sie davon, eines Tages den Mut aufzubringen und ihn zu töten. Sie hatte diese wunderbare Vorstellung in ihren Gedanken schon so oft durchgespielt, dass sie sicher war, es notfalls tatsächlich durchziehen zu können, wenn es hart auf hart käme. Fenna war absolut sicher, dass sie nicht zögern würde, ihm das Brotmesser in den Hals zu rammen, sollte er sie wieder würgen oder ihm die schwere gusseiserne Engelsfigur über den Schädel zu ziehen, wenn er sie wieder mal durchs Wohnzimmer jagte wie Vieh.

Sie schluckte, als ihr der Widerspruch ihrer Gedanken bewusst wurde. Wenn sie denn so sicher war, sich wehren zu können, wieso hatte sie es gestern und heute nicht getan? Oder vorgestern?

Die Wahrheit war, dass sie Angst hatte. Angst davor, dass sie in den Knast käme und ihre Kinder auf sich allein gestellt wären oder schlimmer noch, in Vilhelms alleiniger Obhut, sollte er ihre Attacke tatsächlich überleben.

Und als hätte ein Teil von ihr schon lange geahnt, dass sie es sowieso niemals schaffen würde, sich gegen ihren Mann zur Wehr zu setzen, hatte sie sich innerhalb der letzten Monate einen Plan B ausgedacht.

Wehmütig dachte sie an die gepackte Tasche ganz hinten im Kleiderschrank, versteckt hinter ihren Mänteln und Cardigans. Eine Tasche, die ein wenig Kleidung für die Kinder enthielt, Kleidung für sich selbst und ein paar Hygieneartikel. Fenna hatte es sogar geschafft, von dem wenigen

Haushaltsgeld, das Vilhelm ihr pro Monat zugestand, ein paar Kronen auf die Seite zu legen, sodass sie mit dem heimlich verkauften Schmuck ihrer verstorbenen Mutter auf einen Betrag käme, der den Kindern und ihr eine zweimonatige Überbrückungszeit gewährleistete.

Fenna hielt instinktiv die Luft an. Lauschte Vilhelms Atem. Seit Wochen lag sie jede Nacht auf der Lauer, schlief wenig bis gar nicht, nur um ja nicht jenen Moment zu verpassen, in dem es ihr endlich möglich wäre, die Kinder zu schnappen und abzuhauen. Bei einigen dieser Versuche war sie eingeschlafen, bei anderen hatte sie einfach von einem Augenblick auf den anderen der Mut verlassen. Doch heute, das spürte Fenna, heute würde sie es endlich hinbekommen. Heute war der Tag … oder vielmehr die Nacht, die den Startschuss in ein neues Leben bedeutete. Als Vilhelms Atem tiefer und regelmäßiger wurde, riskierte sie es schließlich. Sie schlüpfte unter der Decke hervor, ließ sich leise zu Boden sinken, blieb liegen, um zu horchen, ob ihr Mann etwas mitbekommen hatte.

Nichts.

Fenna stieß erleichtert die Luft aus, robbte lautlos zur Tür, stand auf und schlüpfte hinaus. Sie ließ das Licht aus, kannte sie sich in diesem Haus doch bestens aus, wusste, worauf sie in der Dunkelheit achten musste, um keinen Lärm zu machen. Was die Kinder anging, sah die Sache anders aus. Die Gefahr, dass eines von ihnen zu weinen anfing und Vilhelm weckte, war riesig, weswegen sie schweren Herzens zu einem Trick gegriffen hatte. Aus der Apotheke hatte sie erst kürzlich ein Mittel besorgt, das sie beiden in ihre abendlichen Getränke gemischt hatte, damit sie tiefer als sonst schliefen und nicht so leicht wach wurden.

Sie schlich ins Ankleidezimmer, riss die Tasche hervor, schlüpfte in Jogginganzug, Jacke und Schuhe, machte sich auf den Weg in die Küche, wo sie aus Vilhelms Portemonnaie alles Bargeld nahm und es in die Tasche ihrer ausgebeulten

Hose stopfte. Sie schlich ins Kinderzimmer, hängte sich den Riemen der Tasche über Brust und Rücken, damit sie beide Hände für die Kinder frei hatte. Sie hob Anouk hoch, küsste das Kind sachte auf die Stirn, sog den zarten Duft ein, hob anschließend auch Ante aus seinem Bett. Ihr Plan schien zu funktionieren, denn keines ihrer Schätzchen machte auch nur einen Mucks. Still und leise schlich sie nach unten, fummelte anstrengt nach dem Sicherheitsriegel, wollte ihn herumdrehen, was nicht einfach war mit zwei Kindern in den Armen. Schließlich musste sie Anouk absetzen, um wenigstens eine Hand freizuhaben. Mit Entsetzen beobachtete sie, wie das Kind das Gesicht verzog und leise zu wimmern begann.

»Mami ...«, kam es weinerlich von ihm und sofort ließ Fenna vom Versuch ab, den Riegel herumzudrehen, ging neben ihrem kleinen Schatz in die Knie. »Ich habs gleich, mein Liebling, dann nehme ich dich wieder hoch.« Sie stand auf, presste Ante fest an sich, wollte gerade nach dem Riegel greifen, als das Licht anging.

Fenna wirbelte herum, sah sich Vilhelm gegenüber, der sie mit zornigem Blick musterte. Drohend kam er auf sie zu, nahm ihr Ante aus dem Arm, verzog das Gesicht zu einem amüsierten Lächeln. Fenna wusste, was das bedeutete. Er würde die Kinder zurück in ihre Betten bringen und sich um sie, seine abtrünnige Ehefrau, »kümmern«.

Sie schluckte gegen die aufsteigende Panik an. Im Grunde lag es jetzt bei ihr, wie diese Geschichte ausgehen würde. Sie blickte sich panisch um, griff nach dem erstbesten Gegenstand, den sie zu fassen bekam, rannte damit auf ihren verblüfft dreinschauenden Gatten zu, schmetterte ihm die Glasschale gegen die Schläfe, registrierte wie durch einen Schleier der Angst seinen ungläubigen Gesichtsausdruck, der sich nur Nanosekunden später in rasende Wut verwandelte. Vilhelm schwankte zwar, doch er war noch auf den Beinen, torkelte auf sie zu. Sie fixierte die Tasche neu auf ihrer linken

Seite, schulterte den Riemen so, dass er nicht noch weiter hinunterrutschte, und griff nach ihrem Sohn. Sie wollte sich gerade runterbeugen, um nach seinem Geschwisterchen zu greifen, als Vilhelm auf sie zugeschossen kam, mit seiner riesigen Pranke nach dem Arm des Kindes griff. Fenna war gezwungen, im Bruchteil einer Sekunde eine Entscheidung zu treffen. Entweder ein Kind retten und sich selbst oder niemanden … Sie warf einen letzten Blick in das entschlossen wirkende Gesicht ihres Mannes und spürte, wie in ihrem Innern etwas entzweisprang. Sie musste Anouk bei Vilhelm lassen, denn das hier würde sie auf keinen Fall überleben. Er hatte sie schon mehrfach schwer verletzt und es jedes Mal geschafft, es so aussehen zu lassen, als sei es ein bedauernswerter Unfall seiner schusseligen und wegen der Kinder überforderten Ehefrau gewesen. Es stand vollkommen außer Frage, dass es ihm keinerlei Mühe kosten würde, die Beamten davon zu überzeugen, dass ihr Treppensturz diesmal eben tödlich verlaufen wäre. Sie ließ die Schale zu Boden fallen, presste Ante fest an sich und drehte den Riegel herum. Sie spürte den Windzug, als Vilhelms Faust pfeilschnell auf ihre rechte Gesichtshälfte zuraste, und wappnete sich gegen den Schmerz. *Lass auf keinen Fall deinen Sohn los,* beschwor sie sich im Stillen und schrie, als seine harten Knöchel ihre Schläfe trafen. Schmerzblitze leuchteten vor ihrem Sichtfeld auf und kurz fühlte es sich an, als knickten ihre Beine weg. Sie knallte mit dem Kopf gegen das Holz, holte tief Luft, schaffte es aus letzter Kraft, die Tür aufzureißen, kämpfte gegen den Schwindel an. Als sie draußen war, fing sie automatisch an zu rennen. Ihre Beine funktionierten nur noch, ihre Lunge brannte wie Feuer und trotzdem tat sie weiter ihren Dienst, so als habe ihr Körper sich mit ihr zusammen gegen dieses Tier verschworen. Sie rannte, so schnell sie konnte, weiter und immer weiter, bis sie die Lichter der Hauptstraße ausmachen konnte. Als sie den Lichtkegel eines herannahenden Autos sah, stolperte sie auf die Straße. Wie von selbst flog ihr freier Arm in die Luft, wedelte panisch herum.

Der Wagen, ein Mercedes mit einem ortsfremden Nummernschild – wahrscheinlich ein Mietwagen –, fuhr rechts an, blieb neben ihr stehen. »Kann ich Ihnen helfen?«, fragte die Fahrerin in gebrochenem Norwegisch und runzelte die Stirn, während ihr Blick an Fennas Schläfe hängen blieb. Erst jetzt bemerkte sie, dass Vilhelm sie sehr hart getroffen haben musste, so hart, dass sie blutete. »Ich … muss … weg hier«, stieß Fenna aus, sah die Frau mit flehendem Blick an. »Sonst bringt er mich um.« Die Frau nickte, deutete auf den freien Platz neben sich. Das ließ Fenna sich nicht zweimal sagen, stieg ein.

Als die Frau losgefahren war, warf sie Fenna einen Seitenblick zu. »Sie gehören ins Krankenhaus.«

Fenna zuckte zusammen, schüttelte heftig den Kopf, nur um gleich darauf schmerzerfüllt aufzuschreien, als ein scharfes Stechen ihren Schädel erfüllte.

Sie seufzte, schluckte gegen die Panik an. »Ich muss die Stadt verlassen, verstehen Sie, er darf mich … uns nicht in die Finger bekommen.«

Die Frau nickte verständnisvoll. »Trotzdem müssen Sie verarztet werden und zur Polizei. Nur die kann Ihnen helfen und nicht eine vollkommen überstürzte Flucht.«

Und obwohl sich alles in Fenna gegen die Worte der Frau wehrte, wusste sie doch, dass die Fremde recht hatte. In diesem Zustand käme sie nicht mehr weit und um Vilhelm diesmal wirklich die Stirn zu bieten, neu anzufangen, musste sie bei Kräften bleiben. »Okay«, murmelte sie schließlich ergeben, sah die Frau resigniert an. »Fahren Sie mich ins Krankenhaus.«

Nachdem sie sich von der Frau verabschiedet und sich überschwänglich bei ihr für die Hilfe bedankt hatte, machte sie sich auf den Weg ins Innere der Notaufnahme. Trotz der späten Stunde herrschte reges Treiben in der Lobby, wofür Fenna dankbar war, weil kaum jemand der Leute Notiz von ihr und ihren Verletzungen, geschweige denn von ihrem Sohn nahm. Sie wusste, wie die Menschen es normalerweise aufnahmen, wenn sie, eine blutende Frau mit Kind im Arm, in der Notaufnahme aufkreuzte. Sie hasste deren neugierige und teils mitleidige Blicke, das abschätzige Mustern, das Tuscheln.

Sie ging auf die Glasscheibe zu, um dem Pförtner ihre Daten zu geben, und zuckte zusammen, als sie in das vertraute Gesicht des Mannes blickte, der sie nicht zum ersten Mal in diesem Zustand sah. Sie seufzte innerlich, versuchte, das Kopfschütteln zu ignorieren, als sie ihm erklärte, dass sie wieder mal gefallen sei und einen Arzt benötigte, der sich ihre Verletzung ansah.

Als sie sah, wie er nach dem Hörer griff und sich umdrehte, um ihr seinen Rücken zuzudrehen, damit sie nicht mitbekam, was er sagte, wäre sie am liebsten weggelaufen. Doch es nutzte nichts, da musste sie jetzt eben durch. Der Mann drehte sich wieder zu ihr, sah sie etwas freundlicher an. »Der Doktor kommt gleich, setzen Sie sich am besten gleich da drüben hin.« Er deutete auf eine freie Stuhlreihe, die eigentlich Patienten mit schwereren Blessuren vorbehalten war, und lächelte. Er legte den Kopf schief, schien über etwas Wichtiges nachzudenken. »Vielleicht sollten Sie in Erwägung ziehen, heute die Wahrheit zu sagen«, stieß er schließlich aus. »Ich meine ja nur ... es ist mitten in der Nacht und da gehört ein Kind eigentlich ins Bett. Und wenn ich mir Ihren Kopf so ansehe – ich finde, nachdem es auch nicht das erste Mal vorgekommen ist, dass Sie endlich Hilfe annehmen sollten.«

Fenna starrte den Mann an, spürte, wie eine Welle des Zorns in ihr hochschwappte, sie zu überwältigen drohte. *Was bildet sich dieser Kerl eigentlich ein,* dachte sie, doch als sie in sein sorgenvolles Gesicht sah, verpuffte der Wutausbruch so schnell, wie er gekommen war. Sie nickte.

»Vielleicht lassen Sie den Kleinen einfach bei einer der Schwestern, während Sie mit dem Arzt sprechen«, erklärte er. »Ich versuche mal, jemanden zu erreichen, bevor Sie dran sind.«

Keine zwanzig Minuten später saß sie auf der Pritsche im Behandlungsraum 4 und wusste nicht, was schmerzhafter war. Das Sterillium auf ihrer aufgeplatzten Haut oder der stumme Vorwurf in der Stimme des Arztes, der sie daran erinnerte, dass all das heute gar nicht hätte passieren müssen, wenn sie schon lange zuvor die dargebotene Hilfe angenommen hätte. Anstatt wieder und wieder darauf zu beharren, dass alles in bester Ordnung und sie nur ungeschickt gewesen war. »Sie haben recht«, brachte sie schließlich leise hervor, sah den Arzt an. »Ich gehe als Nächstes zur Polizei und werde Anzeige gegen meinen Mann erstatten.«

Der Arzt nickte bedächtig. »Er hat auch ihren Sohn geschlagen, nicht wahr?«

Fenna schluckte, nickte sie leicht. »Aber nicht oft, nur, wenn er ganz besonders unter Druck stand und Ante sich einfach nicht beruhigen lassen wollte.«

Der Arzt lächelte aufrichtig, nahm Fennas Hand. »Sie können nichts dafür«, erklärte er. »Er ist es, von dem all die Gewalt ausgeht. Das, was Sie jetzt endlich tun müssen, ist, sie zu durchbrechen, diese endlose Spirale der Gewalt. Versprechen Sie mir das?«

Fenna nickte, spürte, wie die Tränen in ihr aufstiegen. »Woher wussten Sie es eigentlich?«, wagte sie schließlich zu fragen.

Der Mann lächelte milde. »Denken Sie, Sie wären die Einzige, die ich so gesehen habe?«

Fenna schluckte. Dann lächelte sie. »Danke«, brachte sie

mühsam hervor. »Danke dafür, dass Sie mich nicht verurteilen.«

Auf dem Weg nach draußen, wo Ante in der Obhut einer Schwester auf sie wartete, spürte sie zum ersten Mal, dass in ihrem Innern tatsächlich noch etwas von ihrer einstigen Stärke übrig war. *Ja,* dachte sie und spürte, wie ein Stromstoß durch ihr Innerstes fuhr, *ich werde nicht weglaufen. Stattdessen werde ich kämpfen und alles dafür tun, damit das Schwein künftig weder mir noch den Kindern etwas zuleide tun kann.* Mit entschlossenem Gesichtsausdruck trat sie in den Aufenthaltsraum am Ende des Ganges, wo sie Ante vorhin bei der Schwester zurückgelassen hatte, damit er nicht Zeuge dessen werden musste, wie seine Mutter vor dem Arzt emotional zusammenbrach.

Ihr Herz zog sich zusammen, als sie registrierte, dass der Raum leer war, von Ante jede Spur fehlte. Sie drehte sich auf dem Absatz um, rannte in die Lobby, suchte jeden Quadratmillimeter der Notaufnahme ab, öffnete sogar unbefugterweise die Behandlungszimmer, doch ihr Kind war wie vom Erdboden verschluckt.

»Ante!«, schrie sie wie von Sinnen und drehte sich hilflos vor Verzweiflung im Kreis. »Wo bist du?«

Die Leute um sie herum verzogen ihre Gesichter, sahen sie mit einer Mischung aus Besorgnis und Verstörtheit an, bis der Aufzug aufglitt und ein junger Security-Mitarbeiter auf sie zutrat. »Was ist denn hier los?«, fragte er und sah Fenna stirnrunzelnd an.

Sie brach in Tränen aus. »Mein Sohn ...«, stammelte sie schließlich. »Er ist weg!«

1

ÅLESUND

2019

»Bis heute Abend, Schatz.« Runa zuckte erschreckt zusammen, spürte, wie Morten ihr einen Kuss auf die Stirn drückte und verschwand. Sie blinzelte verschlafen, spähte auf den Wecker auf ihrem Nachttisch. Noch nicht mal sieben Uhr. Caja würde noch mindestens eine Stunde friedlich schlummern, was auch ihr die Möglichkeit bot, etwas verpassten Schlaf nachzuholen. Vergangene Nacht hatte sie wieder endlos lange wach gelegen und gegrübelt, war erst im Morgengrauen eingeschlafen. Sie spürte, wie es hinter ihrer Stirn zu pochen begann, und seufzte. An Schlaf war also nicht mehr zu denken, so viel stand fest. Kurz war sie versucht, ihrem Ehemann heute Abend ans Herz zu legen, sie schlafen zu lassen und auf die morgendliche Verabschiedungszeremonie zu verzichten, doch schließlich verwarf sie den Gedanken wieder. Morten und sie hatten seit Cajas Geburt sowieso mit Problemen zu kämpfen, da wollte sie nicht noch zusätzlich Öl ins Feuer gießen. Zumal er nichts dafür konnte, dass es ihr im Augenblick total beschissen ging. Caja war zwei Jahre alt und ein Traum von einem Kleinkind. Sie weinte so gut wie nie, schaffte es mühelos, sich auch mal für einige Zeit allein zu beschäftigen, war wissbegierig und überhaupt nicht jähzornig wie die Kinder von Runas Freundinnen. Sie schwang die Beine aus dem Bett, stand auf. Während sie ins Bad ging, zog sie ihren Morgenmantel vom Sessel gegenüber dem Bett, schlüpfte hinein. Der warme Stoff fühlte sich auf ihrer empfindlichen Haut einfach traumhaft an, sodass Runa nur mit Mühe ein wohliges Stöhnen unterdrücken konnte. Seit sie Vollzeit Mutter war und nicht arbeiten ging, war es, als sei ihr Blutdruck permanent unten, was sich vor allem durch ständiges Frösteln bemerkbar machte. Eigentlich war sie eine Sportskanone, doch seit Cajas Ankunft in ihrem Leben hatte sie ihre körperliche Fitness extrem vernachlässigt. Und egal, wie sie es drehte und wendete, das lag keineswegs an ihrer Tochter, sondern an ihr selbst. Sie hatte schlichtweg keine Lust, sich sportlich zu betätigen, weil das Laufen im Wald, die Stunden im Fitnesscenter – all das sie nur daran erinnern würde, was sie verloren hatte. Oder vielmehr fast verloren hatte.

Sie putzte sich die Zähne, beobachtete währenddessen ihr Spiegelbild. Bildete sie es sich nur ein oder hatte sie sich innerhalb der letzten zwei Jahre tatsächlich so verändert? Sie sah übermüdet aus, aschfahl, verbittert – doch das Schlimmste von allem war, dass sie irgendwie wirkte, als sei die Person, die ihr aus dem Spiegel entgegenblickte, nicht sie selbst. Als sei das, was noch von ihr übrig war, nur eine billige Kopie von Runa Soderberg.

Sie spuckte aus, steckte die Zahnbürste in den Becher zurück, ging in die Küche. Während sie sich aus der teuren Maschine einen starken Kaffee herausließ, sah sie aus dem Küchenfenster hinaus, doch anders als sonst ließ der atemberaubende Blick zu den Bergen und über den Fjord sie heute völlig kalt. Sie setzte sich an den Bartresen mit Blick aufs Meer – ein Geschenk ihres Mannes zum letzten Hochzeitstag, und ließ ihre Gedanken schweifen.

Selbst Morten war seit Längerem aufgefallen, dass es ihr nicht besonders gut ging, sie sich nicht wirklich wohl in ihrer

Haut fühlte. Und im Grunde kam sie nicht umhin, zuzugeben, dass dieses Gefühl auch schon vor Cajas Geburt nicht neu für sie gewesen war. Vor ihrem inneren Auge tauchte das Gesicht des Jungen auf, der durch ihre Schuld …

Halt!, schaltete sich die Stimme in ihrem Kopf wie ein Schutzmechanismus ein. *Lass nicht zu, dass es wieder von vorne losgeht. Du musst dagegen ankämpfen, deinem inneren Feind die Stirn bieten!*

Dasselbe hatte ihr auch Lene, ihre Freundin und Ex-Kollegin, immer wieder vorgebetet, bis sie irgendwann aufgegeben hatte, als ihr klar wurde, dass sie bei Runa auf Granit biss.

Sie schluckte. Sie konnte nicht einmal in Worte fassen, wie sehr Lene und die anderen ihr fehlten, doch in erster Linie waren es nicht die Kollegen, die sie vermisste, sondern die Freundschaft, die sie über die Jahre hinweg mit ihnen verband. Über Monate hatte sie an schlimmen Selbstvorwürfen gelitten, sich innerlich fertiggemacht, bis sie es schlussendlich nicht mehr ausgehalten und sich hatte versetzen lassen. Keiner der Beteiligten war mit dieser Entscheidung wirklich glücklichen gewesen und am allerwenigsten sie selbst, doch am Ende hatte es – zumindest für sie selbst – keine Alternative gegeben. Sie hatte sich in den Innendienst versetzen lassen, sich voller Elan in ihre neue Herausforderung gestürzt, nur um festzustellen, dass ihr neuer Job sie ankotzte oder viel mehr langweilte. Danach war sie Mutter geworden, hatte Mortens Angebot, weiterzuarbeiten, während er sein Geschäft ins Homeoffice verlegte, abgelehnt und nicht nur ihm, sondern auch sich selbst etwas vorgemacht, indem sie nach außen hin behauptete – bis heute übrigens –, dass nichts sie mehr erfüllte als die Erziehung ihrer Tochter. Selbstverständlich war dem auch so, Cajas Dasein erfüllte sie mit so viel Liebe, und doch fehlte es ihr, jeden Tag eine feste Struktur zu haben, zur Arbeit zu gehen, etwas zum Familieneinkommen beizutragen, auch wenn ihr einstiges Gehalt im Gegensatz zu Mortens Einkommen lächerlich war.

Dennoch verabscheute sie den Gedanken, finanziell vollkommen auf ihren Mann angewiesen zu sein, doch andererseits ertrug sie es noch viel weniger, erneut einen Job zu machen, der sie weder erfüllte noch glücklich machte. Sie war leitende Ermittlerin der Kriminalpolizei Ålesund gewesen, bis eine einzige Fehlentscheidung alles zunichtegemacht hatte. Es war nur ein Augenblick gewesen, ein Moment der Schwäche, in dem ihre gesamte Karriere in sich zusammengestürzt war.

Am Ende hatte sie es weder über sich gebracht, die Scherben aufzusammeln, noch zu kämpfen, hatte einfach aufgegeben und sich eingeredet, dass mit der Zeit alles wieder gut würde. Mittlerweile waren vier Jahre vergangen und es war gar nichts gut geworden. Sie litt noch immer unter Albträumen und inneren Dämonen und inzwischen färbte ihr desolater Gemütszustand auch auf ihre Ehe ab. Sie erwischte sich immer häufiger, dass sie Mortens Anwesenheit als Störung wahrnahm, sich wünschte, er würde sie in Ruhe lassen. Selbst seine Berührungen empfand sie meist als nervtötend, obwohl sie diesen Mann von Herzen liebte und sie seine Annäherungsversuche eigentlich genießen sollte. Er liebte sie, sorgte für sie, trug sie auf Händen, doch seit damals war einfach alles zu viel. Er wusste das, versuchte, was er konnte, um sie auf andere Gedanken zu bringen, hatte sogar vorgeschlagen, dass sie über ihren Schatten sprang, eine Therapie machte, um danach beruflich neu durchzustarten, doch allein der Gedanke an all das machte ihr eine Heidenangst. Was, wenn sie den Anforderungen ihres Berufs nicht mehr gewachsen war? Mussten noch mehr Leute durch ihre Schuld sterben?

Mohammed Berk war noch keine dreizehn gewesen, als er durch ihr Versagen von seinem eigenen Vater erschossen wurde. Askin Berg war mit einer Einheimischen verheiratet gewesen und galt als extrem eifersüchtig. Leider hatte seine Frau Nelia zu lange gezögert und erst nach jahrelanger Misshandlung durch ihren Ehemann Hilfe in Anspruch genommen. Sie hatte ihn verlassen, sich eine eigene Wohnung gesucht, das gemeinsame Kind mitgenommen, doch der Junge liebte seinen Vater, suchte immer wieder Kontakt. Als die Mutter einen neuen Mann kennenlernte, eskalierte alles. Askin nahm seinen Sohn und seine Frau als Geisel, drohte, beide zu töten, woraufhin Runas Team ins Spiel kam. Sie hatte den Mann schlichtweg unterschätzt, seine offene Art während der Verhandlungsführung fehlgedeutet, denn genau in dem Augenblick, als sie dachte, alles würde gut, schoss der Mann auf Frau und Kind, danach richtete er sich selbst. Die Frau überlebte den Schuss schwer verletzt, litt seither unter Spätfolgen, doch die schlimmste Auswirkung von Runas Versagen war natürlich der Verlust ihres Kindes.

Runa vermochte sich nicht einmal vorzustellen, was die Arme durchgemacht hatte und noch immer durchmachte, und das alles nur, weil sie sich maßlos selbst überschätzt hatte. Statt den Mann auszuschalten, als es die Möglichkeit gegeben hatte, vertraute sie ihm oder vielmehr darauf, dass er tief im Innern noch einen Funken Liebe für seine Familie übrig habe.

Runa erinnerte sich noch, dass sie, als die Schüsse gefallen waren, diese beinahe selbst körperlich spüren konnte. Es hatte sie fast zerrissen, als sie den leblosen Körper des Jungen im Innern der Wohnung vorfand. Sie konnte die hilflosen Schreie der verzweifelten Mutter heute noch hören, wann immer sie die Augen schloss.

Das war es auch, das Morten, ihr Mann, meinte, wenn er sagte, sie müsse sich dringend Hilfe holen.

»Es ist nicht gesund, wie du mit deinem Trauma umgehst«, war einer seiner Lieblingsfloskeln und Runa kam nicht umhin, sich einzugestehen, dass er zwar recht hatte, es sie aber dennoch nervte, wenn er sie auf diese Art bedrängte.

Doch hatte der arme Junge die Möglichkeit, sich besser zu fühlen, indem er sich Hilfe holte?

Nein, er lag seit vier Jahren in einem eisigen Grab, obwohl er niemandem etwas getan hatte.

Und genauso seine Mutter. Sie würde, so sehr sie es sich auch wünschte, niemals die Gelegenheit haben, ihr Kind ein letztes Mal in den Arm zu nehmen.

Mit welchem Recht stand es also ihr zu, über alles, was geschehen war, hinwegzukommen? War es nicht vielmehr so, dass sie verdient hatte, was sie empfand? Dass jedes Schuldgefühl in ihr, der Selbsthass, die innere Zerrissenheit und dieses tiefe Leid zu ihr gehörten?

Auch als sie mit Caja schwanger geworden war, hatten Gedanken wie diese sie jeden Tag der Schwangerschaft begleitet. Die ganze Zeit über hatte sie so ein diffuses Gefühl der Unsicherheit verspürt, ein Flüstern in ihrem Innern, das sie wissen ließ, dass sie das Glück, ein gesundes Baby im Arm zu halten, nicht verdient hatte. Deswegen hatte sie die gesamten neun Monate mehr oder weniger damit gerechnet, das ungeborene Baby zu verlieren. Und als das nicht geschehen war, hatte sie gewusst, dass das Unglück bei der Geburt selbst über sie hereinbrechen würde, doch auch das war nicht geschehen. Seither befand sie sich in einem Ausnahmezustand, wartend auf den Tag der Abrechnung, von dem sie sicher war, dass er kommen würde – irgendwann. Sie nippte an ihrem Kaffee, blickte auf die Uhr oberhalb der Küchentür, sah, dass es fast neun Uhr war – Zeit, nach Caja zu sehen. Sie stellte ihre Tasse auf den Tresen, warf einen letzten Blick zum Fenster hinaus, bemerkte, dass sich ein Gewitter zusammenbraute. Das Wetter schien wie ein Spiegel ihrer Seele. Eine dunkle Vorahnung, die die Form von Regenwolken angenommen hatte, welche wie dicke Wattebäusche zwischen den Bergspitzen hingen und teilweise die Sicht auf das Wasser verdeckten. Sie ging zum Kinderzimmer, drückte vorsichtig die Tür auf, schlich auf

Zehenspitzen zum Bett der Kleinen, spürte, wie sich ihre Brust beim Anblick ihres schlummernden Lieblings zusammenzog.

Caja hatte die Angewohnheit, im Schlaf zu lächeln, als gäbe es auf der ganzen Welt nichts, das ihr Schaden zufügen könnte. Doch jetzt, als Runa an ihr Bett getreten war, hatte sich der friedliche Gesichtsausdruck des Kindes schlagartig verändert.

Runa fragte sich, was heute anders war? Spürte Caja es etwa auch? Ahnte das kleine Mädchen, dass irgendeine Art böses Omen von seiner eigenen Mutter ausging? Dass das Unheil drohte, von ihnen allen Besitz zu ergreifen?

Träumte sie gar davon, dass in nicht allzu ferner Zukunft etwas geschehen könnte, das ihr gesamtes junges Leben auf den Kopf stellen würde?

Sie wollte gerade aus dem Zimmer schleichen, als das Klingeln des Telefons die Stille zerriss. Augenblicklich zuckte Caja aus dem Schlaf hoch, fing an, zu weinen. Die Kombination aus dem Klingelton und dem Gezeter ihrer Tochter fühlte sich in Runas Kopf beinahe unerträglich an. War er das? Der lange erwartete Anruf, der alles verändern würde? Sie hob Caja auf den Arm, ging in die Küche, griff nach dem Smartphone. Beim Blick auf das Display atmete sie auf. Es war Morten, der wissen wollte, ob sie Lust habe, sich mit ihm heute Nachmittag auf Cajas Lieblingsspielplatz zu treffen und anschließend gemeinsam essen zu gehen.

Sie lächelte. »Klar, Caja und ich werden ab drei Uhr da sein.« Sie schluckte. »Danach zum Italiener?«

»Das fragst du noch? Weißt du nicht, dass meine letzte Lasagne schon Tage her ist?« Er lachte. »Alles klar bei dir?«

»Caja ist gerade wach geworden«, wich Runa ihm aus.

»Das war keine Antwort auf meine Frage.«

»Ich bin okay.«

Er sagte zwar nichts, doch sie hörte, wie er die Luft hart ausstieß. Nichts an dieser akustischen Geste war irgendwie ungewöhnlich, trotzdem wusste Runa, dass sie ihn verärgert hatte.

»Lass uns heute Abend reden, in Ordnung?«, bat sie und hoffte, dass er nicht mitbekam, dass sie die Aussicht auf ein Gespräch nur ins Rennen warf, damit er sie für den Augenblick in Frieden ließ.

»Okay«, kam es schließlich von ihm. »Ich nehme dich beim Wort und diesmal lass ich keine Ausflüchte gelten.«

Sie beendete das Gespräch, starrte anschließend noch sekundenlang das Gerät an, bis Cajas zarte Hand an ihrer Wange sie ins Hier und Jetzt zurück riss.

»Hast du Hunger, mein Schatz?«

Das Mädchen grinste augenblicklich. »Brei!«, verlangte es und stieß ein glockenhelles Lachen aus.

Runa nickte, setzte die Kleine in ihren Hochstuhl, während sie den Grieß aufsetzte. Während sie werkelte, glitt ihr Blick immer wieder in Richtung Mobiltelefon. Heute hatte sie noch mal Glück gehabt, doch irgendwann ... bald schon ... würde der eigentlich fröhliche Klingelton – ihr Lieblingssong von Pink – die Pforte zu ihrem Verderben darstellen.